BASTEI
LÜBBE

Doris Leupold, Juni 00

TANITH LEE

DAS MÄDCHEN UND DAS SCHWARZE EINHORN

Fantasy-Roman

Ins Deutsche übertragen
von Susanne Tschirner

BASTEI LÜBBE

BASTEI-LÜBBE-TASCHENBUCH
Band 20237

Erste Auflage:
August 1994

Deutsche Lizenzausgabe 1994
Bastei-Verlag
Gustav H. Lübbe GmbH & Co.,
Bergisch Gladbach
Originaltitel: Black Unicorn
Lektorat: Iris Schmidt
Titelbild: Heather Cooper
Umschlaggestaltung:
Quadro Grafik, Bensberg
Satz: Fotosatz Schell, Hagen a.T.W.
Druck und Verarbeitung:
Brodard & Taupin,
La Flèche, Frankreich
Printed in France

ISBN 3-404-20237-6

Der Preis dieses Bandes
versteht sich einschließlich der
gesetzlichen Mehrwertsteuer.

Für Louise Cooper
Geschichtenerzählerin
Einhornsängerin

ERSTER TEIL

1

Das erste, was Tanaquil fast jeden Morgen beim Aufwachen erblickte, war das Antlitz ihrer Mutter – jedoch nur, weil ein Porträt von Tanaquils Mutter, der Zauberin Jaive, gegenüber dem Bett hing. Das Gemälde zeigte Jaive mit einem gewaltigen Schopf scharlachroten Haars, in dem verschiedene Juwelen, Pflanzen, Utensilien, Mäuse und andere kleine Tiere steckten, die sie bei ihren Forschungen benutzte. »Guten Morgen, Mutter«, wandte sich Tanaquil an das Bild, und dieses antwortete energisch: »Erhebe dich mit der Sonne, begrüße den Tag!« Das sagte sie immer. Da Tanaquil gewöhnlich ohnehin erst zu fortgeschrittener Morgenstunde aufstand, war die Begrüßung völlig unpassend.

Nachdem sie die Sache mit dem Bild hinter sich gebracht hatte, stieg Tanaquil aus dem Bett und sah sich danach um, was man ihr für das Frühstück übriggelassen hatte. Manchmal war überhaupt nichts mehr da. Heute gab es immerhin noch ein paar Stückchen kaltes, geröstetes Brot ohne Butter, eine Orange und grünen Kräutertee in einem Glas. Tanaquil kostete den Tee, um sich sodann vorsichtig die Orange zu schälen. Als sie die Schnitze auseinanderzog, flatterte ein Vogel hervor.

»Hier entlang, hier entlang«, dirigierte Tanaquil ungeduldig den Vogel, der durch den Raum schwirrte und seinen Schnabel in die Bettvorhänge steckte. Der Vogel wirbelte aufs Fenster zu und flog in den harten, roten Sonnenschein. Tanaquil stand am Fenster und blickte hinaus über die Dächer und Zinnen von Jaives Festung auf die Wüste. Derselbe Ausblick bot sich ihr, solange sie denken konnte. Seit beinahe sechzehn Jahren war dies ihr Schlafzimmer und jenes der tägliche Ausblick gewesen. Die weite, lohfarbene Sandfläche mit ihrem mineralischen Schimmer, die nach Windböen ihre Oberflächengestalt änderte, die Zone der Felshügel in einer halben Meile Entfernung, von denen einige wie Kegel geformt waren und andere große, natürliche Bögen aufwiesen, durch die hindurch der Blick auf die Endlosigkeit der dahinterliegenden Wüste fiel. Von jedem Ort auf Jaives Burg bot sich einem, sah man hinaus, eben dieser Anblick, Dünen und Steine und der heiße Himmel. Bei Tag kochten Festung und Wüste in der Sonne. Bei Nacht wurde es kalt, dünner Schneefall setzte ein, der Sand nahm eine silberne Färbung an, und die Sterne brannten in weißem Licht.

»He«, ließ sich eine hohe Stimme von draußen vernehmen, »he!«

Tanaquil blinzelte hinaus und erblickte eins der Piefel, das auf dem Dach unter ihrem Fenster hockte. Es hatte in etwa die Größe einer kräftigen Katze, einen tonnenförmigen Körper mit dickem, braunem Pelz und kurze, muskulöse Beine. Mit drei Pfoten klammerte es sich fest, mit der vierten kratzte es sich emsig. Es hatte eine langgestreckte, zierliche Schnauze, einen buschigen Schwanz und spitz zulaufende, gewöhnlich aufrecht stehende Ohren, die jedoch im Augenblick schlaff herunterhingen. Seine großen gelben Augen blickten Tanaquil eindringlich an.

»Will einen *Knochen*«, sagte das Piefel.

»Es tut mir leid, aber ich habe keinen«, entgegnete Tanaquil.

»Nein, nein, will 'nen Knochen«, insistierte das Piefel. Es hüpfte das Dach hinauf und sprang wie ein fettes Pelzschwein auf das Fensterbrett. Tanaquil streckte die Hand aus, um das Piefel zu streicheln, doch es entzog sich ihrer Berührung und ließ sich in den Raum plumpsen. Es wieselte herum, kratzte an allen möglichen Gegenständen und steckte seine lange Nase unter den Teppich, woraufhin der Stuhl umkippte. Es tapste über Tanaquils Arbeitstisch, mitten durch ihre Sammlung leicht angeschlagener Fossilien und über eine kleine Uhr, die auf dem Rücken lag. Das Piefel verstreute Zahnrädchen und Scheiben auf dem Tisch. Es sprang. Nun hockte es im Kamin.

»*Hier* gibt es keine Knochen«, versetzte Tanaquil mit Nachdruck.

Das Piefel nahm keine Notiz von ihr. »Will 'nen Knochen«, wiederholte es und warf ihr Frühstück herunter. Der Kräutertee spritzte auf den Fußboden, und schniefend und schnüffelnd leckte das Piefel ihn auf. Ein Stückchen Toast war ihm auf den Kopf gefallen. Mit einem ärgerlichen »*Knochen, Knochen*« schüttelte es das Bröckchen ab.

Tanaquil seufzte. Sie ging in die marmorne Badenische hinüber und drückte den Löwenknopf, um einen Schwall des kühlen Wassers zum Waschen zu erhalten. Doch es kam kein Wasser. Statt dessen sikkerte klebriger Beerenwein hervor.

»O *Mutter*!« rief Tanaquil wütend aus. Sie rannte aus der Nische, kickte den Stuhl und danach die Brotstückchen durchs Zimmer. Die Orange hatte sich in eine Art Blume verwandelt, die an der Säule links vom Kamin emporrankte. Das Piefel kaute daran herum. Es drehte sich um, als Tanaquil sich in das verknitterte Kleid des Vortages warf und sich mit dem Kamm durchs Haar fuhr, das von einem etwas helleren Rot als das von Jaive war.

»Haste 'nen Knochen?«

»Ich habe keinen verflixten Knochen! Sei still!«

Das Piefel ließ sich nieder und putzte sich den Bauch, nunmehr besorgt »Flöhe, Flöhe« murmelnd. Dann stürzte es plötzlich den Kaminschacht hoch und verschwand, nicht ohne einen Rußschauer auf die Feuerstelle herunterschweben zu lassen.

Tanaquil verließ den Raum kurz darauf mit einem kräftigen Türknallen.

Vier breite, steinerne Treppenfluchten mit holzgeschnitzten Geländern, die Tiere, Früchte, Dämonen und Ähnliches zeigten, führten von Tanaquils Stockwerk zu den Lieblingsgemächern ihrer Mutter. Auf jedem Treppenabsatz führte eine Öffnung auf die Dächer und Zinnen, und an einem dieser Ausgänge sah Tanaquil drei Soldaten sitzen und ein Skorpione-und-Leitern-Spiel machen. Wie üblich waren sie alle betrunken, doch als Tanaquil vorbeiging, rief einer von ihnen ihr zu: »Geht nicht hoch, Herrin. Die Zauberin ist beschäftigt.«

»Was für ein Pech«, erwiderte Tanaquil. Außer Atem erklomm sie die letzte Treppenflucht und stand vor der großen schwarzen Tür, die das Zauberreich ihrer Mutter bewachte.

Mitten auf der Tür befand sich ein Kopf aus grüner Jade, der sich alsbald an Tanaquil wandte. »Du wünschst Jaive zu sprechen?«

»Sieht ganz so aus.«

»Nenne mir deinen Namen und deinen Rang!«

»Tanaquil, ihre Tochter.«

Der Kopf schien den Mund zu verziehen, doch die Tür gab ein Knirschen von sich und schwang schwerfällig auf.

Das Gemach dahinter war voll von öligem Rauch und fahlen Blitzen. Nichts Neues für Tanaquil. Sie trat ein und suchte sich ihren Weg zwischen herumstehenden Kisten und mit Gegenständen vollgestopften Regalen, aus denen es hier und da piepste und zwitscherte. Plötzlich war da ein großer Spiegel, und darin erhaschte Tanaquil einen flüchtigen Blick auf eine brennende Stadt, Türme und Funken und Wesen, die durch die Luft flogen. Dann verschwand die Vision, und der Rauch legte sich. Aus den sich senkenden Nebelschwaden tauchte Jaive auf. Sie stand hinter einem mit Büchern, Glaskugeln, Instrumenten, Stäben und farbigen, blubbernden Substanzen bedeckten Tisch. In einem geräumigen Käfig saßen zwei weiße Mäuse mit Kaninchenohren und Schlangenschwänzen, die eine Wurst verspeisten. Jaive trug ein bodenlanges Gewand aus schwarzgrüner Seide, das mit Goldstickereien besetzt war. Das Haar umflammte ihr Haupt wie die brennende Stadt in dem Spiegel. Sie runzelte die Stirn.

»Was willst du?« fragte Tanaquils Mutter.

»Soll ich dir eine Liste schreiben?« schnappte Tanaquil zurück.

»Ich habe zu tun ...«, erklärte Jaive.

»Das hast du immer. Hast du dein Frühstück heute

morgen genossen, liebste Mutter? Meins hatte einen Vogel in seinem Kern und verwandelte sich anschließend in eine Kletterblume. Eins der Piefel hat dann den Rest besorgt und es verschüttet. Aus meinem Waschbrunnen floß Beerenwein. Der Großteil meiner Kleider ist verschwunden. *Ich hab es satt!*«

»Was soll der Unsinn?« wollte Jaive wissen.

»Mutter, du weißt genau, daß alles hier wegen deiner Magie ein gigantisches Tohuwabohu ist, wegen all dieser Macht-Lecks und Nebeneffekte deiner Beschwörungen. Es ist gräßlich.«

»Ich suche nach Wissen«, entgegnete Jaive. Ohne sonderliche Überzeugung fügte sie hinzu: »Wie kannst du es wagen, so mit deiner Mutter zu sprechen?«

Tanaquil setzte sich auf etwas Hundeartiges, das sich vorübergehend in einen Schemel verwandelt hatte.

»Als ich klein war«, setzte Tanaquil erneut an, »fand ich das alles noch wunderbar. Als du die Schmetterlinge aus dem Feuer kommen ließest und den Garten in der Wüste hast wachsen lassen. Doch die Schmetterlinge machten ›plop‹, und der Garten löste sich in ein Nichts auf.«

»Was für kindische Erinnerungen«, tadelte Jaive sie. »Ich habe versucht, eine Zauberin aus dir zu machen.«

»Ohne sonderlichen Erfolg«, spottete Tanaquil.

»In der Tat, entsetzlich«, pflichtete ihre Mutter ihr bei. »Du bist leider eine reine Mechanikerin, fürchte ich.« Sie vollführte eine Handbewegung über einem Becher, woraufhin ein winziger Sturm sich erhob. Jaive lachte vor Vergnügen. Tanaquils Magen knurrte.

»Mutter«, sagte Tanaquil, »vielleicht sollte ich von hier weggehen.«

»Ja, tu das, Tanaquil, und laß mich endlich weitermachen.«

»Ich meine, ich sollte die Festung verlassen.«

»Lästiges Kind, wo könntest du schon hingehen?«

Behutsam antwortete Tanaquil: »Wenn mein Vater ...«

Jaive blähte sich auf; ihr Gewand bauschte sich, ihre Augen sprühten Blitze; winzige Gesichtchen, vielleicht Kobolde, vielleicht aber auch nur verfilzte Büschel, sahen aus ihrem Haar heraus.

»Ich habe dir nie verraten, wer dein Vater war. Ich habe ihn davongejagt. Ich weiß nichts von ihm. Vielleicht lebt er nicht einmal mehr.«

»Schließlich«, fuhr Tanaquil fort, »sehe ich dich ja ohnehin kaum, so daß du mich nicht vermissen würdest. Und er ...«

»Ich habe nicht vor, mit dir über dieses Thema zu diskutieren. Ich habe es dir schon oft genug gesagt, dein Vater bedeutet mir nichts. Du mußt ihn dir aus dem Kopf schlagen.«

Tanaquil verlor, wie so oft, die Geduld. Sie schnellte hoch und starrte wütend auf die Wurst der beiden Mäuse.

»Vielleicht gehe ich ja auch irgendwo anders hin. Überall ist es besser als hier!«

»Es dauert Tage, um die Wüste zu durchqueren, du dummes Kind. Nur eine Zauberin wäre dazu in der Lage.«

»Dann hilf mir!«

»Ich wünsche, daß du hierbleibst. Du bist meine Tochter.«

In der Wand hörte man ein kratzendes, raschelndes

Geräusch, dann ein dünnes Sopranstimmchen, das von der Decke zu ihnen hinunterdrang. »... *Knochen ...*« Das Piefel stattete ihnen auf seiner Suche durch die Welt der Schornsteine und Kaminschächte einen Besuch ab.

Jaive nahm kaum Notiz von ihm. Die Piefel, Wüstentiere, die sich ihre Gangsysteme rund um die Festung (sie mußten sie für einen Stein wie andere auch halten) gegraben hatten, waren schon vor Jahren von ihrer Magie beeinflußt worden und hatten so zu sprechen begonnen. In Tanaquils Augen symbolisierte das Piefel all das, was in der Festung nicht in Ordnung war. Nervös sagte sie: »Mutter, du mußt mich gehen lassen.«

»Nein«, entgegnete Jaive und lächelte ihre Tochter mit Tigeraugen an.

Tanaquil erhob sich von ihrem Hundeschemel, durchquerte und verließ das Gemach. Dem grünen Jadekopf hatte sie im Alter von zwölf Jahren einen Schnurrbart aufgemalt, und der Kopf hatte ihr einen Blitzstrahl entgegengeschleudert, der sie die Treppe hinuntergeworfen hatte. Beherrscht schloß sie die schwarze Tür, während sie sich überlegte, wo sie ihre Wut und Enttäuschung loswerden konnte.

Jaives Festung war zu Lebzeiten ihrer Großmutter, ebenfalls eine Zauberin und Einsiedlerin, gebaut worden. Es handelte sich um ein seltsames Gebäude von recht verworrener Struktur, und aus einiger Entfernung von der Wüste aus betrachtet, sah es nicht nur für Piefel wie eine ganz gewöhnliche Felsformation aus. Um die Küche der Festung zu erreichen, mußte man durch etliche lange und gewundene Gänge streifen und eine düstere, höhlenartige Treppenflucht ins Erdgeschoß hinunter nehmen. Was Tanaquil tat.

Im dritten Gang schlug ein geschnitzter Wasserspeier an einem Deckenbalken, wohl von einem weiteren Irrläufer der Magie Jaives getroffen, unvermittelt mit den Flügeln und krächzte los, doch Tanaquil ignorierte ihn. Sie trug die kleine Uhr bei sich, die sie für die Köchin repariert hatte. Damit kannte Tanaquil sich gut aus. Seit ihrem zehnten Lebensjahr hatte Tanaquil gemerkt, daß sie in der Lage war, alle möglichen Dinge zu reparieren. Und deshalb arbeitete Tanaquil, während ihre extravagante Mutter in ihrem Zauberreich Dämonen beschwor und befragte, sorgfältig an zerbrochenen Puppen und Uhren, Spieldosen und manchmal auch an den Armbrüsten der Soldaten oder an Teilen der Geschütze, die nie benutzt wurden – es sei denn, jemand betätigte sie zufällig – und deshalb oft nicht richtig funktionierten.

Die Küche lag sechs Fuß unter Grund und besaß nahe der Decke hohe Fenster, die Licht und Sand einließen. Die Küchenjungen sollten eigentlich unablässig damit beschäftigt sein, die Böden zu schrubben oder die Oberflächen der Möbel abzuwaschen. Wenn man sich indes der Küche näherte, bemerkte man nichts Bedeutendes außer der Stille und dem faulen Surren von Stimmen.

Tanaquil öffnete die Tür.

Die Köchin saß auf ihrem Sessel, die Füße auf der Batterie von Öfen, von denen die meisten kalt waren. Zwei Küchenmädchen spielten Skorpione-und-Leitern, eine dritte stickte. Kein einziger der Küchenjungen war anwesend. Ein großer Krug mit gelbem Tee stand auf dem Tisch, ebenso ein Teller mit Pfannkuchen.

»Hier ist deine Uhr«, erklärte Tanaquil und übergab sie der Köchin. Sie nahm einen Pfannkuchen und goß sich etwas Tee ein.

»Na so was. Sie geht ja wieder. Sieh sich das einer an. Was für eine kluge Herrin.«

»Muß noch etwas repariert werden?« fragte Tanaquil. In den letzten fünf Jahren, dachte sie, war es diese Tätigkeit gewesen, die sie davor bewahrt hatte, verrückt zu werden. Und irgend etwas gab es immer. Doch wie aus purer Bosheit schüttelte die Köchin ihren struppigen Kopf. »Nicht ein einziges Stück. Und diese Puppe, die Ihr für Kissens Kleine nachgesehen habt, ist immer noch reizend, bewegt die Ärmchen und sagt *Mama!*«

»Obwohl sie sich die ganze Zeit emsig bemüht, sie wieder zu zerbrechen«, meldete sich Kissen, die Stikkerin, zu Wort.

»Also gut, wenn noch etwas auftaucht«, sagte Tanaquil leichthin und bemühte sich, geschäftsmäßig zu klingen. Sie fühlte sich niedergeschlagen.

»Wartet mal«, fuhr die Köchin fort, »würde die Herrin gerne einen Kuchen backen?«

Tanaquil kämpfte gegen ein Erröten an. »Nein, danke.« Die Köchin hatte sie, als sie klein war, damit getröstet, sie glasierte Kekse und Kamele aus Ingwerbrot im Ofen machen zu lassen, damit sie sich nicht zu sehr langweilte und einsam fühlte. Aber das war im Augenblick keine Lösung. Sogar eine Reparatur wäre keine Lösung gewesen, obwohl das schon etwas weitergeholfen hätte. »Bin dann wieder weg«, erklärte Tanaquil vage.

Als sie die Küchentür hinter sich schloß, hörte sie die Köchin zu Kissen sagen: »Madam sollte wirklich etwas mit diesem Mädchen unternehmen, es ist pure Verschwendung.«

Verschwendung, dachte Tanaquil, als sie die Treppen auf ihrem Rückweg von der Küche wieder hochstieg. *Ich bin verschwendet worden.* Und sie brüllte eine dicke Ratte an, die lautlos die Stufen heruntergleitt. Die Ratten hatten sich nie mit der magischen Sprechfähigkeit infizieren lassen – zumindest gaben sie sich nicht damit ab. Nichtsdestotrotz wirkte dieses Exemplar beleidigt.

Tanaquil kletterte wieder in die oberen Etagen der Festung. Es wollte ihr scheinen, als verbringe sie ihre Tage mit nichts anderem, als treppauf, treppab durch dieses Gebäudelabyrinth zu laufen. Sie erreichte einen der unteren Zinnenkränze, wo der Hauptmann der Soldaten seine Wohnung in einem der Gefechtstürme hatte. Tatsächlich befand er sich mit vier seiner Männer auf dem Wehrgang, wo er Holzbälle auf eine Zielscheibe rollte.

»Es ist die junge Herrin«, bemerkte einer der Soldaten.

Sie nahmen alle Haltung an und grüßten sie.

Der Hauptmann bot ihr seinen Bierkrug an, aber sie lehnte dankend ab.

»Nichts zum Reparieren«, setzte der Hauptmann an. »Ihr habt vielleicht gehört, wie letzte Woche die Kanone losging – Borrik dachte, er sehe eine Armee auf die Festung zukommen, doch es war natürlich nur ein Sandsturm. Aber trotzdem, die Maschine hat funktioniert, daß es eine Wonne war, dank dieses Scharniers, das Ihr angebracht hattet.«

»Oh«, machte Tanaquil. »Und die Armbrüste?«

»Erstklassig. Sogar Iggels Wurfmesser funktioniert, nachdem Ihr die Balance justiert habt. Ich erwarte jedoch, daß morgen oder übermorgen wieder etwas kaputtgehen wird«, fügte er aufmunternd hinzu.

Tanaquil fuhr der demütigende Gedanke durch den Kopf, daß die mitfühlenderen der Soldaten ihre Ausrüstungsgegenstände funktionsunfähig machen könnten, um ihr etwas zu tun zu geben.

»Was für eine Erleichterung«, erklärte sie. »Endlich einmal ein freier Nachmittag!« Und sie schlenderte von dannen.

Die zweite Freizeitbeschäftigung, der Tanaquil über die Wochen und Monate und Jahre in Jaives Festung nachgegangen war, war das Spazierengehen. Ihre ersten Erinnerungen an Spaziergänge waren, daß ihre Amme – natürlich hatte Jaive nur wenig Zeit für ihr Kind – sie hin und her durch die Gänge mit sich nahm, manchmal sogar bis in den inneren Burghof, der ziemlich groß und mit Orangenbäumen, Weinreben, Lorbeerhecken und einer einsamen, angefressenen, nur dreizehn Fuß hohen Palme bepflanzt war. Über die eine Ecke des Hofs erstreckte sich ein ziemlich verwucherter Küchengarten, ein wenig Gras, wo Ziegen angepflockt waren, sowie ein verzierter Steinbrunnen mit einem Steinadler darauf. Hin und wieder veränderte der Adler seine Gestalt, so daß das immer das erste war, wonach die kleine Tanaquil sehen mußte: Einmal hatte er wie ein Strauß ausgesehen. Dann hatte Tanaquil immer im Burghof gespielt, allein mit der Amme, denn nirgendwo gab es Kinder, die annähernd in ihrem Alter gewesen wären. Als Tanaquil größer und die Amme älter wurde, verlagerten sich die Spaziergänge auf die Region außerhalb der Festung. Anfangs hatte Tanaquil großes Interesse für die Wüste an den Tag gelegt. Sie hatte Sandburgen gebaut, deren Aussehen einnehmender als das der Festung war. Doch jenseits der Schatten, die die Burgwälle warfen, brutschelten die Dünen in der Sonne. Im Umkreis von Meilen gab es keine Oase, kein Dorf. Nur in der Festung war Wasser. Als sie zunehmend älter wurde, erkundete Tanaquil die Felshügel. Die Amme schaffte es nie so weit, sondern stand für gewöhnlich irgendwo im Sand, geschützt von ihrem Sonnenschirm, und rief mit schwacher Stimme nach ihr. Im Alter von zwölf Jahren gelang es Tanaquil, bis zur Hügelkette vorzustoßen. Der Triumph wurde ihr allerdings verleidet, als sie herausfand, daß auch auf der anderen Seite nichts als Sand und nochmals Sand lag, der sich endlos bis zum lavendelfarbenen Horizont erstreckte.

Im Augenblick machte sich Tanaquil fast jeden Tag zu einem Spaziergang auf, einzig und allein, um ihre Ruhelosigkeit wenigstens mit körperlicher Betätigung zu mildern. Der Spaziergang war völlig langweilig und ohne jeden Sinn und Zweck. Aber um ihn zu unternehmen, mußte sie sich Stiefel überziehen gegen den brennenden Sand, ihr rotes Haar mit einem Seidenschal bedecken, den ein Haarband hielt. Sie ging regelmäßig bis zu den Felsen, setzte sich in deren Schatten nieder und trank einen Schluck von dem Wasser, das sie sich mitgenommen hatte. Manchmal kletterte sie an den Felsflanken hoch und löste mit ihrem Messer zerbrechliche Fossilien aus dem Gestein. Ein andermal setzte sie ihre Sandwanderung noch eine Meile in westlicher Richtung fort. Wenn sie das tat, stellte sie sich vor, daß sie von zu Hause wegging. Daß just außerhalb ihrer Sichtweite eine mächtige Stadt mit ziegelverkleideten Wällen stehe, mit

Kuppeln und Gärten, Brunnen, Märkten und lärmenden Menschenmengen. Doch aus dem Unterricht, den ihre Mutter ihr, eine Stunde jeden Tag, bis zu ihrem vierzehnten Lebensjahr hatte angedeihen lassen, wußte sie, daß es zwar eine solche Stadt gab, aber hundert Meilen entfernt. Auch hatte Tanaquil in ihrem ganzen Leben noch keine Karawane erblickt, die in Sichtweite von Jaives Festung die Wüste durchquert hätte. Sie kamen nicht hier entlang. Die einzigen Fremden, die sie zu Gesicht bekam, waren Wüstenhändler, Hirten, wilde Hunde und Schakale. Kurz vor Sonnenuntergang stellte sich Tanaquil für gewöhnlich diesen Tatsachen, machte kehrt und wandte der Wüste den Rücken zu.

Heute machte sich Tanaquil zu einem Spaziergang auf.

Während sie durch den Sand stapfte und die Dünen hinunterschlidderte, beschäftigten sie zahlreiche Fragen. War der gestrige Tag so verschieden von ihren anderen Tagen hier gewesen? Hatte sie gestern diesen schrecklichen Drang, der mehr als Einbildung war, verspürt, von hier zu entfliehen? Es war, als habe sie, wie der Adler, über Nacht ihre Gestalt gewechselt. Nun war sie jemand anderes, eine andere, eine verzweifelte Tanaquil.

Doch es war unmöglich. Sie mußte fort von hier – und konnte es doch nicht.

Ein paar Piefel tollten am Fuße der Hügelkette herum. Sie gaben laute, rauhe Schreie von sich, und Tanaquil bemerkte, daß sie die magische Sprache noch nicht gelernt hatten.

Sie trank Wasser aus ihrer Flasche und erklomm dann den Hügel, der wie eine Brücke geformt war, mit einer nahezu flachen Kuppe und einem großen, hohlen Bogen darunter. Sie saß auf dem Brückenberg und betrachtete sich all die alten Grabspuren, die ihr Messer in sein Gestein gekerbt hatte. Ein kleines Fossil war noch übriggeblieben, eine blasse Muschel, die jedoch so fragil war, daß sie bei einem ›Befreiungsversuch‹ zerbröseln würde.

Statt dessen starrte Tanaquil über die Sandebene. Langsam stellte sich eine Luftspiegelung ein, das Trugbild eines Flusses mit baumbestandenen Ufern.

Einst war die ganze Wüste vom Meer bedeckt gewesen, das all jene Muscheln und Skelette von seltsamen, längst ausgestorbenen Wesen hier zurückgelassen hatte. Eines Nachts hatte Jaive ihrer Tochter eine Illusion von der meerüberfluteten Wüste gezeigt. Die Wellen, schaumgekrönt auf ihrem Kamm, hatten um die Festung gewogt, und der Mond hatte roter als die Sonne geleuchtet.

»Du mußt immer daran denken«, hatte Jaive der neunjährigen Tanaquil erzählt, »daß diese Welt schlecht gemacht ist. Wir Zauberer jedoch glauben, daß es noch andere Welten gibt, von denen manche schlechter, eine jedoch das verbesserte Abbild unserer eigenen ist. Und von dieser perfekten Welt können wir hin und wieder einen flüchtigen Abglanz erhaschen.« Und sie hatte versucht, Tanaquil den Gebrauch des magischen Spiegels zu lehren, doch Tanaquil hatte einen Fehler gemacht, der Spiegel war zersprungen und Jaive sehr wütend geworden.

»O Mutter«, platzte es aus Tanaquil heraus.

Sie blieb auf dem Brückenberg sitzen, bis die Sonne über den sanften Dünen des Westens zu versinken begann. Dann erhob sie sich und begab sich wieder zu der Festung der Zauberin zurück.

Wahrscheinlich würde sie noch ein paar kalte Happen in der Küche ergattern können – nur selten fand ein richtiges Abendessen im Bankettsaal ihrer Mutter statt. Im Anschluß daran wollte sie die Bibliothek durchforsten, um ein lesbares Buch in die Finger zu bekommen – obwohl die Bibliothek von Folianten überquoll, gab es von der lesbaren Sorte nur wenige. Und danach? Was konnte sie schon tun, außer zu Bett zu gehen und so lange wie möglich zu schlafen.

Von der Bibliothek, wo sie in einem Buch über alte Hexenkunst und einem Pergament über Zauberer-Fürsten gelesen, sonst aber nichts Interessantes entdeckt hatte, ging Tanaquil wieder hoch in ihr Zimmer. Sie entschloß sich, einige ihrer verschwundenen Kleidungsstücke zu suchen, die sich gewöhnlich an den absurdesten Orten verbargen, zum Beispiel oben im Kaminschacht, oder sich unter den Möbeln tarnten, indem sie chamäleongleich die Farbe wechselten.

Als sie den Rauchfang untersuchte, erinnerte sie sich wieder an das Piefel, das auf der Suche nach einem Knochen durch den Kaminschacht gehuscht war. Sie hoffte, daß es wieder einen Weg hinaus gefunden hatte. Obwohl die Nächte eiskalt waren, wurden doch nur selten Kaminfeuer entzündet. Im Vorübergehen drückte Tanaquil auf den Löwenmund, um Wasser zu erhalten, doch ein Schwall von Papierblumen quoll hervor.

Draußen vor dem Fenster trieb leichter Schneefall auf die Wüste zu. Der Mond war aufgegangen, und die Dünen sahen aus wie glasierte Kekse.

Tanaquil blickte auf ihr Bett.

Auf den Kissen lag etwas Rundes und Schwarzes. Tanaquil näherte sich vorsichtig. »O nein!« rief sie aus. »Du garstiges Tier!«

Das Piefel von heute morgen – über und über mit

schwarzem Ruß bedeckt, den es großzügig überall auf dem Bett und den Kissen verteilt hatte, ganz zu schweigen von den dekorativen schwarzen Pfotenabdrücken – hob den Kopf.

»Was?« nuschelte das Piefel.

»Sieh doch nur, was du angestellt hast, du Plagegeist!«

»Nichts angestellt«, grummelte das Piefel. »Was angestellt?« Es sah sich erstaunt um.

»All diesen widerlichen Schmutz ...«

»Ruß«, erklärte das Piefel. »Putzen, putzen«, fuhr es fort und rollte sich auf die Seite, um sich halbherzig zu lecken, was den Ruß noch besser verteilte.

Tanaquil griff sich das Piefel und trug es zum Fenster. Sie setzte es unsanft auf der Brüstung ab und versetzte ihm einen harten Klaps. »Raus hier. Geh weg.«

»Mond«, murmelte das Piefel und starrte hingerissen himmelwärts.

»Geh endlich *weg.*«

Tanaquil schlug die Fensterläden hinter ihm zu.

Sie träumte, daß sie im Schnee über die Dünen rannte. Ihre Füße waren bloß, und sie flog wie der Wind dahin. Es gab keine Felsen, keine Anzeichen für eine Festung, sie wußte nicht, wo sie war, und es kümmerte sie nicht.

Sie erwachte durch lautes Schaben und Kratzen an den Fensterläden.

»Reinkommen«, verlangte eine Stimme. »Jetzt reinkommen.«

»Geh fort«, wiederholte Tanaquil in Richtung Piefel.

Doch das Piefel hörte nicht auf, zu kratzen und Einlaß zu verlangen.

»Wenn ich ans Fenster komme, schmeiße ich dich auf das Dach runter«, drohte Tanaquil.

»Will reinkommen«, insistierte das Piefel. »Jetzt.«

Murrend stand Tanaquil auf. Sie stieß die Läden mit Schwung auf. Dort, inmitten eines schimmernden Ovals aus Mondschein, hockte das Piefel. »Knochen«, erklärte das Piefel bedeutungsvoll, »hab Knochen *gefunden.*«

Und es beschnüffelte etwas, das vor seinen Pfoten auf dem Boden lag.

Tanaquil sah genauer hin. Was sie zunächst für einen Streifen Mondlicht gehalten hatte, war etwas anderes. Es war ein Knochen. Lang und schlank, nicht menschlich, nicht auf den ersten Blick zu identifizieren, und das Material, aus dem er bestand, schimmerte wie poliertes Milchkristall. Und in dem Kristall befanden sich kleine, sprinkelnde Flecken und Glitzer, wie Diamanten – nein, wie die Sterne draußen am Himmel.

»Ein *Knochen?*« flüsterte Tanaquil. »Wo hast du ihn gefunden?«

»Hab ihn *gefunden*«, entgegnete das Piefel.

»Aber *wo?*«

»Sandig«, sagte das Tier, »heiß.« Es blinzelte und nahm den Knochen wieder sanft ins Maul.

Tanaquil streckte die Hand aus, um das Ding zu berühren. Das Piefel knurrte und peitschte mit dem Schwanz, wobei es ein hämmerndes Geräusch gegen die Fensterläden produzierte. *»Meins.«*

»Ja, schon gut, ich weiß, daß es deins ist. Aber schließlich hast du es angeschleppt, um es mir zu zeigen. Laß mich ...«

»Grrrr«, machte das Piefel.

Es bewegte sich geduckt rückwärts, und die

unglaubliche Röhre aus Sternenlicht glänzte zwischen seinen Zähnen.

»Das darfst du nicht – *nicht* zerbeißen«, schrie Tanaquil.

Das Piefel verzog sein Gesicht und warf sich urplötzlich in einer Art von horizontalem Purzelbaum herum. Es floh mit funkenstiebendem Fell und peitschendem Schwanz, rutschte und stolperte über das Dach unter ihrem Fenster, um über eine ornamentale Wetterfahne im Labyrinth der Dunkelheit darunter zu verschwinden.

2

Am Morgen war es immer noch dämmrig in der Küche. Die Öllampen brannten, und die Köchin löste die Nadeln aus ihrem Haar, während Kissen ihr Kind in der Spüle badete.

Tanaquil trat näher und begann, nachdem sie tapfer den Abfallkübel geöffnet hatte, den Müll zu durchstöbern.

»Was, um alles in der Welt, sucht Ihr dort, Herrin?«

»Ich sehe mich nach einem netten saftigen Knochen um.«

Kissen gab einen unterdrückten Schrei von sich.

Die Köchin wandte sich mit einschmeichelnder Stimme an sie: »Aber Herrin, wartet einen Augenblick, und ich brate Euch ein wenig Brot an ...«

»Nein, danke, ich brauche einen Knochen, an dem noch ein paar leckere Fleischfetzen hängen – gegrillt oder roh, das ist mir gleich.«

»Armes Mädchen«, meinte Kissen.

»Schon seit Monaten habe ich hier so etwas nicht mehr gehabt«, antwortete die Köchin, »seit dem letzten Abendessen in der Halle nicht mehr. Ist es das Mark, das Ihr sucht, vielleicht für eine Suppe?«

»Er ist nicht für mich«, klärte Tanaquil das Mißverständnis verärgert auf. Der Abfall enthielt Haut und Eierschalen, verschimmelte Krusten und weiteren unerfreulichen Müll. Keine Knochen, keine Fleischreste. Sie wußte, daß die Küche sich für gewöhnlich einmal in der Woche einen riesigen Braten zubereitete. Aber vielleicht waren sie ja in letzter Zeit etwas nachlässig geworden. »Was habt ihr denn sonst? Fetten Speck? Den kannst du dann für mich auf einen Toast legen, dick bitte, und eine Tasse von diesem grünen Tee dazu.«

»Grün?« Die Köchin schüttelte ihre Lockenpracht. »Wir haben hier keinen grünen Tee. Muß noch ein Ausläufer von Madams Magie gewesen sein.«

Tanaquil blieb in der Küche, bis Toast und Speck fertig waren. Während sie wartete, verspeiste sie eine Orange und beobachtete, wie Kissens Kind versuchte, ihre Puppe auf dem Ofen zu zerschmettern, aber die Puppe überlebte es und krähte unablässig ›*Mama.*‹

Mit dem Frühstück bewaffnet eilte Tanaquil die Treppen hinauf in ihr Zimmer und legte den schleimigen Toast auf das Fensterbrett, um das Piefel anzulokken. Sie hatte die ganze Nacht über die Läden offenstehen lassen, aber das Piefel war nicht zurückgekehrt. Irgendwo mußte es sein Nest haben, angefüllt mit den Dingen, die es ausgegraben oder gestohlen hatte. Aber sie wußte nicht, wo. Und woher war der Knochen gekommen? Irgendwo aus dem Sand, während der heißen Tageszeit –

Tanaquil war der Gedanke gekommen, daß der Knochen des Piefels ein ganz gewöhnlicher Knochen sein könnte, verändert durch die magische Kraft der Festung. Und doch hatte es nicht so ausgesehen, nicht so *gewirkt*. Die magischen Kräfte riefen immer etwas Lächerliches oder Beängstigendes hervor. Der Knochen jedoch war etwas ganz Besonderes gewesen.

Tanaquil saß an ihrem Arbeitstisch, hantierte mit den Fossilien herum und reinigte ihre Arbeitswerkzeuge, von denen eins sich wie eine Schnecke aufgerollt hatte und dringend geglättet werden mußte. Und dann saß sie nur einfach mit in die Hände gestütztem Kinn da und stierte auf das offene Fenster.

Das Piefel kam nicht zurück. Sie hatte es verärgert oder verängstigt. Vielleicht hatte es den Knochen entzweigebissen und verschlungen – nein, sicherlich konnte das nicht passieren.

Die Sonne wurde heißer und tauchte das Zimmer in Licht. Der Speck duftete, und eine goldene Fliege landete darauf und hielt ein Festmahl.

Es war Mittag. Das Piefel war nicht gekommen und würde auch nicht kommen.

Tanaquil erhob sich. Sie hatte ihren Hosenrock gefunden, und nun stopfte sie seinen Saum in die Stiefel. Sie schwang sich über die Fensterbrüstung nach draußen und setzte einen Fuß auf das abfallende Dach darunter.

Hier draußen brannte die Sonne erbarmungslos. Es war eine Welt aus Dachhügeln und Regenrinnen, mit Büschen von Wetterfahnen und alten, geheimnisvollen Leitungen gekrönt. Die kupfernen Dachschindeln brannten grünlich in der Sonne, und hier und dort stand ein Wäldchen aus Schornsteinen. Darüber erhoben sich die höchsten Türme und die Heckenreihen der Zinnenkränze, wo zwei Soldaten mit einem blechernen Speerklackern aneinander vorbeigingen. Befand sich das Nest auch hier zwischen den Dächern, oder hatte das Piefel sich aus einer Laune heraus dazu entschieden, zu ihrem Fenster hochzuklettern?

Tanaquil suchte sich ihren Weg über die Kupferschindeln, trat in den Schatten der Schornsteine ein und wieder heraus. Das Piefel konnte sich ebensogut ein Lager in einem der eher selten genutzten Rauchfänge angelegt haben. Sie lugte in Spalten hinein und entdeckte rote Blumen, die aus den Ritzen emporwuchsen. Weiter fort, unter der Traufe der Bibliothek, hing ein großes, unordentliches Nest, das einst von irgendwelchen Raben benutzt worden war. Sie hatten zu sprechen gelernt und waren fortgeflogen, wobei sie gekrächzt hatten, daß ihnen der Abfallhaufen der Festung nicht interessant genug sei. Das Nest lag im Schatten eines Turms, geschützt von Gebäudevorsprüngen und Dachgiebeln.

Tanaquil stieg zu einem trockenen Kanal zwischen den Dächern herunter und kämpfte sich durch die Blumen vor. Am Ende des Kanals befand sich eine Zisterne voll mit abgestandenem Wasser – nachts nahm sie den Schnee auf, der dann tagsüber gärte. Am Rande der Zisterne befanden sich schwarze Pfotenabdrücke.

Um das Dach der Bibliothek zu erreichen, mußte Tanaquil einen schmalen Spalt überspringen, auf dessen Grund sie den Küchenhof weit unten sehen konnte. Kissen und ein anderes Mädchen, vielleicht Wurst, hängten gerade Wäsche auf. Von hier oben wirkten sie so klein wie die Puppe des Kindes. Tanaquil holte einmal tief Luft und sprang. Sie landete auf der Bibliothek und hörte, wie Kissen weiter unten sagte: »Hör mal, diese Raben müssen zurückgekommen sein.«

Einer der Soldaten sah ebenfalls von den Zinnen herüber. Tanaquil fürchtete für einen Moment, er möge sie für einen Eindringling halten und auf sie feuern, aber er winkte ihr nur zu.

Das Rabennest war leer, doch auf seiner anderen Seite führte ein Kanal unter den Wänden des Turms und dem überhängenden Dach entlang. Tanaquil schlüpfte in den tiefen Schatten und stolperte über einen Haufen aus Stoffetzen und Stroh. Die Mauer roch nach Piefel, sauberem Fell und Fleisch und Geheimnissen. Außerdem gab es noch einen Hort von allerlei Krimskrams – eine kleine Pfanne aus der Küche, ein paar Ziermünzen, wahrscheinlich von einem der Gewänder Jaives, eine Speerspitze ... und, wie weißes Wasser im Schatten schimmernd – »Sieben«, sagte Tanaquil laut, »sieben von ihnen.« Sieben Knochen wie der, den Tanaquil in der vergangenen Nacht zu Gesicht bekommen hatte: zwei sehr kleine und ein sehr langer, zerbrochener und gebogener, vielleicht eine Rippe, und vier, die dem ersten genau glichen, als seien sie eine exakte Kopie. Und alle wie Milchkristall und Sterne.

»Böse.«

Tanaquil schreckte schuldbewußt hoch. Sie blickte auf, und dort oben, auf dem Rand des Rabennests, zeichnete sich die Silhouette des Piefels gegen den gleißenden Himmel ab. Seine Haare standen zu Berge, die Ohren waren gespitzt, der Schwanz zu einer furchterregenden Bürste aufgebauscht. Zwischen seinen Vorderpfoten lag ein weiterer dieser erstaunlichen Knochen. Der achte.

»In *meinem* Versteck«, grollte das Piefel.

Tanaquil fragte sich, ob es sie wohl angreifen würde.

Dann glättete sich sein Fell wieder, und die Ohren schlappten herunter. Sein Gesicht nahm einen verlorenen und traurigen Ausdruck an.

»Sieh mal, ich nehme dir ja nichts weg«, beruhigte Tanaquil das Tier reuevoll. »Ich habe darauf gewartet, daß du zurückkommst und mir den Knochen noch einmal zeigst. Und als du nicht kamst, bin ich eben hierher gekommen.«

»In mein *Versteck.*«

»Ja, in dein Versteck. Was hast du da für eine Menge von diesen Knochen! Was für ein kluges Tier.«

Das Piefel hockte sich in dem Nest nieder und kratzte sich hinter den Ohren. »Stich«, erläuterte es. Es schien auf ihr Kompliment angesprungen zu sein. »Klug«, wiederholte es.

»Natürlich gehören sie *dir.* Aber vielleicht läßt du mich dir dabei helfen, sie zu finden – ich meine, gibt es noch – mehr?«

»Mehr. Viele.«

Ein kalter Schauer rann inmitten der Mittagshitze Tanaquils Rücken hinunter.

»Willst du sie mir zeigen? Darf ich dir helfen?«

Das Piefel senkte den Kopf und begutachtete den achten Knochen, den es gerade angeschleppt hatte. Keiner sagte etwas.

»Weißt du, die Raben könnten zurückkommen und es dir stehlen«, fuhr Tanaquil nach einer Weile fort.

Das Piefel schnellte den Kopf in die Höhe und suchte den Himmel ab; seine Schnurrhaare beschrieben kühne Suchkreise.

Tanaquil fühlte sich wie ein Bösewicht.

»Laß mich dir helfen«, wiederholte sie. Sie ging zu

dem Piefel hinüber und streichelte ihm sanft über den Schädel. Das Piefel ließ es sich gefallen und betrachtete sie aus seinen Topasaugen. »Du bist ja soo *klug*. Was für ein wundervoller Knochen.«

Am Nachmittag, als die schlimmste Hitze sich gelegt hatte, gingen sie hinaus. Das Piefel war den ganzen restlichen Morgen hin und her gehastet. Nur ein einziges Mal hatte es eine kleine Pause eingelegt, um einen Schluck aus der Dachzisterne zu trinken.

Zumindest schien das Piefel erfreut über ihre Gesellschaft zu sein. Es flitzte geschäftig umher, hetzte manchmal vor und tollte dann im Sand herum, bis Tanaquil es wieder eingeholt hatte. Sie wanderten in Richtung der Felshügel. Tanaquil akzeptierte diese Tatsache mit einem komischen Gefühl im Magen. Als der kleine Nachmittagsschatten der Felsen auf sie fiel und das Piefel unter den hohlen Hügel hüpfte, der wie eine Brücke geformt war, nickte Tanaquil nur. Der Hort dieser sagenhaften Knochen befand sich direkt unterhalb der Stelle, an der sie gebrütet hatte. Vielleicht hatte der Sandsturm vor einer Woche ihn freigelegt, vielleicht auch andere, verspielte Piefel.

Die dunkle Hitze unter dem Felsbogen war feierlich und purpurfarben. Auf der anderen Seite, am Rande des Berges, buddelte das Piefel und schickte Sandfontänen hoch in die Luft.

Tanaquil begab sich zu ihm, um nachzusehen.

Und dort befanden sich die Spitzen der Knochen, die wie kristalline Pflanzen in den Himmel ragten.

Sie gruben gemeinsam.

»Gut, gut«, keuchte das Piefel, wühlte seine Schnauze in den Sand und beförderte – es war kein

Zweifel möglich – einen vollständigen Brustkasten ans Tageslicht. Er war gewaltig, einschüchternd. Wie er im Schatten glänzte! »Sprr«, sagte das Piefel. Sie zogen den Rippenkasten aus dem Sand, und die Beinknochen folgten und zerfielen in einzelne, juwelenartige Stückchen. Es ähnelte dem Beinknochen eines großen Hundes oder eines Pferdes.

»Gibt es auch einen Schädel?« wollte Tanaquil wissen.

Das Piefel achtete nicht auf sie, grub einfach weiter. Es hatte offensichtlich erkannt, daß es mit der Hilfe von Tanaquil beim Transport nun alle Knochen auf einmal freilegen konnte.

Ungefähr eine Stunde lang hatten sie in dem hohlen Felsen gearbeitet, als der Sand nachgab und in einen großen Kessel wegfloß. Einige der gerade ans Tageslicht beförderten Knochen wurden wieder in dem Sandrutsch begraben.

Das Piefel purzelte strampelnd herum. Tanaquil stieß einen der herzhaften Flüche aus, die die Soldaten so liebten.

Aller Wahrscheinlichkeit nach lagen die Knochen über einem Hohlraum im Sand. Sie mochten ebensogut unerreichbar für sie in einen verborgenen Abgrund stürzen. Außerdem konnte der Sand auch unter Tanaquil und dem Piefel nachgeben und sie in den Abgrund ziehen.

Tanaquil versuchte, dies dem Piefel begreiflich zu machen, aber es schenkte ihr keine Aufmerksamkeit und nahm seine Grabarbeiten wieder auf. Tanaquil zuckte die Schulter und vereinte dann ihre Anstrengungen mit denen des Tieres, jederzeit darauf vorbereitet, bei dem geringsten Anzeichen einer Erdbewegung das Piefel zu packen und zu flüchten.

Aber es gab keinen weiteren Sandrutsch, und nach und nach wurden die neuen Knochen sichtbar, Teile der Wirbelsäule und eines langgezogenen Halses: Sternenblumen.

Und dann spürte Tanaquil eine glatte Masse an ihren grabenden und zerrenden Händen. Sie zog den Gegenstand hervor. Der Sand glitt von ihm zu Boden.

»Nicht gut«, sagte das Piefel. »Kein Knochen.«

»Es ist der *Schädel*«, belehrte es Tanaquil.

Sie hielt den Schädel in den Händen und war erstaunt, selbst nach dem, was sie bereits gesehen hatte.

Es war ein Pferdeschädel oder einem solchen zumindest sehr ähnlich, und es glomm wie ein Opal, noch glänzender als die anderen Knochen. Durch das kristalline Material flimmerten Farben, feurig und klar. Sie stellte sich das Hirn vor, das in diesem Käfig gesteckt, von solchen Farben gelebt oder diese hervorgerufen haben mochte. Die Zähne, von einem silbrigen Weiß, waren noch alle vorhanden. Ein Knochenwulst wölbte sich auf der Vorderseite des Schädels, oberhalb der Augenhöhlen – Schichten von Opal –, eingekerbt wie eine dritte Höhle, die irgendein kostbares Juwel umfassen sollte.

Tanaquil blickte um sich. Sie war von den Knochen umgeben. Das Piefel buddelte immer noch emsig weiter, katapultierte Sandfontänen in die Luft und verschwand immer tiefer in dem Loch.

»Ich glaube, das war's«, stellte Tanaquil fest. »Es ist fast vollständig.«

»Mehr«, verlangte das Piefel.

»Laß uns nun zurückgehen.«

Das Piefel strampelte, der Sand gab nach. Das Tier fiel nur einen Fuß tief, doch Tanaquil beugte sich in das Loch hinunter und ergriff es. Es kam ärgerlich niesend und mit allen vieren in die Luft kickend zum Vorschein.

»Will graben.«

»Nein, das reicht jetzt.«

»Graben, graben.«

»Wir sollten die Knochen in mein Zimmer bringen. Dort sind sie in Sicherheit. Du kannst bei mir bleiben. Das wirst du doch bestimmt mögen. Ich besorge dir ein Stück wunderbaren Speck.«

Das Piefel schien seine Optionen zu durchdenken. Es setzte sich auf sein Hinterteil nieder, putzte sich und ließ das Loch Loch sein.

Tanaquil begann damit, die Knochen einzusammeln. Sie wickelte sich den Schal vom Kopf und schlug mehrere Knochen darin ein, pfropfte Knochen in ihre Stiefelstulpen und Manteltaschen. Mit dem Brustkorb verhielt es sich schwieriger. Irgendwie gelang es ihr, sich das Teil auf den Rücken zu wuchten. Schließlich ergriff sie den opalenen Schädel und klemmte ihn sich unter den noch freien Arm. »Du nimmst diese da.« Tanaquil deutete auf die letzten schlanken Wirbelknochen, die sie nicht mehr verstaut bekommen hatte. Das Piefel nahm sie ins Maul. Es stand weit offen, glänzte.

Angenommen, jemand entdeckte sie? Im allgemeinen war es durchaus möglich, daß die Festung am späten Nachmittag ziemlich verlassen war. Soldaten und Dienerschaft dösten, und Jaive, unempfindlich gegen die Hitze, wirbelte durch ihr Zauberreich. Tanaquil konnte nur hoffen, daß sich alle Burgbewohner an ihren üblichen Tagesablauf hielten. Sie hatte keine Lust, ihre Entdeckung mit jemandem zu teilen. Obwohl sie die Burg nicht verlassen konnte, hatte sie doch eine vorübergehende Fluchtmöglichkeit gefunden – denn die Knochen dieses magischen Wesens bewirkten, daß sie sich eine Zeitlang selbst vergaß. Was zählte schon im Vergleich zu ihnen?

Die volle Wucht des Sonnenlichts traf sie, als sie den Schatten des Brückenbergs verließen, doch die Sonne sank schon westwärts dem Horizont entgegen, und der Himmel war trübe und golden.

Lange Schatten vor sich her werfend, kehrten Tanaquil und das Piefel zu der Festung zurück.

Tanaquil erzählte dem Piefel von Speck und geröstetem Braten und anderen Köstlichkeiten, die sie ihm zu verschaffen gedachte. Es hielt Schritt mit ihr, sagte jedoch nichts, das Maul mit Magie gestopft.

Das Piefel legte sich ein Lager unter Tanaquils Bett an. Es knüllte ihren Bettvorleger zusammen und stopfte ihn unters Bett, nicht ohne sich auch noch ein Kissen zu stibitzen. Federn quollen aus dem zerfetzten Kissen heraus und verteilten sich auf dem gesamten Fußboden.

Während sie die Knochen am anderen Ende des Zimmers auf dem Boden ausbreitete, hörte sie das Piefel schnüffeln, sich beschweren und unruhig herumzappeln. Es hatte den ranzigen Speck vom Fensterbrett gegessen, und sie hatte ihm zusätzlich noch frischen aus der Küche besorgt, wo zwei einsame Putzjungen auf einem kalten Steinofen schnarchten. Von Zeit zu Zeit tauchte das Piefel an ihrer Seite auf und beobachtete, was sie mit den Knochen anstellte. »Bitte, bring sie mir nicht durcheinander«, warnte Tanaquil. Ihr wurde klar, daß es besser wäre, das Skelett freischwebend aufzuhängen, vielleicht von einem

Deckenbalken herunter; sie öffnete ihren Werkzeugkasten und maß gleichlange Stückchen an einer feinen Messingkette ab, schnitt sie durch und suchte sich Aufhänger, mit denen sie die Kettenglieder befestigen konnte – sie hatte nicht vor, auch nur einen einzigen der Knochen anzubohren und war sich auch gar nicht sicher, ob sie das überhaupt gekonnt hätte.

Auf dem Boden nahm das Skelett mittlerweile seine wahre Gestalt an.

Schließlich stellte Tanaquil sich aufrecht hin, um einen besseren Überblick zu gewinnen.

Manche Teile waren abgebrochen, hier und da gab es Lücken, fehlende Wirbel in dem langen Rückgrat, nicht vorhandene Rippen, und am rechten Vorderbein war eine der spitzen Zehen des Hufs verlorengegangen. Doch sie war in der Lage, alle Verluste in zwar weniger schönem, aber passendem Material wettzumachen, so daß zumindest das Knochengerüst vollständig sein würde.

Ohne jeden Zweifel konnte sie nun erkennen, daß es sich um das Skelett eines außergewöhnlichen Pferdes handelte – eines Pferdes von außergewöhnlicher Zartheit allerdings, dessen hintere Partie und Beine, Schwanz und Kuppe und auch der Kopf länger als üblich waren, ganz zu schweigen von dem Knochenwulst über den Augen ...

Das Skelett sprühte Funken. Es wirkte beinahe freundlich. Und dann, durch irgendeine Veränderung des Sonnenlichts, verwandelte es sich, und ein unbestimmter Schrecken berührte Tanaquil, wie sie es noch nie zuvor verspürt hatte. Ihre Mutter glaubte nicht an Religion oder Priester, doch Tanaquil fragte sich, ob sie Gott irgendein Opfer darbringen sollte. Denn nur der Gott konnte wissen, was dieses Ding einmal gewesen war.

Das Licht schmolz; die Sonne war untergegangen. Am tiefblauen Himmel begannen die Sterne aufzusteigen, und die Kälte der Nacht atmete draußen am Fenster.

»Du wirst es hier drinnen schön warm haben«, redete Tanaquil dem Piefel zu. Es schnarchte in seinem selbstgebauten Nest.

Tanaquil kletterte auf ihren Arbeitstisch und begann, Bronzehaken in den Deckenbalken zu drehen –

Es klopfte an der Tür. Die Stimme von Vogel, einem der Mädchen, die immer noch hin und wieder zerstreut die Räume der Festung säuberte, drang durch die Türbretter. »Herrin Tanaquil?« Tanaquil konnte sich nicht daran erinnern, Vogels Stimme in den letzten beiden Monaten gehört zu haben. Auch sonst hatte sie sie nirgendwo getroffen. Und in diesem Augenblick war sie alles andere als froh, Vogel zu treffen.

»Kleinen Moment!«

Tanaquil rannte zu ihrem Bett, zog die oberste Decke herunter und breitete sie eilig über das Knochengerüst. Dann öffnete sie die Tür. Vogel verbeugte sich, was die Leute aus der Küche, die sie jeden Tag sah, nie taten.

»Die Herrin, Eure Mutter, hat mir aufgetragen, Euch zu holen.«

»Was wünscht sie?«

»Sie hat einen Dämon in ihrem Wachszirkel sitzen. Ich habe ganz schön gekreischt, als ich ihn gesehen habe.«

»Sie hat immer irgendeinen Dämon in ihrem Zirkel. Warum verlangt sie, mich zu sprechen?«

»Sie hat nur gesagt, ich solle Euch zu ihr holen.«

»Es paßt mir gerade überhaupt nicht ...«, sinnierte Tanaquil. Aber wenn sie nicht ging, konnte ihre Mutter gut und gerne heruntergefegt kommen, um sie zur Rede zu stellen. Ein Besuch von Jaive war eine Seltenheit, aber eine Aufforderung, zu ihr zu kommen, nicht minder. »In Ordnung«, gab Tanaquil nach, verließ ihr Zimmer und schloß die Tür hinter sich. Vogel hatte anscheinend die ausgebreitete Decke nicht bemerkt, ja noch nicht einmal den Federschnee aus dem zerfetzten Kissen oder die Schmierspuren der Speckmahlzeit.

Sie stiegen die Steintreppe hinauf. Eine hölzerne Frucht löste sich von dem Geländer und trudelte nach unten. Keins der beiden Mädchen zeigte irgendeine Reaktion. In den offenen Treppenabsätzen war es empfindlich kühl; draußen auf den Wehrgängen brannten flache Kohlenpfannen, und die Soldaten sangen Seemannslieder.

»Du wünschst Jaive zu sprechen?« fragte der Jadekopf an der Tür zu Jaives Zauberreich.

»Aber ja, wen denn sonst?«

»Nenne mir deinen Namen und deinen Rang!«

Doch die Tür mußte überrascht bemerken, daß sie mitten in ihrer Frage von innen geöffnet wurde; sie sah beleidigt aus.

Vogel gab einen spitzen kleinen Schrei von sich und flitzte die Treppe hinunter.

Die Wände von Jaives magischem Refugium waren merkwürdig verschleiert, wie von Nebel in einem Wald. Das Zentrum des Raums lag indes klar da, und dort, inmitten des Wachszirkels, von den brennenden Wachskerzen beleuchtet, saß ein Dämon mit zwei Köpfen, Elephantenohren, Froschaugen und einem dicken Bauch, aber ohne Beine, denn er hörte unterhalb des Beckens auf – aber vielleicht befand sich sein Unterteil auch nur in einer anderen Dimension unterhalb des Fußbodens.

Herrisch stand Jaive neben ihm. Sie beobachtete ihre Tochter, warf ihren roten Haarschopf zurück und sagte: »Mit was hast du dich beschäftigt, Tanaquil?«

»Mit nichts«, antwortete diese. »Was meinst du?« fügte sie beiläufig hinzu.

»Epbal Enrax teilte mir mit, daß seltsame, wilde Elemente meine Festung betreten haben.«

Epbal Enrax war der Dämon. Er wurde etwa einmal pro Monat beschworen. Tanaquil nickte ihm höflich zu. »Wie geht's, Epbal Enrax?« Der Dämon atmete ein mauvefarbenes Wölkchen aus, was ein Zeichen von Zufriedenheit war. »Ich verstehe nicht«, fuhr Tanaquil an ihre Mutter gewandt fort, »warum du zu der Annahme kommst, daß diese seltsamen, wilden Elemente etwas mit mir zu tun haben könnten.«

»Epbal Enrax«, befahl Jaive dem Dämon, »sprich!«

Und Epbal Enrax sprach. Das Gemach erzitterte in seinen Grundfesten, und Stößel und Pergamente purzelten aus den Wandschränkchen – seine Stimme war nicht laut, nur *nachhallend*.

»Unten«, dröhnte Epbal Enrax, *»ganz nahe.«*

»Womit wir bei dir wären, Tanaquil.«

»Und bei der Hälfte deiner Soldaten, deiner Küchenmädchen ...«

»Fahr fort, Epbal Enrax!«

»Rothaar legt ihre Hände auf ein Funkenfeuer.«

Tanaquil bebte. Glücklicherweise verbreitete der Dämon Kälte um sich – einige der Wachskerzen waren bereits ausgegangen –, so daß sie eine gute Entschuldigung für ihr Zittern hatte. Sie warf ihrer Mutter einen ätzenden Blick zu und antwortete: »Er meint dich, Mutter. Rotes Haar und Funken und der ganze Kram. Irgendein Strahlenspruch von dir hat sich wieder selbständig gemacht und geistert auf dem Treppenabsatz herum. Er will dich hinters Licht führen. Du hast mir selbst gesagt, daß Dämonen immer dazu neigen.«

Jaive runzelte die Stirn und wandte sich an den Dämon.

»Hier steht meine Tochter: Was ist mit ihr?«

Epbal Enrax' Stimme vibrierte: *»Rebellion.«*

Tanaquil hatte das ungute Gefühl, er helfe ihr nun bei ihrem Täuschungsmanöver. Dämonen säten immer Zwietracht, wenn sie eine Möglichkeit dazu sahen. Sie wappnete sich zum Angriff.

»Ja«, erklärte sie, »er meint unseren letzten Streit, Mutter. Darüber, daß ich von hier fort möchte. Und daß du mich nicht gehen läßt.«

Jaives gebieterische Haltung bröckelte ab. Sie wirkte aufgebracht.

»Meinst du, daß ich jetzt diesen Unsinn hören will?«

»Du hast mich kommen lassen.«

»Was hast du getan?« verlangte Jaive in einer letzten Aufwallung von Mißtrauen zu wissen.

»Was tue ich schon groß? Dinge reparieren, herumwerkeln. Ich langweile mich. Es macht mich fuchsteufelswild. Ich will hier weg und ...«

»Sei still!« wütete Jaive. Sie drehte sich wieder zu dem Dämon um und schleuderte einen Lichtstrahl auf ihn. Der Dämon brutzelte ein wenig und begann zu winseln. »Und du bist auch still! Ich bin von Idioten umgeben. Wenn du nach Abwechslung verlangst, Tanaquil, werden wir ein Abendessen in der Halle veranstalten. Jawohl, ein Fest, eine Party. Du darfst eins deiner besten Kleider tragen.«

»*Das* freut mich aber«, versetzte Tanaquil trocken.

»Und nun geh. Was dich anbetrifft ...«

Tanaquil schloß eilig die Tür hinter sich, und den ganzen Weg die Treppen herunter hörte sie die Schreie und verzweifelten Entschuldigungen des Dämons.

Die Festung war nun fast vollständig in Dunkelheit getaucht, bis auf einige wenige Lampen, die die Treppen und die Windungen der Gänge beleuchteten, die Sterne in den Fensteröffnungen und das Flackern der Kohlepfannen.

Tanaquil öffnete die Tür und zögerte.

Durch die Dunkelheit und die ausgebreitete Decke hindurch stieg ein sanfter, schwacher Schimmer vom Boden auf. Die glitzernden Knochen leuchteten wie Sterne. Legt ihre Hände auf das Funkenfeuer – hatte der Dämon wirklich sie und ihre jüngste Beschäftigung gemeint? Und was *war* das überhaupt für eine Beschäftigung? Welche Zaubermacht jenseits ihres Begriffsvermögens mochte sie freisetzen?

Sie betrat ihr Zimmer und stand dort, umhüllt von der Nacht.

»Piefel«, lockte sie sanft, »was sollen wir tun?«

Keine Antwort. »Wir werden ein großes Bankett geben«, fuhr Tanaquil fort, »und ich werde dir einen extra großen Fleischknochen besorgen ...«, und dann sah sie, daß der Fensterladen weit geöffnet stand. In den Federschichten auf dem Boden bemerkte sie die Spuren von fetttriefenden Pfoten. Das Piefel war gegangen. Von der Dunkelheit angezogen, war es zu dem hohlen Felsen in der Wüste zurückgekehrt.

Tanaquil verspürte einen Stich der Besorgnis. Sie war verantwortlich für das Piefel. Sie bestanden dieses Abenteuer gemeinsam. Aber nein, das war ja töricht. Wer konnte schon ein Piefel kontrollieren?

Als sie die Lampe entzündete, wurde der Schimmer des Skeletts schwächer.

»Ich werde einfach weitermachen«, sprach sie laut vor sich hin.

Sie stellte sich vor, der Sand in dem hohlen Berg würde wieder nachgeben und das Piefel unter sich begraben. Grimmig kletterte sie erneut auf ihren Arbeitstisch und machte sich daran, die Haken im Deckenbalken zu verankern.

Wie langsam die Nacht doch verging.

Hatte sie jemals zuvor eine schlaflose Nacht verbracht? Tanaquil konnte sich an keine erinnern. Unzufriedenheit und Langeweile hatten sie immer *gut* schlafen lassen. Und nun war sie überhaupt nicht gelangweilt, vielmehr hellwach, gespannt und sehr besorgt.

Sie hatte alles erledigt, was sie mit den ihr zur Verfügung stehenden Werkzeugen erledigen konnte. Morgen würde sie den Schmied aufsuchen, einen der Soldaten, und sie hoffte, daß er nicht zu betrunken sein würde, um die Esse zu entzünden. Mit ihren genauen Anweisungen sollte es ihm gelingen, jene Teile zu fabrizieren, die sie benötigte, um das Knochenwesen wieder vollständig zu machen. Eine wilde Idee war ihr gekommen. Man könnte womöglich Zahnrädchen und Scheiben, Scharniere und dünne Bronzeschäfte in das Skelett, in seine Beine, Kuppe und Wirbelsäule einfügen. Vielleicht wäre es möglich, es zu bewegen, es gehen und springen zu machen, es mit den Hufen auf den Boden treten, den Kopf schütteln und den schlanken Schwanz peitschen zu lassen. Wenn sie es geschickt anging, würde der Schmied zu der Auffassung kommen müssen, sie brauche die Teile nur für die Reparatur einer weiteren, etwas komplexeren Uhr.

Als sie alles vorbereitet hatte, was sie vorbereiten konnte, war die Nacht in die schwarzen Stunden des frühen Morgens hinübergeglitten. Der Mond war auf- und wieder untergegangen. Der Schnee war gefallen und festgefroren. Immer noch zitternd hatte Tanaquil ein Feuer im Kamin aufgeschichtet und entzündet.

Sie ließ die Fensterläden offenstehen. Manchmal knirschten sie, und dann blickte sie auf – aber kein Piefel war zu sehen.

Am Morgen würde sie sich aufmachen und nach ihm suchen, auf den Dächern, in der Felskette. Es war hoffnungslos, es nun zu versuchen, die Kälte würde unüberwindlich sein. Sie konnte noch nicht einmal ihre Wolljacke oder einen Mantel finden.

Schließlich, im stumpfen Licht des Feuers, ergriff sie eine zweite Decke, um den geheimnisvollen Glanz des Skeletts zu dämpfen, löschte ihre Lampe und ging zu Bett.

Sie lag wach und sah auf den gewöhnlichen Schein des Kaminfeuers an der Decke.

Dann befand sie sich draußen in der Wüste, eilte über den Reifschnee auf die Festung zu, und von oben hörte sie die Schreie der Soldaten, die mit ihren Armbrüsten auf sie feuerten, sie aber verfehlten. Da erwachte Tanaquil halbwegs und hörte wirklich das Klappern und Rufen der Soldaten. Doch das war nichts Ungewöhnliches. Sie sahen dauernd Dinge, die es gar nicht gab, und feuerten auf sie. Sie bekam einen erstickten Schrei mit: »Du Idiot, es ist nur das Geisterlicht auf dem Schnee!«

Dann schlief sie wieder und stand auf dem hohlen Felsen, der wie eine Brücke geformt war. Über dem Horizont im Westen ging der Mond, der soeben untergegangen war, wieder auf. Sie sah ihm zu, und dann öffnete sie ihre Augen.

Wieder war ein wenig Zeit vergangen. Das Feuer war ausgebrannt. Der Raum hätte eigentlich stockdunkel sein müssen, lag aber in Licht getaucht. Der Mond schien durch das Fenster hinein.

Und dann entdeckte Tanaquil das Piefel, das am Fuß ihres Bettes stand. Es glich beinahe der Szene vom gestrigen Abend, außer, daß sie diesmal das Fenster für das Tier offengelassen hatte. Außer, daß das Piefel diesmal ein Ding in seinem Maul hielt, das zu groß war, um problemlos transportiert zu werden, lang und in sich gedreht wie eine Meeresschnecke, dessen Spirale sich zu einem Punkt zuspitzte, der dünner als eine Nadel war. Und es glänzte, dieses Ding, es *flammte*, und tauchte den ganzen Raum, das Piefel, Tanaquil und selbst die Luft in Silberlicht.

Dann legte das Piefel seine Bürde vorsichtig auf ihrem Bett ab, und der helle Glanz erlosch so weit, daß er dem opalenen Sternenlicht der restlichen Knochen glich. Und dann erkannte Tanaquil ohne Zögern, daß das, was das Piefel ihr gebracht, aus dem Sand unter dem Hügel ausgegraben hatte, ein Horn war. Und obwohl sie nie zuvor ein solches Horn zu Gesicht bekommen hatte, erkannte sie es, so wie jeder, der in dieser Welt lebte, es erkannt haben würde.

»O Piefel«, sagte Tanaquil. »Bei Gott. Es ist ein Einhorn.«

3

Als Tanaquil fünf Tage später erwachte, fielen ihre Augen nicht gleich auf das Porträt von Jaive. Instinktiv hatte Tanaquil sich im Schlaf herumgeworfen und lag nun so, daß sie auf ihren Arbeitstisch blickte. Und dort hing, freischwebend, das Sonnenlicht vom Fenster widerspiegelnd, das vollständige, fertige Knochengerüst des Einhorns.

Es war elfenhaft und wunderschön, glich weniger einem Skelett als vielmehr irgendeinem feeischen Musikinstrument. Die Ersatzröhren und -scheiben aus blankem Kupfer verdarben den Gesamteindruck keineswegs, waren nichts als warme Flecken auf dem Kristall, und der Huf war wie ein Punkt aus Feuer. Der Schädel des Einhorns sah wie ein blasser Regenbogen aus, und das Horn, das bei Tageslicht nurmehr wie eine riesige Muschel aus Perlmutter wirkte, war mit Bronzenägelchen auf der Stirn befestigt wie ein Diadem.

Das Einhorn zitterte leicht in einem Lufthauch des frühen Morgens. Die Ketten, mit denen es an dem Deckenbalken aufgehängt war, sahen wie ein strahlender Regenschauer aus. Es war eine Art von auserlesenem Mobile.

An den Gelenken befanden sich die dünnen, glänzenden Hebelchen und Rädchen, die Tanaquil dort um Mitternacht befestigt hatte.

Unter dem Skelett, auf ihrem Arbeitstisch, hockte das Piefel.

Die Soldaten hatten schon Bemerkungen über das Piefel gemacht, das Tanaquil während ihrer Besuche bei dem Schmied nicht von der Seite gewichen war. Sie hielten das Piefel für eine Art von Schoßtierchen und bewunderten seine Anhänglichkeit, als es in der Schmiede saß und auf die Arbeit starrte. Tanaquil wußte, daß das Piefel sich ausschließlich für die Einhornteile interessierte. Während sie in ihrem Zimmer daran gearbeitet hatte, hatte es sie von seinem Lager unter ihrem Bett aus nicht aus den Augen gelassen; manchmal war es aufgestanden, um über ihre Werkzeuge zu tapsen und sie durcheinanderzubringen. Es sprach nur selten. Gestern waren die Hirten zu der Festung gekommen, und große Fleischstücke wurden nun für Jaives Festmahl zubereitet. Tanaquil hatte das Piefel mit mehreren Stücken versorgt, die es unter ihr Bett gezerrt hatte, um sie dort zu verspeisen – ein unschönes, geruchsintensives Arrangement, das Tanaquil geflissentlich übersah.

»Hallo Piefel«, sagte Tanaquil nun zu ihm, um es wssen zu lassen, daß sie es bemerkte. Das Piefel ignorierte sie. Langsam hob es eine Pfote, und bevor sie es daran hindern konnte, berührte es den untersten Knochen des linken Hinterbeins.

Ein süßer, glockenheller Ton erklang und verebbte zwischen den Knochen des Skeletts.

Tanaquil setzte sich auf. Das Piefel sprang rückwärts von dem Tisch herunter und schoß unter das Bett.

»Siehst du«, erklärte Tanaquil mit fester Stimme und beugte sich nieder, um dem Piefel direkt ins erstaunte Gesicht zu blicken, »ich *hab* dir doch gesagt, du sollst es nicht berühren.«

Sie stieg aus dem Bett und ging zu dem aufgehängten Einhorn herüber. Leicht wie Staub berührte sie die Knochen der Vorderbeine, und nochmals erklang das helle Glockenklimpern. Sie fuhr mit den Fingern entlang der Rippen des Brustkorbs, und diesmal klang es, als rinne ein Bächlein aus Silberperlen eine Marmortreppe hinunter.

Letzte Nacht hatte sie es nicht über sich gebracht auszuprobieren, ob das Einhorn sich bewegen lassen würde. Halb fürchtete sie, es könne sich tatsächlich rühren und durch diese Bewegung ein Teilchen lösen, das dann herausbrechen und abfallen könnte. Von dieser konkreten Befürchtung abgesehen, hatte sie auch ganz einfach Angst.

Das Klirren der Knochen erfüllte sie mit einer ehrfürchtigen Scheu. Sie trat beiseite, ging wieder zu ihrem Bett, setzte sich hin und betrachtete das Einhorn einfach, während das Piefel unter dem Bett hervorlugte und mit tellergroßen Augen ebenfalls auf das Skelett blickte.

Vogel klopfte an der Tür, verbeugte sich und hielt ihr eine wallende olivgrüne Seidenkaskade hin.

Tanaquils ›beste‹ Kleider gingen nie auf magische Irrwege, denn ihre Mutter hielt sie in einem Schrank in ihrem eigenen Gemach unter Verschluß. Tanaquil nickte ihre Zustimmung zu dem Kleid, bestehend aus einem bodenlangen, weiten, seidenknisternden Rock sowie einem hochgeschlossenen Oberteil mit Fischbeinstäbchen und kompliziert geschnittenen Ärmeln. Es war über und über mit einem Muster aus Lyren und Lilien in himmelblauer Stickerei geschmückt.

Unvermeidlicherweise lugte Vogel an Tanaquil vorbei ins Zimmer.

»Ooh, was ist das denn?«

»Was genau?«

»Dieses baumelnde Glitzerding.«

»Nur etwas, was ich irgendwo gefunden habe. Es hängt schon seit Äonen dort.«

Vogel wirkte nicht überzeugt, sagte aber nur: »Die Herrin, Eure Mutter, hat mir aufgetragen, Euch für das Fest vorzubereiten.«

Tanaquil runzelte die Stirn. Wie sie befürchtet hatte, bestand ihre Mutter darauf, das Essen übertrieben vornehm und voll von hektischen kleinen Ritualen zu gestalten. »Ich soll mein graues Samtkleid tragen«, vertraute Vogel ihr an.

»Oh, wie *schön*«, erwiderte Tanaquil.

»Kurz nach Sonnenuntergang wird der Gong ertönen. Dann sollen wir runterkommen.«

Offensichtlich freute Vogel sich auf das Mahl. Wahrscheinlich freute sich jeder außer Tanaquil auf den Abend, doch sie fühlte sich nur gestört, ja fast peinlich berührt, denn Jaive hatte ihr das Festessen vorgesetzt wie die Köchin den Vorschlag, sie möge doch einen Kuchen backen.

Als sie Vogel davon überzeugt hatte, sie allein zu lassen, schloß sie die Tür und schleuderte das kostbare Gewand aufs Bett. Das Piefel kam, um es einer eingehenden Untersuchung zu unterziehen.

Tanaquil war nicht zufrieden. Sie hatte herausgefunden, daß sie keine Lust mehr hatte, sich ihrem Arbeitstisch unter den baumelnden Knochen zu nähern.

»Heute abend«, wandte sie sich an das Piefel, »vor diesem blöden Fest, will ich versuchen, es in Bewegung zu versetzen.«

Dann drehte sie dem Einhornskelett den Rücken zu und setzte sich in die Fensteröffnung. Doch schien es einen weitreichenden Widerschein bis in die glitzernde Wüste zu werfen.

Eine Stunde vor Sonnenuntergang kam Vogel zurück, um Tanaquils Haar in große Korkenzieherlocken zu legen. Auf ihrem Weg hierher war indes irgend etwas mit den Lockenwicklern geschehen. Sie wanden sich und hüpften und entkamen Vogels Händen schließlich auf zwei Beinen, um sich in eine Zimmerecke zu flüchten. Das Piefel fauchte und spuckte sie von seinem Lager auf Tanaquils Kleid an.

»Ihr hättet es nicht zulassen dürfen, daß Euer Haustier das gute Kleid vollhaart«, tadelte Vogel.

Sie löschten das Feuer, das für die Lockenwickler gedacht gewesen war, verscheuchten das Piefel von dem Gewand – »Nein, *nett* hier«, schrie es sie an und krallte Fäden aus der Stickerei –, und Vogel kleidete Tanaquil an und brach in Entzückensschreie über ihr Werk aus.

»Ich kann vor lauter Knochen kaum noch atmen«, grollte Tanaquil.

Alles hier bestand aus Knochen. Das einengende Fischbeinmieder, die stinkenden Leckerbissen des Piefels unter dem Bett, das glimmernde Skelett, das von der Decke herunterhing – und dem Vogel mittlerweile nicht den kleinsten Blick mehr gönnte.

Das Piefel schmollte auf den Kissen.

»Geh und zieh dein Samtkleid an«, trug Tanaquil dem Mädchen auf. »Wir treffen uns, wenn der Gong nach Sonnenuntergang erklingt.«

Als Vogel wieder gegangen war, schürzte Tanaquil den Rock ihres Gewandes und kletterte wieder auf den Arbeitstisch. *»Jetzt.«* Sie steckte eins der feineren Werkzeuge, die sie gewöhnlich zur Reparatur von Uhren nahm, vorsichtig in eine kleine Bronzeschraube. Sodann setzte sie das Zahnrad im Vorderbein des Wesens in Gang, wozu sie den Griff eines

Schraubenziehers benutzte. Das Rädchen drehte sich, seine Umrisse verschwammen. Ein Gelenk bewegte sich, eine Spindel zog sich zusammen, als eine Nadel zurückschnellte –

»Du willst es also nicht tun«, sagte Tanaquil kühn zu dem Einhorn. »Du hättest mit dem Huf auf den Boden stampfen sollen – meinetwegen auch durch die Luft, wenn du willst. Warum willst du dich nicht bewegen?« Sie versuchte dieselbe Prozedur mit dem rechten Vorderbein. Das Zahnrädchen drehte sich, die bronzenen Gelenke bewegten sich, aber nichts geschah. »Habe ich die Gewichte falsch bemessen?« Mit verminderter Nervosität, da sie nun enttäuscht und verwirrt war, bemühte Tanaquil sich, den spitz zulaufenden Schwanz, den schimmernden Kopf zu wecken. Sie erhielt keine Antwort.

Allmählich begann das unbewegliche Einhornskelett eine rubinrote Farbe anzunehmen. Die Sonne versank hinter dem Fenster.

»Wenn du nicht willst, dann willst du eben nicht.«

Tanaquil stieg vom Tisch herunter. Sie verspürte eine peinliche Erleichterung und fühlte sich gleichzeitig so ausgelaugt, als sei sie meilenweit durch die Mittagshitze gelaufen.

Das Einhorn glühte wie Feuer.

»Ich muß hinuntergehen.«

»Runter«, echote das Piefel. Es grub sich unter einer Decke ein.

Tanaquil verließ den Raum und schloß die Tür. Ihre Hände waren voll von Nägeln und Nadeln. Dann hörte sie den Gong unten dröhnen, zu früh eigentlich, biß die Zähne zusammen und setzte sich zu Jaives Festmahl in Bewegung.

In einem Funkenfeuer von Pailletten erhob Jaive sich von ihrem Sitz. »Wir begrüßen die pikante Quarkspeise!«

Alle anderen rappelten sich mühsam empor. »Die pikante Quarkspeise!«

Dann setzte sich alles wieder.

Und dann humpelten die beiden alten Tafelmeister, ein Paar von vielen, die für solche Festessen aus ihrem verdienten Ruhestand aus den Kellern und Speichern der Festung zurückberufen wurden, mit ihren silbernen Schalen durch den Saal. Auf jeden Emailteller plazierten sie einen Schlag Quarkspeise, die fahl aussah und wabbelte.

Trotz der drei prasselnden Feuer in den Kaminen, den Fackelreihen in dämonenförmigen Leuchtern und den rosigen Wandbehängen aus Seide war es in Jaives Saal immer zugig. In der Mitte stand ein einsamer Bankettisch, einem riesigen Fenster aus smaragdgrünem und rotem Glas gegenüber. Draußen an diesem Fenster hatte der Frost bereits seine Blumen wachsen lassen, Farne und fossilienartige Muster. Jenseits davon erstreckte sich die dunkle, gefrierende Wüste, deren rauher Sand sich nur fünf Fuß unterhalb des Fensters erstreckte – das bunte Glas jedoch war magisch, und nur ein Gegenzauber konnte es brechen. Von den geschnitzten Deckenbalken jedoch hingen gewöhnliche Spinnweben herunter. In den Vorhängen und dem damastenen Tischtuch klafften Löcher. Die Ratten feierten ihre Feste in dem Saal, wenn es Jaive nicht tat.

Die bemalten Türen an der Südseite des Saals ächzten ein viertes Mal auf.

Jaive erhob sich von ihrem Stuhl.

»Wir begrüßen die Suppe!«

Alles erhob sich. »Die Suppe!«

Alles setzte sich.

Jaive thronte im Zentrum der Tafel in einem hohen Elfenbeinsessel mit Einlegearbeiten, die magische Symbole von obskurer Bedeutung zeigten. Die Gäste hatten ihre üblichen Plätze eingenommen. Tanaquil saß zur Rechten ihrer Mutter, direkt hinter ihr befanden sich Vogel und die anderen Zofen, Yeefa und Pflaume. Zu Jaives Linker saß der Hauptmann der Wachen in seiner besten, vergoldeten Rüstung, an die einige möglicherweise echte Orden geheftet waren. Die restlichen Plätze der Tafel auf der linken und rechten Seite nahmen der stellvertretende Kommandeur der Wachen sowie sieben ältliche Pensionäre der Festung, darunter auch Tanaquils ehemalige Kinderfrau, ein. Jeder trug sein bestes Gewand, das in einigen Fällen nach Mottenkugeln roch.

»Wir begrüßen den Bratfisch!«

Auf der Festung bekam man keinen einzigen Fisch zu Gesicht, lag sie doch mehr als hundert Meilen vom Meer entfernt. Als Ersatz fabrizierte die Köchin einen Fisch aus salzigem Kuchenteig, den sie mit Hilfe von Limonen grün färbte. Die Kreation wurde von einer hinkenden Aufwartefrau von neunzig Jahren hereingetragen. Der Fisch war seit Äonen ihre Aufgabe, und Tanaquil erwartete immer, die alte Dame werde die Servierplatte fallenlassen, was aus unerfindlichen Gründen indes nie geschah.

Nachdem ihr aufgetischt worden war, sah Tanaquil düster auf den glitschigen grünen Teigklumpen vor ihrer Nase herunter, während um sie herum die Mädchen und die Pensionäre plapperten und der Hauptmann und sein Stellvertreter zwei der Weinflakons zwischen sich hin und her gehen ließen.

»Ein prächtiges Mahl, Ma'am«, hörte Tanaquil den Hauptmann zu ihrer Mutter sagen.

Tanaquil sah ihre Mutter von der Seite an. Jaives Antlitz trug jenen erhabenen Ausdruck, der typisch für sie war. Ihre Gedanken beschäftigten sich jederzeit mit höheren Dingen, weilten auf den Gipfeln der Magie. Nichts ließ sich mit jenen Gipfeln vergleichen, doch sie leitete das alberne Mahl mit einem Gehabe, als tue sie ihnen allen einen großen Gefallen.

Die Türen ächzten.

»Wir begrüßen das Fruchteis!«

»Das Fruchteis!«

Es handelte sich um Orangeneis, und auf jedem Bällchen thronte eine Orangenblüte. Die Blüten verwandelten sich weder in Eidechsen, noch flatterten sie davon. In Anwesenheit ihrer Mutter hielten sich die Zaubersprüche respektvoll zurück.

Tanaquil aß ihr Eis. Seine Kälte rutschte in ihren Magen wie fünf kalte Worte: *Diese Knochen bedeuten mir nichts.* Und dann zwölf weitere: *Nichts ist passiert. Nichts hat sich geändert. Ich werde nie frei sein.*

Die silbernen Löffel ruhten auf leergegessenen Eisschälchen. Jaive erhob ihre Stimme. »Und nun werde ich ein Opfer darbringen.«

Die Pensionäre, Mädchen und Soldaten verfielen in respektvolles Schweigen, und das Aufwartepersonal nahm Haltung an, während es sich auf seine diversen Krücken stützte.

Obwohl sie nicht religiös war, vollführte die Zauberin bei ihren Abendeinladungen immer irgendeinen Akt der Verehrung.

Sie verließ den Tisch und begab sich zu dem dunkel gewordenen Fenster. Sie goß einen Schwall Wein auf die Erde und warf irgendein Pulver hinterher. Der

Wein und das Pulver vermengten sich, zischten und blühten wie eine karmesinrote Rose empor. »Wir danken Euch für Eure Gaben und bitten Euch, dieses Fest mit uns zu teilen. Ihr wohlwollenden Mächte. Laßt uns in unseren Leben jederzeit demütig die perfekte Welt erinnern, welche nicht die unsere ist.«

Mit einem süßen Duft verpuffte die Rose. Blendende Rauchfetzen verflüchtigten sich an die Decke.

Die Türen ächzten.

»Wir begrüßen das Fleisch.«

»Das Fleisch.«

Herein marschierten zwei der Küchenjungen in sauberen weißen Anzügen, die Flöten und möglicherweise eine Melodie spielten. Hinter ihnen zogen Kissen und Wurst in den Saal, die goldene Streifen ausstreuten. Hinter den Küchenmädchen stolzierte die Köchin einher, beeindruckend in ihrer Schürze aus Goldtuch; sie trug in der einen Hand einen goldenen Kochlöffel, in der anderen eine Fliegenklatsche aus Elfenbein.

Der Köchin folgten drei Ziegen mit schwarzem und rehbraunem Fell, gebadet und gestriegelt und von einem dritten, ebenfalls weißgekleideten Küchenjungen geführt; sie zogen einen kleinen Triumphwagen mit dem Bratentablett darauf.

Tanaquil unterdrückte einen Seufzer.

Die einzelnen Bratenstücke waren in Form einer turmbewehrten Festung arrangiert worden, mit Zinnen aus gebackenem Brot, Dächern aus knuspriger Schweinebratenkruste und Fenstern aus glasierten roten und gelben Gemüsen, das Ganze eingebettet in Dünen aus Hackfleisch.

Ein donnernder Applaus setzte ein.

Ich könnte das Skelett genausogut wieder abhängen, dachte Tanaquil bei sich. *Könnte all diese glänzenden Knochen, diesen Regenbogenschädel, in Kisten verstauen. Ein Einhorn. Ich sollte es IHR geben.*

Fleischscheiben wurden von einem dreiundachtzigjährigen Diener vorgelegt. Ein anderer im Alter von sechsundachtzig Jahren trat mit einer goldenen Saucenschale hinter sie. Tanaquil dankte ihnen. *Auch ich werde hier versauern, bis ich achtzig bin. Oder neunzig,* dachte sie.

Von irgendwoher, hoch oben in ihrem Schädel oder noch höher, aus Jaives Festung, erklang ein gewaltiger Krach. Wie eine Tür, die aus ihren Angeln gerissen wird.

Einige Gesichter sahen von Gabeln voller Bratfleisch auf. Pflaume sagte: »Da haben wir wieder einen von den Sprüchen der Herrin.«

Kühn scherzte der Hauptmann mit Jaive: »Besser als das Geschütz, Madam.« Und Jaive lächelte.

Mehr Aufmerksamkeit erfuhr der Krach nicht.

Tanaquil dachte: *Vielleicht hat sich ein Feind angeschlichen und nimmt uns nun unter Beschuß. Vergebliche Hoffnungen.*

Aber immer noch spürte sie etwas in ihrem Kopf, etwas Prickelndes, Verwirrendes. Es war wie ein weißer, strahlender Gedanke, der durch die Windungen ihres Verstandes galoppierte, ihren Nacken mit schliddernden, funkensprühenden Hufen berührte, landete und vorwärtspreschte wie Messer auf einem Schild.

»Trink deinen Wein aus, Tanaquil«, ermahnte sie ihre Mutter. »Das hilft gegen deine Kopfschmerzen.«

Tanaquil bemerkte, daß sie ihre Fingerkuppen

gegen die Stirn preßte. »Mutter, da kommt etwas die Treppe herunter.«

»Wirklich? Nur ein kleiner magischer Querschläger.«

»Nein, Mutter, ich glaube ...«

Irgendein Hindernis wurde niedergerissen, irgendeine Barrikade aus Entfernung oder Geräuschen. Das Ding in Tanaquils Kopf schien daraus hervorzuspringen und, laut wie eine direkt vor den Hallentüren geblasene Trompete, erklang das metallische Quietschen einer amoklaufenden Maschinerie.

Pflaume, Yeefa und Kissen kreischten auf. Die Amme, die alte Serviererin und die Ziegen des Triumphwagens gaben zitternde Blöklaute von sich. Die Köchin wandte sich der Tür zu, Kochlöffel und Fliegenklatsche verteidigungsbereit gezückt. Der Hauptmann und sein Stellvertreter waren mit gezogenen Schwertern, nur ganz leicht bebend, aufgesprungen.

»Fürchtet nichts, Madam.«

Jaive wirkte gelangweilt. »Es wird ein Dämon sein«, erklärte sie. »Ich werde ihm die Leviten lesen.«

Dann splitterten die Türflügel, als habe ein Rammbock sie aufgezwungen. Sie flogen beiseite.

Was da hereingaloppierte, war ein Wirbelwind aus Licht. Es schien keine Substanz zu besitzen, schien nur aus Bewegung und prismatischen Flammen zu bestehen. Blendende Farben tanzten auf seinem Fell. Kein Glockengeläut erklang nun, aber man hörte das unverkennbare Wirbeln von Rädchen und das scharfe Klacken der Hufe auf dem Boden. Bei weitem furchterregender als die Schwerter der Wachen schnitt das wilde Horn die Luft in Stücke.

Das Skelett des Einhorns. Schließlich hatte es sich

doch noch zu bewegen begonnen. In einer Art von leuchtendem Zorn hatte es sich in die Bewegung gestürzt, war explodiert. Es hatte Ketten zerrissen, Türen beiseitegefegt und war Treppenfluchten hinuntergerast.

Es fegte durch den Saal, und Pflaume, Yeefa, Vogel, Kissen und Wurst stoben kreischend auseinander. Die Küchenjungen schrien gellend, die Pensionäre bibberten, die Köchin sackte zu einem Häufchen Elend zusammen, die Wachen bellten barsche Befehle, stachen zu – und verfehlten.

Tanaquil hatte den Eindruck, als surrten langgezogene Blitzstrahlen durch den Saal. In ihrem Zentrum befanden sich kleine Bronzewirbel. Sie bemerkte, wie das Einhorn den Regenbogenschädel schüttelte, und die Soldaten brachten sich hinter den Weinkrügen in Deckung.

Jaive hatte sich von ihrem Sessel erhoben. Sie brüllte irgendeinen unverständlichen Zauberspruch und breitete die Arme wie paillettenbesetzte Flügel aus. Ringe der Macht gingen von ihr aus, aber das Einhorn war zu schnell. Nichts konnte es fangen, zum Stehen bringen oder auch nur verlangsamen. Es sprang auf den Tisch – Teller und Weinpokale kullerten in alle Richtungen davon. Der Bratensaft auf den Fleischplatten spritzte hoch. Pflaume, Yeefa, Vogel, Kissen und Wurst flohen heulend durch den Saal. Die Amme, die Küchenjungen und ein oder zwei weitere Gäste krabbelten unter das Tischtuch. Der für das Fleisch verantwortliche Bedienstete schleuderte seine Krücke, die den Hauptmann der Wachen auf die Nase traf.

»Geist aus Luft oder Wasser, Räderwerk aus Feuer oder Erde, beuge dich dem Universalen Befehl!« deklamierte Jaive.

Das Einhorn aus Knochen spritzte durch ihren Teller hindurch, und auf den Pailletten der Zauberin und in ihrem feuerroten Haar glänzten Bratensafttröpfchen wie höhnische Grimassen.

»Ich bin es, die es will«, murmelte Tanaquil. Sie bereitete sich auf den Schmerz vor, wenn das perfekte Horn ihr Herz durchstoßen würde. Für Furcht war nun kein Raum; sie hatte keine Angst.

Doch das rasende Knochengerüst des Einhorns sprang an ihr vorbei. Verblüfft ließ sie sich in ihren Stuhl zurückfallen.

»Bleib stehen, sage ich!« schrie Jaive. Ihr Gesicht war dunkelrot angelaufen. Sie hatte von ihren magischen Höhenflügen herunterkommen müssen, und sie war wütend.

Mit eigenartiger Faszination beobachtete Tanaquil, wie ihre Mutter die Beherrschung verlor. War *sie* jemals in der Lage gewesen, ihre Mutter dazu zu bringen?

Das Einhornskelett stürmte durch den Saal. Es preschte von links nach rechts, sprang irgendwie über sich selbst und galoppierte dann von rechts nach links, wie ein Uhrwerk, das außer Rand und Band geraten war.

Die Ziegen bockten und traten um sich und warfen die kunstvolle Fleischfestung um. Jeder duckte sich vor dem Wirbelwind der wilden Attacken. Der Hauptmann, der sich seine purpurne Schärpe gegen die blutende Nase preßte, machte Anstalten zu einem Gegenangriff, ohne indes den halbwegs sicheren Tisch zu verlassen. »Gott stehe uns bei«, betete die Amme weinerlich unter dem Tisch.

Jaive ballte die ringgeschmückten Fäuste. Ihre Gestalt schien immer größer zu werden und sich wie eine Sturmwolke auszudehnen.

»Ich rufe die Kraft des bindenden Eisens, ich rufe die Kraft der verzehrenden Hitze ...«

Tanaquil sah jenseits des Tumults im Saal das Piefel in der offenen Tür sitzen. Das Fell stand ihm zu Berge, der Schwanz war gesträubt wie eine Kaminfegerbürste. Wie Jaive hatte es seine Größe verdoppelt.

Tanaquil lachte.

Es gab ein reißendes Geräusch. Einer der seidenen Vorhänge hatte sich um das Horn gewickelt. Die Seide riß einmal mittendurch und fiel in zwei Teilen herunter. Das knöcherne Einhorn war auf einmal in rosige Seide gebadet.

»Tu, wie ich dich geheißen habe!« kreischte Jaive. *»Gehorche mir!«*

Und sie schleuderte irgendeinen mächtigen Spruch, einen erratischen Block ihrer Zauberkunst, durch den Saal auf das unberechenbare fliegende Ding aus Knochen und Seide, das Chaos war.

Die Erde bebte.

»O Gott«, seufzte die Köchin aus ihrem Versteck. »Jetzt hat sie etwas getan.«

Dann herrschte Stille. Vermutlich atmete keiner mehr. Der große, zugige, von Echos gefüllte Saal wurde plötzlich erstickt, gefüllt, als wenn die angehaltene Zeit selbst dort aufgetürmt sei. Niemand konnte sich bewegen. Tanaquil meinte ihren Herzschlag zu spüren, aber meilenweit entfernt unter ihren Füßen. Sie wandte den Kopf, und es gelang ihr, wenn auch mit großen Schwierigkeiten, als sei sie in klebrigem Leim gefangen.

Und wie klebrig dunkel es nun war! Die Fackeln und Kaminfeuer hatten sich zu etwas Entsetzlichem, Schwarzrotem verwandelt.

Über den Saal hinweg, über das Chaos aus zitternden Mädchen, zerbrochenem Geschirr, Bratensaft und Ziegen, sah Tanaquil, wie der Haufen rosiger Seide in sich zusammensackte, dort, wo das fliegende, rasende Ding gewesen war. Jaives Findling hatte es getroffen. Nun hatte der Vorhang keine Gestalt mehr. Kein Hufklappern, kein Räderrasseln, kein kosmischer Schimmer und Glanz.

»Mutter, was hast du getan?«

Doch Tanaquils Stimme verließ ihren Mund nicht, denn auch dieser war voll von klebrigem Brei.

Was Jaive anging, so war sie geschrumpft, nicht auf ihre natürliche, immer noch einschüchternde Größe, sondern zu etwas irgendwie Kleinerem. Ihr Haar war inmitten des düsteren Feuerscheins ohne jede Farbe.

Und dann zischte ein Speer aus purem Licht durch den Saal.

Tanaquil schnappte nach Luft. Es war, als sei ihr Herz mit Stricken gefesselt und jemand ziehe nun an ihnen.

Der zusammengesunkene Seidenhaufen schien Blasen zu werfen; er bauschte sich wie ein Zelt auf, um dann plötzlich beiseite zu rascheln. Etwas erstand, und die Seide glitt von ihm ab.

Jaives Saal war vom Licht eines Schneemondes durchflutet.

Und in diesem Licht, das es selbst schuf, das von seinem Spiralhorn strahlte, erblickte Tanaquil das Einhorn.

Das Einhorn.

Es war kein Knochentier mehr. Es hatte Fleisch und Gestalt angenommen. Es war schwarz wie die Nacht, schwarz wie alle Nächte der Welt zusammen, und es funkelte, wie ein Komet in der Nacht erstrahlte. Vor dieser brennenden Schwärze waren die Mähne und der flatternde Schweif wie ein scharfes, silbergoldenes Feuer jenseits des Meeres. Es war mit diesem scharfen Meeresfeuer geschweift, und Funken davon schimmerten auf den Haarbüscheln der schlanken Fesseln. Seine Augen glühten rot wie Metall in der Schmiedeesse. Es war nicht nur Schönheit und Kraft, es war auch Furcht. Es wuchs und wuchs zu einer Höhe empor, die, so schien es, die Halle sprengen müßte, und sein schwarzer Schatten wand sich um die Gestalt, weniger schwarz jedoch als das Wesen selbst.

Jaive sprach mit fester Stimme. »Ich grüße dich. Doch bei den Mächten, die ich zu beschwören vermag, nimm dich in acht vor mir.«

Das Einhorn schnaubte, und feuriges Gas entwich seinen Nüstern. Es schlug mit dem Vorderhuf auf den Boden, und der Saal wackelte wie von einem sanften, bedrohlichen Erdbeben.

Und dann sprang das Einhorn hoch in die Lüfte. Es war wie ein Bogen aus Wind, und verschwand mit einem Geräusch wie weitentferntes Grollen, Glocken und Donner.

Dort, wo es wieder landete, jenseits der Gäste, der Unordnung, des Tischs, berührte es das runde magische Fenster mit seinem Horn. Das Fenster zersprang wie eine Eisscholle. Glassplitter spritzten hoch in den Himmel, und die Kälte aus Nacht und Schnee blies herein. Das Einhorn jedoch stürmte hinaus. Es schwang sich in den Abgrund aus leerer Schwärze und war verschwunden.

Mit einemmal wußte Tanaquil, was an ihr zerrte. Sie wußte es, da es sie hochzog und in einem lächerlichen, wilden Tanz vorwärts zwang. Bevor sie verstand, was sie tat, bevor irgend jemand auch nur daran denken konnte, sie festzuhalten, war sie schon durch den Saal gestürzt, durch das Loch, das einmal ein Fenster gewesen war, und auf der anderen Seite auf dem eisverkrusteten Sand gelandet. Sie spürte den Frost durch ihre Seidenschühchen, während sie rannte, spürte den vagen Wunsch, sie trüge nicht gerade diese Schuhe. Aber sie begriff noch nicht wirklich, was mit ihr geschah. Der Himmel war ungeheuer und riesig, das Land ebenfalls. Und das Einhorn raste. Und hinter sich hörte sie schwach, daß das Pelzknäuel des Piefels hinter ihr her sprang, daß das Tapsen seiner Pfoten sie verfolgte, während sie hinter dem Einhorn her durch die leere Wüste jagte.

ZWEITER TEIL

4

Ihr war sehr kalt.

Vielleicht sollte sie besser aufstehen und ein Feuer entzünden.

Tanaquil öffnete ihre Augen. Sie stand schon auf den Füßen, und ihr Raum war viel zu groß geworden. Er hatte keine Möbel. Er hatte einen Teppich aus weißem Schnee, Wände und eine sehr hohe Decke aus Nacht, blaßschwarz vom Mondlicht erhellt.

Eine Leichendecke aus Angst sank hernieder und hüllte sie ein.

Sie wußte, was geschehen war, was sie getan hatte. Natürlich war sie verzaubert oder besessen gewesen – ihre bei weitem zu intensive Beschäftigung mit den Knochen hatte dafür gesorgt. Dem Einhorn verfallen, war sie in einer verrückten Trance hinter ihm her gerannt. Nun, da sie wieder zu sich gekommen war, fand sie sich im Angesicht der Wüste wieder; auch als sie sich bedächtig umdrehte, konnte sie nichts Vertrautes entdecken, nur Schnee und Sand und Nacht, die ja auch überall dieselben waren. Die Festung ihrer Mutter war nicht zu sehen. Die Felsenkette war nicht zu sehen.

Etwas glitzerte im Mondlicht auf dem Sand auf, von einer Dünenanhöhe herunterführend. Es war eine Spur, von den eng beieinanderliegenden Hufabdrükken des Einhorns gebildet. Jeder Abdruck hatte sich mit Eis und etwas merkwürdig Grünem gefüllt. Jeder einzelne glänzte wie eine der bunten Glasscherben aus Jaives zerbrochenem magischen Fenster. In der anderen Richtung führte die Spur über den Sand ins Leere. Sie durfte dieser Spur nicht folgen. Im Gegenteil, sie mußte die Abdrücke in die Richtung zurückverfolgen, aus der sie gekommen war. Ihre eigenen Füße hatten nicht die geringsten Abdrücke im Sand hinterlassen.

Mit eiligen Schritten folgte Tanaquil der eisschimmernden Spur. Sie ging den Dünenhügel hinauf, was etwa eine viertel Stunde gedauert haben mußte. Auf dem Gipfel der Anhöhe angelangt, blickte sie um sich und sah nichts außer Schnee und Sand. Beides erstreckte sich endlos bis zum Horizont, nichts darauf, nicht der kleinste Hinweis. Und die Hexenspur des Einhorns war auch verschwunden. Nachtwinde hatten sie fortgeblasen, verwischt.

War sie wirklich diesen ganzen Weg hergelaufen? Sie hatte keine Erinnerung mehr daran. Es war, als sei sie tief im Schlaf versunken und doch mitten in einem erhebenden Traum gewesen, einem Traum wie all jene, die sie zuvor geträumt hatte, in denen sie über den Schnee geflohen war.

Nun gut, jetzt gab es keinen Zweifel mehr. Sie hatte den Zauberbann abgeschüttelt und würde in wenigen Stunden erfrieren.

»Nein«, sagte Tanaquil laut vor sich hin. Sie würde gerettet werden. Jaive würde ihr die Wachen hinterherschicken. Sie würden sie bald erreichen, sie müßte nur warten.

Einige Meilen entfernt heulte ein Schakal den Mond an.

Tanaquil lauschte. Die Geräusche trugen weit in diesen leeren Räumen, und doch konnte sie keinen Laut von irgendeinem Soldaten hören. Auf der anderen Seite: Sie müßten von der Festung her kommen, sie würden verwirrt und ziellos sein ... Ob sie sie fänden? Wahrscheinlich würde Jaive den magischen Spiegel zu Hilfe nehmen. Aber es gab hier draußen nicht den geringsten Orientierungspunkt. Selbst wenn Jaive ihre Tochter im Spiegel ausmachen würde, könnte sie sie doch nicht genau orten.

Tanaquil fror zu sehr, um zu zittern. Ihre Füße und Hände waren taub. Sie hüpfte auf und ab und schlug die Hände gegeneinander.

Während sie sich noch so zu wärmen versuchte, sah sie, daß etwas auf sie zusteuerte.

Handelte es sich um einen hungrigen Hund oder einen einzelgängerischen Schakal?

Da sie ihre Abendkleidung trug, verfügte sie noch nicht einmal über ihr übliches Messer. Sie würde also ihre Fäuste gebrauchen müssen.

»He!« schrillte der Hund oder Schakal, der keiner war, über den Sand.

»Piefel ...«

»Fels«, keuchte das Piefel, als es sich gegen ihre Unterschenkel schmiegte, »großer Fels mit Loch.«

»Meinst du die Hügelkette?«

»Fels«, wiederholte das Piefel. Es nahm einen Mundvoll Kleid und zerrte an ihr. Tanaquil gab nach und rannte hinter ihm her. Sie hasteten über den Schnee, rutschten manchmal aus oder schlugen der Länge nach hin. Die Nacht war ein einziger brennender Schmerz aus Kälte und Stolpern geworden.

Der Fels schien aus dem Nichts aufzutauchen, erhob sich unvermittelt und drohend aus den Dünen. Tanaquil hatte ihn nie zuvor gesehen. Er besaß die Größe eines Zimmers und einen niedrigen Eingang, eine Höhle, die ins Innere des Steins führte. Tanaquil und das Piefel drängten hinein. Es war zwar ein Unterstand, erschien indes nicht wärmer als die offene Fläche draußen. In einem Lichtbalken des westwärts wandernden Mondes begann Tanaquil Büsche und Blattnerven von Dornengewächsen auszumachen, die innerhalb des Felsens wuchsen. Ihr kam die verzweifelte Idee, daß sie Feuer machen könnte – wenn sie ihre Zunderbüchse bei sich gehabt hätte.

Das Piefel würde schon in der Wüste überleben, schließlich war es ein Wüstentier. Es sei denn, es hätte durch das üppige Leben in der Festung seine Ursprünge vergessen.

Als sie sich mit Blick auf den Höhleneingang setzte, kam das Piefel zu ihr und rollte sich in ihrem Schoß zusammen. Auf der Suche nach Wärme schmiegten sie sich eng aneinander.

»Wenn die Soldaten meiner Mutter mich nicht finden ...«, setzte Tanaquil an. Sie fühlte sich erschöpft. Sie würde einschlafen und vermutlich nicht mehr aufwachen. Entschlossen fuhr sie fort: »Aber sie werden mich finden. Was für ein Dummkopf war ich doch.«

»Bratensaft«, erklärte das Piefel scheinbar zusammenhanglos. Es schlief ein.

»Wie hast du das mit den Knochen herausgefunden?« fragte Tanaquil. »Das Einhorn muß auch dich verzaubert haben. Muß dich dorthin getrieben haben, um sie auszugraben. Und ich habe sie repariert. Und Jaives magischer Strahl hat es wieder zum Leben erweckt. Und ...«

Wenn ich nicht erfriere und den kommenden Morgen erlebe, dachte Tanaquil bei sich, *werde ich bei lebendigem Leib von der Sonne geröstet werden.*

Nein, sie werden mich bei Tagesanbruch finden, oder ich werde zur Festung zurückfinden.

Im Höhleneingang schimmerte das mondlichtbeschienene Eis auf.

Ein heller Schatten fiel darüber.

Tanaquil kniff das schlafende Piefel. Starr beobachtete sie, wie das Einhorn über die weißen Dünen, über die Stille, zum Höhlenmund hinunterstieg. Dort senkte es sein furchterregendes Haupt, und seine Augen, glühenden Kohlen gleich, flammten hinein und bohrten sich in die ihren.

Vielleicht wird es mich töten. Dann brauche ich nicht mehr darauf warten, zu erfrieren oder zu verdorren.

Tanaquils Zähne klapperten.

Das Einhorn hob den Kopf. Nun konnte sie nur noch seinen Körper sehen, die harte, schlanke Windhundflanke seines Bauches, die langen, eleganten Beine. Es stampfte auf den Steinboden kurz hinter dem Höhleneingang. Ein silberner Funkenregen stob durch die Luft und den Türbogen herein. Sie kauerten sich schutzsuchend hinter einem Dornengestrüpp zusammen, das aus dem Höhlenboden wuchs. Einen Augenblick lang schien der Busch von silbrigen Insekten zu wimmeln. Und dann stiegen Rauchringe von ihm auf. Der Busch brannte.

»Oh!« Tanaquil rollte das Piefel von ihrem Schoß herunter. Sie kroch auf ihren Knien durch die niedrige Höhle, brach Zweige von den anderen Dornengewächsen ab, um das Feuer zu speisen.

Wie etwas, das sich zur Flucht wendet, verließ das Einhorn sie. Es verschwand, und nur der Mond schien noch auf den Schnee – und das heiße Feuer brannte auf dem Höhlenboden.

Die Nacht über döste Tanaquil neben dem wundersamen Feuer, immer auf der Hut, es nicht ausbrennen zu lassen. Sparsam legte sie neue Zweige nach, während das Piefel sich bequem in einer Gewandfalte zusammengekuschelt hatte und den Bauch in die Wärme streckte.

Nichts anderes näherte sich ihnen den Rest der Nacht über, und wenn es nicht das Feuer gegeben hätte, hätte Tanaquil das Einhorn gut für einen Traum halten können.

Als der Himmel zu dämmern begann, verließ Tanaquil die Höhle, kratzte Schnee und Reif vom Gipfel der Dünen zusammen und stopfte sich das sandige Zeug in den Mund. Sie war zwar noch nicht durstig, aber wenn die Sonne erst einmal herausgekommen war, würde es sie schon bald dürsten. Das Piefel tat es ihr gleich, leckte die Flüssigkeit emsig ab und beglückwünschte sich dabei.

Tanaquil riß ein Drittel ihres bestickten Rocks ab, so daß nur noch der leuchtendblaue Unterrock ihre Beine schützte. Sie bastelte sich aus dem Rest des Rocks eine Kopfbedeckung und wand sich einige der Stoffetzen um die Hände. Sie verfluchte ihre Schuhe.

Als die Sonne stieg, wurde das Piefel mit einemmal putzmunter. Es hüpfte vor dem Höhleneingang auf und ab. »Gehn wir, gehn wir?«

»Ja. Wir gehen jetzt und gucken, ob wir jemanden treffen.«

Als sie sich auf den Weg machten, zeigte der Himmel noch eine blasse, unschuldige Farbe. Nach der frostigen Nacht war es erst einmal angenehm. Doch sie mußten mit der Sonne wandern. Tanaquil hielt den Kopf gesenkt.

Wie immer war es mühsam, durch den Sand zu stapfen.

Ungefähr eine Stunde lang marschierten sie. Allmählich wandelte sich die tröstliche Sonnenwärme, begann zu brutzeln und zu kochen. Jeder Schritt war eine Strafe. Die Kraft der Sonne brannte Tanaquil in den Augen und hämmerte wie ein Gong über ihrem Kopf.

Mit wilder Verzweiflung dachte Tanaquil an Eis. Berge von Eis, die sie mit Kälte versengten. Sie schmolzen.

Eine weitere Stunde verging.

Tanaquil wollte sich nur noch in den Sand niederlegen. Manchmal mußte sie sich hinsetzen und ausruhen. Nirgendwo gab es Schatten oder Schutz gegen die Sonne. Sie konnte kaum noch schlucken.

»Mutter«, krächzte Tanaquil, »was tust du?«

Ihr kam der Gedanke, daß Jaive denken mußte, ihre Tochter hätte sich von ihr losgesagt. Schließlich hatte Tanaquil ja damit gedroht, sie zu verlassen. Vielleicht glaubte Jaive auch, sie und das Einhorn seien Komplizen. Würde Jaive sich in diesem Fall von Tanaquil lossagen? Würde sie ihre Tochter in der Wüste ihrem Schicksal überlassen?

Tanaquil biß sich auf die Unterlippe. Sie wollte weinen, doch Tränen hätten ihren Durst nur noch verschlimmert.

Plötzlich preschte das Piefel davon. Tanaquil krächzte ihm hinterher; es beachtete sie nicht und verschwand über den Dünenhang zu ihrer Linken. Hatte auch das Piefel sie nun verlassen?

»Sie hätte einen ihrer Dämonen schicken können«, flüsterte Tanaquil aus heiserer Kehle vor sich hin. »Sie könnte mich finden. Schließlich ist sie eine Zauberin.«

Eine einzelne Träne löste sich aus ihrem rechten Auge. Sie hätte sie gerne wieder zurückgestopft, wenn sie es vermocht hätte. Warum sollte sie über die Gleichgültigkeit ihrer Mutter weinen? Ihre Mutter hatte sie nie beachtet. Tanaquil war eine einzige Enttäuschung für Jaive, die offensichtlich ihre Tochter nach ihrem eigenen Bild hatte formen wollen. Sie hatten sich nichts mehr zu sagen.

»Beschäme sie«, keuchte Tanaquil trotzig, »das wär doch was.«

Die Sonne stand hoch am Himmel; die Zeit war schnell vergangen, während sie dort wie betäubt gesessen hatte, bald würde es Mittag sein. Tanaquil begann, den sengenden Sand beiseitezuschieben und sich eine kleine Höhle zu graben. Die Mulde war nicht tief genug, aber sie legte sich hinein, rollte sich zusammen und scharrte den Sand wieder über sich. Sie fühlte sich, als werde sie gesotten, doch die direkte Sonneneinstrahlung wurde so immerhin vermindert. Sie verdoppelte ihren provisorischen Schal, um Gesicht und Hände zu schützen.

Ich werde überleben. Irgend etwas wird passieren.

Sie versuchte, nicht darauf zu hoffen, daß das Einhorn zurückkehren möge. Sie träumte oder halluzinierte jedoch seine Rückkehr, und es berührte den Sand mit seinem Horn und ließ eine Quelle entspringen. Statt dessen war es das Piefel, das mit heißer, sandiger Zunge ihre Stirn und ihre Wangen ableckte.

Tanaquil wollte das Piefel umarmen, es bestand jedoch darauf, etwas gegen ihren Mund zu werfen. Tanaquil schreckte zurück. Das Etwas war eine Schlange, die das Piefel auf der anderen Seite der Dünen gejagt und erlegt hatte.

»Mahlzeit«, sagte es.

Zweifelnd blickte Tanaquil auf die Schlange. Bevor das Piefel sie angegriffen hatte, war sie schön gewesen. Nun lag ein zerfetztes Stück rohen Fleisches vor ihr im Sand, das sie nicht wollte. Trotzdem wäre es vernünftig, ein Stück davon herunterzuwürgen – und undankbar, es nicht zu tun.

»Danke.«

»Keine Ursache«, gab das Piefel zur Antwort. Es

begann, die Schlange vom anderen Ende her zu verspeisen, wobei es schmatzende Geräusche machte und die Augen verdrehte, um Tanaquil davon zu überzeugen, wie gut der Bissen mundete.

Tanaquil brachte es über sich, ein Stück Schlange aus der Haut zu lösen, zu zerkauen und herunterzuschlucken. Das Fleisch war kühl und glättete ihre Kehle. Die feine Haut jedoch ekelte sie an. Trugbilder tanzten vor ihren Augen, Gärten und Seen mit Booten, wie Jaive sie ihr in ihrem magischen Spiegel gezeigt hatte. Sie dachte daran, daß Jaive immer wieder darauf herumritt, wie schlecht diese Welt gemacht sei, daß es andere gebe, die noch schlimmer seien, und eine perfekte Schöpfung. Ganz offensichtlich war mit Tanaquils Welt etwas nicht in Ordnung, einer Welt, in der man nur überleben konnte, wenn man andere Wesen tötete. Jedes Tier erbeutete ein anderes. Selbst die Pflanzenfresser zerstörten bei ihrer Nahrungssuche lebendige Früchte und Körner. In der perfekten Welt gab es eine perfekte Nahrung, die allen diente. Diese Nahrung war nichts Lebendiges, man mußte sie nicht angreifen und töten.

»Sieh nur, da ist das Meer«, wandte Tanaquil sich an das Piefel.

Sie legte sich in den Sand, das grüne Tuch über dem Kopf. Sie war sich eines schwachen zusätzlichen Schattens bewußt und erkannte, daß das Piefel sich an ihren Kopf gesetzt hatte. Die Sonne, die den Zenith mittlerweile verlassen hatte, warf den Körperschatten des Piefels auf sie.

Tanaquil dachte, Jaive würde ihr Haar bürsten. Sie ging nicht besonders sanft mit ihr um, und Tanaquil protestierte. Sie befanden sich in einem Boot auf einem See. Das Boot schlingerte wild, so daß Tanaquil hochgeworfen und wieder in die Polster geschleudert wurde. Das Piefel landete auf ihrer Brust. Es blickte zu ihrem Kopf hoch und fletschte die Zähne gegen Jaive, die immer noch mit dem Kamm Tanaquils Haar bearbeitete.

»Au. Mutter, bitte«, murmelte Tanaquil.

Sie hob die schweren, sandverkrusteten Lider, und die Sonne brannte ihr in die Augen. Irgend etwas zog sie an den Haaren. Sie rumpelte über die Dünen, und das Piefel wuselte zornig um sie herum, spuckte und rülpste vor lauter Wut.

Tanaquil blinzelte. Ohne Erstaunen erkannte sie die nachtschwarze Gestalt, und das flammend helle Horn hing direkt über ihr.

Das Einhorn zerrte sie an den Haaren über den Sand.

Dies war ein Traum.

»Was bist du?« fragte Tanaquil das Einhorn. »Ich meine, was bist du wirklich? Wo bist du hergekommen? Was willst du?«

Sie wurde einen Sandhügel hinaufgezogen, hinter dem die Sonne wegflimmerte. Und dann brannte die Sonne wieder mit voller Kraft auf sie hernieder, und sie taumelte und rollte durch einen Strom von Körnern und Partikeln, durch den Staub von Jahrhunderten von Wüste. Keuchend und hustend fiel sie fünfundzwanzig Fuß tief gegen ein graues, hartes Hindernis. Das Piefel purzelte an ihrer Seite hinunter und fand sich kopfüber in einer Sandverwehung wieder, aus der es sich mit viel Lärm und wenig Würde befreite.

Tanaquil lächelte. Obwohl das Hindernis, auf das sie geprallt war, ihr einige Quetschungen zugefügt hatte, lag sie doch nun in einem blauen Schattenstreifen, der ihr so kühl und angenehm erschien wie ein Fluß.

Eine Zeitlang ließ sie sich von der Kühle trösten. Dann blickte sie zur Sonne empor, die durch einen Baum geteilt wurde; seine großen Palmwedel filterten das goldene Licht.

Dann rollte sie sich herum. Das Hindernis war ein Stein, der einen vertikal in den Sand verlaufenden Tunnel markierte. Es war der Aufbau eines Brunnens, und darunter lag der Brunnenschacht. Der Brunnen hatte eine lederne Schöpfvorrichtung und tiefes, kaltes, schwarzes Wasser.

Der blaue Schattenstreifen wurde von einer einzigen Palme von beeindruckender Höhe geworfen. Das Piefel, das sich schnell erholt hatte, war schon den Stamm hinaufgeklettert und sprang in den kupferartigen Blättern umher. Ein Schauer von Datteln prasselte in Tanaquils Schoß.

Der Frieden der Oase war wundervoll. Es gab keine Anzeichen dafür, daß die Nacht wiederkehren, der Brunnen zufrieren, der Schneefall einsetzen würde. In der Oase würde der Nachmittag nie enden.

Tanaquil dachte überhaupt nicht nach. Das hatte sie aufgegeben. Es war sowieso alles sinnlos.

Die Sonne sank tiefer, und der Himmel gerann in dunklerem Licht. Der Schatten der Palme schien eine Meile lang zu sein.

Tanaquils Blick folgte dem Schatten und entdeckte ein weiteres Trugbild. Diesmal gaukelte die Sonne ihr eine auf und ab hüpfende Bewegung der Erde vor. Der Sand stob in einer blankpolierten Wolke auf. Gestalten von Tieren begannen sich aus der Staubwolke herauszukristallisieren, Gestalten von Reitern und Wagen. Diese Fata Morgana war anders als die vorigen. Sie hatte auch Geräusche, ein Rumpeln und Gemurmel und das helle Klingen kleiner Glöckchen.

Tanaquil beobachtete das Trugbild wohlwollend. Es kam näher und näher, wurde immer lauter. Tanaquil machte nun fünf beige Kamele mit farbenfrohem Zaumzeug aus, Männer, die auf ihren höckrigen Rükken im Dunst hin und her schwankten, und schließlich die großen Räder von drei Wagen, von jeweils sechs Maultieren gezogen. Sie erkannte Männer in Tuniken, Hosen und Stiefeln, die Köpfe mit Tüchern umhüllt, und dann noch drei ziegelrote Kamele mit schwankenden Seidenkäfigen auf ihrem Rücken.

Sie erhob sich. Sie würde wohl wieder mit dem Denken anfangen müssen.

»Piefel, hör mir zu. Das ist eine Karawane – es ist wirklich eine. Natürlich ist das hier eine Oase. Sie ziehen vielleicht – nein, bestimmt – in die Stadt. Jetzt müssen wir klug sein. Kein Wort über meine Mutter – verständlicherweise mißtrauen sie der Zauberei. Und Piefel – sprich nicht!«

»Was für Sprache?« sagte das Piefel. Es hatte den Palmenstamm bereits wieder zur Hälfte erklommen, um die näherkommende Karawane beobachten zu können.

Tanaquil erwartete sie stehend, verwirrt und wie gelähmt, und hatte doch noch nie zuvor eine vergleichbare Hochstimmung verspürt. Denn diese Leute dort waren Fremde, und sie würden in die Stadt ziehen.

»Einen schönen Abend, Mädchen«, rief ihr der Mann mit dem Stachelstock des Viehtreibers zu, der an der Seite des ersten beigefarbenen Kamels ging. »Was verkaufst du?«

Tanaquil blinzelte. »Nichts.«

Ihr kam der Gedanke, daß die Leute aus den Dörfern sich in einer Oase einfinden mochten, wenn eine Karawane vorbeikommen sollte, um den reisenden Händlern Nahrungsmittel zu verkaufen.

»Warum lungerst du dann hier herum?«

Tanaquil fühlte sich beleidigt. »Ich bin hier, um mich deiner Karawane anzuschließen. Ihr zieht doch in die Stadt, nehme ich an?«

Der Mann warf den drei Reitern der nächsten Kamele einen Blick zu. Alle vier lachten. Es war kein freundliches Lachen, mehr eine Art Drohung.

»Ja, wir ziehen in die Meerstadt. Du mußt den Karawanenführer fragen, ob du dich uns anschließen kannst. Wir nehmen aber kein Gesindel mit, mußt du wissen. Und es gibt da auch noch eine Gebühr. Kannst du die bezahlen?«

Daran hatte Tanaquil nicht gedacht. Sie überlegte fieberhaft. Es brachte zwar nichts ein, mit einer Mutter anzugeben, die zaubern konnte. Aber auf freundliche Fürsorge von Fremden zu vertrauen, brachte genausowenig.

»Ich bin aus dem Ort Um«, versetzte Tanaquil.

»Nie davon gehört.«

»Das haben nur wenige. Es ist ein sehr kleines Dorf. Ich habe darauf gespart, einen Karawanenplatz zu kaufen, aber auf dem Weg hierher wurde ich überfallen und beraubt. Sie haben mir alles genommen, mein Geld, meinen Esel. Ich habe die Oase nur mit Mühe erreicht. Und nun fürchte ich, daß ich mich eurer Hilfsbereitschaft anvertrauen muß.«

Die Männer betrachteten sie. Sie war nur an die Soldaten gewöhnt, die ohnehin die meiste Zeit betrunken und unbeschwert waren und sie eigentlich mehr wie eine weise ältere Schwester behandelt hatten. Nun machte Tanaquil die Erfahrung, wie die meisten Männer in dieser Welt die meisten Frauen ansahen. Es irritierte sie, aber sie verbarg es. Bescheiden lächelte sie zu ihnen herauf. Es gab einen Ehrenkodex in der Wüste, soviel wußte sie. Man durfte die Bedürftigen und Verlorenen nicht ihrem Schickal überlassen.

»Nun gut«, sagte der Mann neben dem Kamel und klatschte mit dem Stock gegen seinen Stiefel, der mit kleinen silbernen Scheibchen besetzt war. »Du wendest dich besser an den Karawanenführer.« Er drehte sich um, hob den Arm und brüllte in den Staub und in das Getrampel der ankommenden Karawane: »Nachtlager! Alles anhalten!«

Die Karawane verteilte sich im Sonnenuntergang über die Oase. Insgesamt gab es sieben Planwagen, die man zu einer Wagenburg zusammengefahren hatte, um einen Schutzwall gegen die Wüste zu bilden. In den Lücken zwischen den einzelnen Wagen brannten Feuer. Schakale näherten sich und stimmten in geringer Entfernung ein Heulkonzert an. Die Palme und der Brunnen bildeten das Zentrum des Lagers. Hier wurde unablässig Wasser geschöpft, man hatte Datteln – und zufällig auch das Piefel – heruntergeschüttelt.

»Was ist denn das?« fragte der Mann mit dem Stachelstock mißtrauisch und wies auf das Piefel. »Sieht komisch aus.«

»Mein Tier«, entgegnete Tanaquil.

Das Piefel knurrte, woraufhin Tanaquil ihm einen Klaps auf die Schädeldecke versetzte. »Sch.«

»Böse«, ließ sich das Piefel vernehmen.

»Äh?« machte der Mann mit dem Stock und stierte das Piefel an.

»Oh«, antwortete Tanaquil, »es bellt nur.«

Der Mann mit dem Stock des Viehtreibers hieß Gork. Seine Kopfbedeckung wurde von einem silbernen Band zusammengehalten, seine dunklen Gewänder waren mit Ornamenten übersät, und vor seiner Brust hing eine große goldene Taschenuhr. Er klimperte und klickerte unablässig, und wenn er der Meinung war, zu wenig Lärm zu machen, klatschte er den Stock gegen die Stiefel und pfiff.

»Hier entlang. Das Zelt des Karawanenführers ist da hinten.«

Der Leiter der Karawane saß auf einem Stuhl unter seinem Vorzelt. Er war in einem jener Seidenkäfige hoch auf dem Rücken der drei ziegelroten Kamele gereist, die die Nachhut der Karawane gebildet hatten. Er war ein fetter Mann mit Bart.

Gork erklärte auf seine unnachahmliche Weise die Situation. »Dieses Mädchen wollte zu uns, ist aber auf dem Weg hierher ausgeraubt worden. Sie hat keinen müden Pfennig, erwartet aber, daß wir sie mitnehmen.«

»Ich fürchte, das können wir nicht tun«, erwiderte der Führer. Er machte sich nicht die Mühe, einen Blick auf einen der beiden zu verschwenden, sondern stierte in seine Büchse mit kandierten Trauben. »Du mußt für die Passage bezahlen. Schon die Verpflegung ist teuer, ganz zu schweigen von unserem wertvollen Schatz.«

»Ihr könnt mich nicht einfach hier in der Wüste sterben lassen«, versetzte Tanaquil fest.

»Nun, theoretisch gesehen wäre das natürlich gegen das Gesetz«, gab der Führer zu. Er beschäftigte sich hingebungsvoll mit seinen Trauben. Und schwieg.

Das Piefel bewegte sich bockig an Tanaquils Seite.

Hastig fügte Tanaquil hinzu: »Meine drei Brüder in Um wissen, daß ich mich Eurer Karawane anschließen wollte. Irgendwann, wenn sie keine Nachricht von mir aus der Stadt erhalten, würden sie wohl dem Karawanenführer einen kleinen Besuch abstatten.«

»Sie ist eine Nervensäge, nicht wahr?« sprach der Leiter zu Gork. »Gib ihr dieses lahme Maultier an Wobbols Wagen. Und eine Kleinigkeit zu essen, damit sie wieder auf die Beine kommt. Und dann kann sie in ihr Dorf abschieben.«

»Ich will nicht nach Um zurück«, erklärte Tanaquil. Sie zermarterte sich das Gehirn. »Kann ich irgend etwas tun, um mir die Passage zu verdienen?«

»Was um alles in der Welt könntest *du* schon tun?« fragte der Karawanenführer, und jetzt sah er sie zum ersten Mal an, ein Blick, als habe er eine verfaulte Traube in seiner Büchse entdeckt.

Es gab einen lauten, splitternden Krach, ein Chor von gellenden Schreien und Flüchen erscholl. Oben auf ihren Dünen keckerten die Schakale.

Der Karawanenführer, Gork, Tanaquil und auch das Piefel wirbelten herum, um zu schauen, was passiert war. Im Schein des Feuers konnte man sehen, daß einer der Wagen ein Rad verloren hatte. Der Wagen kippte bedrohlich zu einer Seite, und der Mann, der sich an den Rädern zu schaffen gemacht, sie gesäubert und geölt hatte, lag schwach um sich strampelnd unter einem Berg von Säcken und Kisten, der ihn unter sich begraben hatte. Männer eilten herbei, um ihn – oder die Ladung – zu retten.

»Nutzlos«, ließ sich der Führer vernehmen. »Keine Rationen morgen für diesen Kerl.«

»Das Dumme ist, Boß«, setzte Gork an, »daß Wobbol der einzige war, der sich darauf verstand, Räder und anderes Zeug zu reparieren. Und wie Ihr Euch sicher erinnert, verließ Wobbol im Zorn unsere Karawane, als Ihr ihm Wagen und Ladung für ein Viertel des Marktpreises – abgekauft habt ...«

»Ja, ja«, entgegnete der Führer. »Wir werden die Waren auf den Maultieren verstauen müssen.«

»Die Maultiere werden die Last nicht tragen können, Boß, nicht die vielen Meilen, die noch vor uns liegen.«

Tanaquil fühlte sich wie auf Wolken schweben. Was ihr widerfahren war, war verrückt, aber irgendwie mußte es auch richtig gewesen sein. Nun schien sich alles dazu verschworen zu haben, ihr in die Hände zu spielen. Sicherlich würde sie das Einhorn nie wieder zu Gesicht bekommen, und mit der Zeit würde sie so weit sein, nicht mehr daran zu glauben. Aber immer noch arbeitete eine Art von Magie für sie, weil sie den Mut zum Risiko gehabt hatte.

»Macht Euch keine Sorgen«, schaltete sie sich in das Gespräch ein. »Ich kann Euer Rad reparieren.«

»Du?« fragte Gork.

Der Führer verzog nur das Gesicht. Er hatte verschlagene, stumpfe Augen.

»Mach dich nicht über sie lustig, Gork. Wir werden sehen, ob sie es kann. *Wenn* sie es kann«, fügte er hinzu, »darf sie ohne Bezahlung mit uns reisen und essen. Aber wenn sie es *nicht* kann, werfe ich sie diesen Schakalen da oben vor.«

Tanaquil zuckte die Schulter. Es lag ihr die Bemerkung auf der Zunge, daß die Schakale ohnehin eine angenehmere Gesellschaft als der Karawanenführer seien; sie verkniff es sich jedoch. Statt dessen ging sie zu dem beschädigten Wagen hinüber, das wutschnaubende Piefel auf den Fersen.

»Räumt diese Säcke beiseite«, herrschte Tanaquil die Männer in dem befehlsgewohnten Ton ihrer Mutter an. »Gibt es hier irgendwelche Werkzeuge?«

Geistesgegenwärtig kniete sie sich vor den Wagen hin. Da es Wobbols Gefährt war, vermutete sie, er habe aus Rache ein defektes Rad angebracht. Die Deichsel war krumm eingesetzt, der Achsnagel zerborsten. Tanaquil gab Anweisungen, zwei der Lagerfeuer zu einer provisorischen Schmiedeesse umzufunktionieren. Sie scheuchte die Handlanger der Karawane zu dieser und jener Verrichtung umher. Sie selbst hämmerte einen neuen Achsnagel aus einer Brosche, die man ihr überlassen hatte. Es erforderte keine große Kraftanstrengung. Sogar Gork ließ sich herbei, dieser tumben Dorfmaid dabei zuzusehen, wie sie Räder reparierte.

Als das Rad wieder säuberlich an seinem angestammten Platz saß, richtete Tanaquil sich auf.

»Gute Arbeit«, gab Gork grummelnd zu. »Wo lernt ein Mädchen so was?«

»Meine Brüder haben es mir beigebracht«, entgegnete Tanaquil vorsichtig, »drüben in Um.«

5

Fast drei Wochen lang reiste Tanaquil mit der Karawane. Jede Minute war sie aufgeregt. Jede Minute lebte sie mit einem Gefühl von Unsicherheit und Gefahr, das sie nie zuvor gekannt hatte. Sie war draußen in der Welt.

Mindestens einmal am Tag kamen sie an irgendeiner Wegmarke vorbei, die die Route zur Stadt bezeichnete. Die meisten dieser Wegmarken waren einfache Steinpfosten von zehn oder elf Fuß Höhe, die oft wegen der Sandverwehungen um ihre Basis herum wesentlich kürzer wirkten. Als sie sich jedoch der Stadt näherten, begannen sich erste Steinpylonen gen Himmel zu recken, mit eingeritzten Gebeten oder Zitaten versehen. Am neunten Tag erreichten sie ein weiteres Wasserloch. Am sechzehnten Tag betraten sie eine große Oase mit Palmen, Akazien und Feigenbäumen, an deren Rändern sich eine Ansiedlung erstreckte. Tanaquil war nervös; es wäre durchaus möglich, daß sie sich ihrer hier entledigen würden. Nichts anderes mehr war zu reparieren gewesen, und ihr Gewicht belastete den Wagen, auf dem sie fuhr, zusätzlich. Auch mit dem Piefel hatte es Probleme gegeben. Obwohl es ihr immer wieder gelungen war, die Zuhörer davon zu überzeugen, daß sein Gegrummel und seine Ausrufe nur eine seltsame Form des Bellens seien, hatte sie verschiedene Leute, unter anderem die Händler, die in den seidenen Sänften reisten, dabei beobachtet, wie sie abergläubische Abwehrgesten vor dem Piefel vollführt hatten. Zweimal hatte es sich nachts in die Unterkünfte dieser Kaufleute geschlichen und jemandes kostbaren Läufer als

Toilette zweckentfremdet. Die vergangene Nacht war die schlimmste gewesen. Das Piefel hatte seine Exkremente direkt neben dem Haupt des schlafenden Gork abgelegt und ihn, während es Sand auf seine Verrichtung scharrte, beinahe lebendig begraben. In dem Moment jedoch, als sie die Oase erreichten, hörte die goldene Uhr des ungnädig dreinblickenden Gork auf zu ticken. Nachdem er sie geschüttelt, verflucht und in den Sand geschleudert hatte, merkte er, daß Tanaquil neben ihm stand. Er überließ ihr die Uhr mit schlimmen Drohungen, doch sie reparierte das gute Stück in einer halben Stunde. Danach gab es auch nicht mehr die kleinste Andeutung, daß Tanaquil die Karawane verlassen sollte.

Den Führer sah sie selten. Tagsüber reiste er wie die Kaufleute, in einem Ballon aus Seide, den man über einem Weidenrutengeflecht auf die Kamelhöcker montiert hatte. Die anderen für die Karawane verantwortlichen Männer gaben die Befehle, schrien herum, stellten die Spielregeln für die einzelnen Situationen auf, schwatzten über Wagenrennen und beschäftigten sich mit reichlich riskanten Glücksspielen. Die Knechte und Handlanger behandelten Tanaquil wie einen der ihren, obwohl sie ein Mädchen war und deshalb natürlich weit unter ihnen stand. Man hatte ihr deren abgelegte Kleidungsstücke überlassen, die sie gegen ihr fadenscheiniges Abendgewand eingetauscht hatte. Soweit sie das anhand von Schlitzen in den Säcken, Zufällen und Geruchsmerkmalen beurteilen konnte, führte die Karawane Seifenplatten, Zukker, Koniferenweihrauch und Papier aus einer Stadt des Ostens mit sich. Tanaquil hatte noch nie von dieser Stadt gehört. Ihre Mutter hatte während der Unterrichtsstunden allerhöchstens die Stadt im Westen erwähnt. War das in irgendeiner Weise bedeutsam?

Meist versuchte Tanaquil, überhaupt nicht an ihre Mutter zu denken.

An das Einhorn versuchte sie ebenfalls nicht zu denken.

Das Einhorn war etwas so Bizarres, wie es nur einmal geschehen konnte. Wenn überhaupt. Vielleicht hatte es ihr in der Wüste geholfen, vielleicht hatte sie sich das alles aber auch nur eingebildet. Möglicherweise hatte der Dornbusch in der kalten Höhle von allein Feuer gefangen. Möglicherweise war sie aus eigener Kraft zu der Oase gekrochen.

Es schien ihr nun durchaus möglich zu sein, daß sie und das Piefel überhaupt nichts unter dem hohlen Felsen gefunden hatten. Daß auch auf Jaives Fest nichts schiefgegangen war, außer, daß Tanaquil eine Tür aufgestoßen hatte und fortgerannt war.

Eines Morgens sagte sie tatsächlich zu dem Piefel: »Entsinnst du dich noch an den sternenschimmernden Knochen, den du gefunden hast?«

»Knochen?« sagte das Piefel erfreut. »Wo?«

Und ein vorbeikommender Kaufmann, der sich Luft zufächelte, starrte das Piefel an und machte das Zeichen gegen böse Geister.

Es war der neunzehnte Tag von Tanaquils Reise mit der Karawane, und ein wundervoller Sonnenuntergang entflammte den Himmel, glühte zinnoberrot und bernsteinfarben, und die Wolken im Westen trieben dahin wie Lavaflügel. Allgemein nahm man an, daß sie am nächsten Abend die Stadt erreichen würden. Alles war höchst zufrieden, und die Knechte hatten Tanaquil den ganzen Tag über ziemlich haarsträubende Geschichten über die Stadt erzählt. Es hieß zum

Beispiel, der Fürst der Stadt besitze einen fünfzehn Stockwerke hohen Palast aus weißem Marmor. Tanaquil nickte höflich.

Am Nachmittag waren sie an einem großen Obelisken vorbeigekommen, auf dessen Spitze ein Bronzepfeil in Richtung Westen wies. Das Gebet auf dem Obelisken lautete: *Wir danken Gott, der uns sicher zur Meerstadt geleitet.*

Die Wüste wandelte sich. Niedrige Felsklippen ragten nun aus den Sanddünen hervor, und auf den Felsen wuchs trockenes, braunes Gestrüpp und hier und da ein verkrümmter, wilder Baum. Als das Licht purpurn wurde, erreichten sie gerundete Hügel mit einzelnen Baumgruppen grüner Zedern. Herden grasten, und überall standen kleine Ansiedlungen, eine nach der anderen, und ihre Feuer und Lampen brannten wie zur Erde gefallene Stücke des roten Himmels.

Der Karawanenführer stieg aus seiner Sänfte auf den Rücken eines Maultiers um. Er ritt an der Spitze der Karawane, Gork ging neben seinem Reittier. »Wir werden die Nacht an der Hornquelle verbringen«, gab der Führer mit formelhafter, sirupartiger Stimme von sich.

Tanaquil spürte in ihrem Innern etwas, das sich wie das Reißen eines Vorhangs anfühlte.

Sie wandte sich an Fuß, einen der Karawanenknechte.

»Warum heißt der Ort Hornquelle?«

»Eine heilige Legende der Stadt«, beschied sie Fuß.

»Eine unwissende Dörflerin wie ich«, schmeichelte sie, »hat davon noch nichts gehört.«

»Nein«, schnaubte Fuß. Er entschloß sich, nett zu ihr zu sein. »Man erzählt, ein Fürst der Stadt sei dorthin gekommen. Es war ein sehr sandreiches Jahr, er war vor Durst schon ganz ausgetrocknet. Er bat den Gott um Wasser, und ein wildes Wesen galoppierte aus der Wüste zu ihm und spaltete einen Felsen mit seinem Horn, und aus diesem Spalt schoß Wasser hervor.«

»Wie praktisch«, urteilte Tanaquil. Die Haare auf ihrem Kopf standen zu Berge.

»Paß auf, dein komisches Tier ist schon wieder in der Seife«, ermahnte sie Fuß.

Der Himmel war weinrot, wurde immer blasser. Die Karawane wand sich einen staubigen Pfad hoch, bis sie auf dem Gipfel eines kahlen, dunklen Hügels standen. Oben endete der Hügel in einem spitzen, gewaltigen Steinblock, der einem Schornstein glich. Unterhalb des Felsens befanden sich ein Gehölz mit Bäumen und ein weiterer Brunnen mit einer steinernen Umfassung, alles andere als atemberaubend. Der Führer stieg von seinem Maultier, begab sich zu dem Brunnen und dankte dem Gott für die sichere Ankunft der Karawane.

Man schlug das Lager unterhalb des Wäldchens auf und schöpfte Wasser aus dem Brunnen. Fuß riet Tanaquil, etwas davon zu trinken, da es gesundheitsfördernd sei und überdies angeblich Wünsche erfüllte. Trotzdem sah sich Tanaquil den Brunnen nicht an. Es war nun dunkel, wurde kalt, und der Schnee peitschte auf den Schwingen eines flatternden Windes herbei, der bald nach Sonnenuntergang aufgekommen war.

Tanaquil ließ sich in der Nähe eines Feuers nieder und vertilgte ihre Tagesration, die sie mit dem Piefel teilte. »Was werden wir in der Meerstadt tun?« fragte sie das Tier, um hastig hinzuzufügen: »Sag nichts, Gork ist hier.«

»Böse«, sagte das Piefel.

»Dieses Vieh hat wirklich eine sehr merkwürdige Art zu bellen«, meinte Gork. Das Piefel knurrte und verzog sich mit einem Salzkeks unter den nächsten Wagen. »Was wirst du in der Stadt tun?« fragte Gork Tanaquil in unbeabsichtigter Wiederholung.

»Och, dies und das.«

Gork begutachtete seine Taschenuhr, klatschte auf seine Stiefel und begann zu pfeifen. Dann fuhr er sehr ruhig fort: »Wandelst du eigentlich auf Freiersfüßen?«

Tanaquil war erstaunt. Sollte sie sich geschmeichelt fühlen oder lachen? Mit großem Ernst erwiderte sie: »Ich fürchte ja. Meine Brüder haben mich einem Mann in der Stadt anverlobt.«

»Diese Brüder scheinen sich nicht hinreichend um dich zu kümmern«, versetzte Gork.

»Aber sie sind meine männlichen Blutsverwandten, und also muß ich ihnen gehorchen.«

»Das stimmt.«

Mit einem herzhaften Knacken biß das Piefel seinen Keks entzwei; Gork reckte sich und pfiff in das Schneegestöber hinauf. Ohne ein weiteres Wort entfernte er sich. Vermutlich, folgerte Tanaquil, war ihm der Wert einer Geliebten aufgegangen, die Wagenräder und Uhren reparieren konnte.

Und dann setzte das Geräusch ein.

Zuerst hielt sie es für einen puren Ton des Nachtwinds. Es schien überall um sie herum zu sein, abzuebben und wieder anzuschwellen.

Beiläufig dachte sie, immer noch an die übernatürlichen Vorkommnisse in Jaives Festung gewöhnt: *»Vielleicht reiten Dämonen auf den Schwingen des Windes.«*

»Aaeh! Schaut! Schaut!«

Ein Topf fiel zu Boden und zerbrach. Zu der feenhaften Süße der Windmusik gesellte sich panischer Lärm.

Drei Knechte, die gerade von dem Brunnen herabkamen, blieben wie angewurzelt stehen, ließen die Wasserkrüge fallen, heulten auf und deuteten nach oben, auf eine Stelle oberhalb des Wäldchens.

Das gesamte Lager war plötzlich in Aufruhr. Männer zückten Messer und Knüppel. Die Kaufleute flohen mit winselnden Schreien aus ihren Sänften, und einer sank auf seine Knie und erinnerte Gott daran, daß er beschützt werden wollte. Auch die Kamele stampften an ihren Pflöcken, röhrten und schnaubten, während die Maultiere zum Verrücktwerden schrien.

»Ein Feind! *Ein Ungeheuer*!«

»*Tötet es!*«

»*Flieht!*«

Tanaquil lugte entlang des Felskamins über den Hügel. Wie von unsichtbaren Fäden gezogen erhob sie sich.

Oberhalb des Felskamins lag Schwärze über der Nacht, schwärzer als die Nacht. Es schien keine Gestalt zu haben, doch ein Flimmern wie von schäumendem Feuer umgab es. Und aus diesem Flimmern heraus brannten zwei karmesinrote Sterne neben einem Schwert aus Licht.

Langsam wandte sich dieses Schwert nach Osten und nach Westen, nach Süden und nach Norden, fing mit seinen Spiralenrippen, mit seiner gnadenlosen Spitze den Wind ein. Und der Wind spielte auf dem Horn, der Wind machte Musik. Das Hornschwert *sang*, und nun wurde das Lager, auch die geräuschvollen Kamele und heiseren Esel, in völliges Schweigen getaucht.

»Du existierst«, sagte Tanaquil. Und bevor sie wußte, was sie tat, streckte sie wiederum die Arme in die Luft, als wolle sie dieses Wesen fünfzig Fuß über ihr auf dem Felsen berühren.

Doch mit einer Explosion von strahlendem Glanz, von Schwärze, wandte sich das Einhorn um und stürmte in die Leere davon. Die Musik hörte auf. Und inmitten des Windes vernahm Tanaquil die Stimme des betenden Kaufmanns.

»Seht sie nur an, die Hexe. Man kann ihr nicht trauen. Sie beschwört Dämonen.«

Tanaquil verließ den Himmel. Alle Männer hatten einen Kreis um sie gebildet. Sie standen auf dem Hügel und stierten sie an. Die Messer und Knüppel bildeten einen wahren Wald, und für einen Moment konnte Tanaquil nichts anderes mehr sehen.

Dann schob sich der fette Karawanenführer durch die Menschenmauer. Er betrachtete sie mit Abscheu.

»Ich habe dich aufgenommen, Mädchen. Ich habe dir erlaubt, dein Tier zu behalten, von dem mein lieber Patron Pudit sagte, daß es verhext sei. Laßt sie in Ruhe, habe ich ihnen gesagt. Sie macht keinen Ärger.«

»Mache ich auch nicht«, erwiderte Tanaquil.

»Warum hast du dann einen Dämon auf dem Hügel beschworen?«

Tanaquil rief sich ihre hoch erhobenen Arme ins Bewußtsein – und wie dies gewirkt haben mußte.

»Ich habe es nicht beschworen. Und es war kein Dämon ...« Sie wäre fast damit herausgeplatzt, daß sie einen Dämon erkennen konnte, wenn denn einer auftauchen sollte, konnte sich jedoch gerade noch rechtzeitig auf die Zunge beißen. »Wißt Ihr denn nicht, was es war? Es war ein Einhorn ...«

Der Führer ließ ein säuerliches Lachen hören. »So etwas gibt es nicht.«

Sie dachte: *»Er würde an etwas Übernatürliches und Böses glauben, aber nicht an die Pracht eines Einhorns.«*

Der Kaufmann Pudit hatte sich der Gruppe genähert. Er sagte: »Für Hexen gibt es nur eins. Sie muß gesteinigt werden.«

»Klingt vernünftig«, pflichtete der Karawanenführer ihm bei. Dann jaulte er auf, sprang hoch und nieder und trat mit dem linken Bein, das eine braune Pelzhose hatte, in die Luft.

Man eilte ihm zu Hilfe. Das Piefel, das seine Zähne nur widerwillig löste, sprang mit einem zornigen Knurren den Kaufmann Pudit an. Es biß ihn mehrmals, während Pudits Diener, die ihm beistehen wollten, das Piefel mit ihren Knüppeln zu treffen versuchten und ihren Herrn dabei an Armen und Brust prügelten.

Tanaquil war sich nicht sicher, ob das Piefel die Männer bewußt abgelenkt hatte, so daß sie entkommen konnte. Sollte dem so sein, war der Plan fehlgeschlagen, denn Fuß und ein anderer Mann hatten sie an den Armen gepackt und hielten sie fest.

Nach ein paar Augenblicken unglaublichen Lärms und Krachs ließ das Piefel ohnehin los und gab Fersengeld. Es schlängelte sich zwischen Beinen und niedersausenden Knüppeln hindurch und verschwand den Hügel hinunter, schneller als ein kullernder Stein.

»Hat bis auf den Knochen durchgebissen«, erklärte der Karawanenführer. »Dieses Vieh ist ihr Vertrauter.«

Tanaquil bemerkte, daß es eine Vielzahl von Steinen auf dem Hügel gab und daß einige der Männer damit begonnen hatten, sie aufzusammeln.

Sie sah gelähmt zu.

Dann zwängte sich Gork durch die Menge, kam herüber und baute sich vor seinem gebissenen Boß auf, die ganze Zeit klingelnd und klimpernd und, *tok-tok-tok,* mit seinem Stock gegen den Stiefel klatschend.

»Es ist nicht gut, sie zu töten«, sagte Gork. »Das bringt kein Glück.«

»Unsinn«, polterte der Gebissene. Doch die Männer mit den Steinen zögerten.

»Erinnert Ihr Euch nicht mehr an das letzte Jahr?« fragte Gork.

Es folgte ein langes Schweigen. Was auch immer letztes Jahr geschehen sein mochte, die Männer erinnerten sich offensichtlich noch sehr gut daran.

»Das war«, entgegnete der Führer und tätschelte sein Bein, »etwas ganz anderes.«

»Nun, ich für mein Teil«, setzte Gork fort, »werde nicht in einer Karawane reisen, die unter dem Todesfluch einer Hexe steht. Und meine Männer auch nicht. Richtig, Jungs?«

Es gab das Geräusch von mehreren dumpfen Aufprallen, als die Männer ihre Steine fallen ließen.

»Nun gut«, lenkte der Führer träge ein.

»Wir jagen sie fort«, schlug Gork vor. »Laßt sie abhauen und in den Hügeln mit ihren Dämonen reden.« Sein Vorschlag wurde mit herzhafter, allgemeiner Zustimmung belohnt. Gork wandte sich an Fuß und den anderen Mann: »Ich würde sie nicht anfassen, wenn ich in eurer Haut steckte. Wer weiß, was das Luder als nächstes tut.« Dann kam er zu ihr herüber und näherte sein Gesicht dem ihren. Gork zwinkerte. Dann schrie er: »Troll dich, du dreckige Hexe.« Und er verpaßte ihr einen leichten Stoß.

Tanaquil nickte. Sie drehte ihnen den Rücken zu und floh den Hügel hinunter, und die Männer wichen vor ihr zurück, manche beschimpften sie noch. Ein Wurfgeschoß prallte dicht hinter ihr auf den Boden, aber es war nur ein Erdklumpen.

Während sie rannte, dachte sie an das nützliche

kleine Messer und die Zunderbüchse, zwei Dinge, die sie Fuß im Austausch für ihr zerrissenes Seidenkleid abgehandelt hatte. Und sie dachte, daß Gork aller Wahrscheinlichkeit nach soeben ihr Leben gerettet hatte. Und daß das Einhorn, das ihr in der Wüste noch das Leben gerettet hatte, ihr heute nacht einen üblen Streich gespielt, sie aus der friedvoll lauernden Gefahr und Unsicherheit aufgeschreckt hatte.

Tanaquil suchte diese Nacht in einer Höhle in den Felsen Unterschlupf, nachdem sie soviel Abstand wie nur eben möglich zwischen sich und die Karawane gebracht hatte. Büsche verdeckten den Höhleneingang und das Feuer, das sie entzündet hatte. Hin und wieder überfiel sie der unwiderstehliche Drang, mit einem Ast ins Feuer zu stochern und den Karawanenführer, Pudit, Fuß und bestimmte andere Männer mit einer Reihe lebhafter Flüche zu belegen. Durch ihr Gemurmel und den Feuerschein fand das Piefel in den frühen Morgenstunden seinen Weg zu ihr. Es hatte ein kleines Nagetier erlegt, das sie entschuldigend für sie beide im Feuer röstete. Dem Piefel schien die eigene Treue irgendwie gleichgültig zu sein.

Sie schliefen ein und wurden von der aufgehenden Sonne geweckt.

Als sie aus der Höhle trat, entdeckte Tanaquil, daß die Hügel im Westen sanft zu einer gigantischen Ebene hin abfielen. Von der aufgehenden Sonne angestrahlt, glitzerte ein goldener Halbmond am entferntesten Punkt der Ebene auf, wo in einer sanften Biegung der Himmel mit dem Land verschmolz.

»Das ist die Stadt«, erläuterte Tanaquil dem Piefel. Das Piefel widmete sich seiner Morgentoilette, hatte keinen Blick für sie übrig. »Und dahinter liegt das Meer.«

Sie war überaus beeindruckt. Einen Moment lang fühlte sie sich, als müsse sie auf und ab hüpfen und brüllen, aber sie unterdrückte die Anwandlung.

Mit großer Wahrscheinlichkeit würde es mehrere Tage dauern, die Ebene zu durchqueren, doch die Art der Landschaft, zu der Tanaquil nun hinabstieg, beruhigte sie. Der Sand hatte dünnem Gras und hin und wieder auch ausgedehnten Flächen von wilden, roten und purpurnen Blumen Platz gemacht. Palmen und Akazien wuchsen hier, es gab Obstgärtchen mit Palmen, Feigen-, Öl- und Zitronenbäumen hinter langen Mauern. Dörfer lagen wie Trittsteine zur Stadt in der Ebene verstreut. Mutig betrat Tanaquil eine der Ansiedlungen und bat um eine Frucht. Sie hielten sie für einen Jungen mit sehr langem Haar, gaben ihr die Frucht und staunten über das ›zahme‹ Piefel.

Tanaquil und das Piefel wanderten den ganzen Tag lang, und Tanaquil fluchte über ihre schlechtsitzenden Secondhand-Stiefel. Bei Sonnenuntergang frischte ein heftiger Wind auf. Männer tauchten in den Obstgärten auf und deckten die jungen Bäumchen gegen die Kälte ab. Da noch ein anderes Dorf auf ihrem Weg lag, betrat Tanaquil auch dieses und fragte eine Frau auf der Straße, ob sie ihr für eine Nacht Unterkunft geben könne. »Ich kann Dinge reparieren«, fügte sie als Köder hinzu.

Die Frau überließ ihr die Scheune zum Übernachten, und auf der Stelle wurde ihr der Musikautomat des Dorfs – in Einzelteilen – gebracht. Tanaquil ließ sich ohne ihre Stiefel auf dem Stroh nieder und arbeitete an der Apparatur, während das Piefel wirkliche und eingebildete Mäuse jagte und der Schnee die Ränder des Dorfs weiß zu färben begann. Als sie die Arbeit beendet hatte, gaben sie ihr eine Mahlzeit aus pfeffrigem Haferschleim und Oliven und holten den Musikautomaten wieder ab. Sie hörte ihn die ganze Nacht über von Haus zu Haus spielen.

In der Nacht ging die *Nacht* durch die Gassen.

Tanaquil erwachte und erblickte durch den Ritz unter dem Scheunentor vier schwarze Säulen mit einem Schweif aus glänzendem Meer. Sie hörte, wie die Spirale des Horns am Scheunentor entlangschabte. Sie spürte seinen Schrecken, seine Magie und die Unmöglichkeit, daß es dort stehen sollte, daß sie zu ihm hingehen sollte.

»Was *willst* du?«

Doch das Einhorn strich schweigend wie der Wind durch die Straßen des Dorfs, ohne Musik.

Kurz vor Sonnenaufgang starrten vier oder fünf Frauen beim Brunnen auf pinkfarbene, gefrorene Hufspuren im Reif.

»Was ist das denn?« fragten sie.

»O ja, was kann das sein?« stimmte Tanaquil ihnen zu.

Das Piefel legte seiner Gastgeberin sieben tote Mäuse, Opfer der Gesetze dieser grausamen, bösen Welt, zu Füßen.

Und so erreichte Tanaquil, die Tochter der Zauberin Jaive, schließlich jene Stadt, von der sie seit beinahe sechzehn Jahren nur seltsame Gerüchte gehört hatte.

Sie fühlte sich an diesem Tag in einer solchen Hochstimmung, da sie es bis dorthin geschafft hatte, als hätte sie die Stadt eigenhändig geplant und gebaut.

Nachdem sie einen kleinen Hain verlassen hatte,

erblickte Tanaquil als erstes einen der steinernen Obelisken. Dieser hier markierte den Beginn einer gepflasterten Straße. Trotzdem war es nur eine recht schmale Straße, und leer überdies. Als sie nach beiden Seiten Ausschau in die Ebene hielt, erblickte sie in weiter Ferne Anzeichen von Staub und Verkehr, der sich offensichtlich auf breiteren Straßen der Stadt näherte.

Die enge Straße, auf der ein leichterer Wagen und ein Maultier bequem hätten ziehen können, schlängelte sich durch Wäldchen aus Zitronenbäumen und Flieder, und an einer Stelle gab es auch einen steinernen Trog mit Wasser und einem durch eine Kette gesicherten Eisenlöffel. Die Kette überzeugte Tanaquil, eine Idee in die Tat umzusetzen, die sie schon seit geraumer Zeit geplant hatte.

»Piefel, hättest du etwas dagegen, wenn ich dir eine Leine anlegen würde?«

Das Piefel hatte eine Zitrone gefunden und versuchte nun, sie zu essen. Sie schälte ihm die Zitrusfrucht, und während es das saure Innere untersuchte, schlang sie ihm die lange Kordel, die in der Wüste ihre Kopfbedeckung festgehalten hatte, um den Nacken. Die Leine war recht primitiv, würde aber im Augenblick ausreichen und vermutlich Kommentare der Stadtbevölkerung verhindern.

Das Piefel spuckte das Zitronenfleisch aus und kratzte sich wild am Nacken.

»Nein, nein. Es tut mir leid, aber du wirst dich daran gewöhnen müssen.«

»Weg«, zischte das Piefel, »weg, weg.«

»Nein. *Bitte*. Nur bis wir – nun, wo immer wir auch hingehen.«

»Wrrr«, machte das Piefel.

Es wälzte sich umher und verhedderte sich in der

Leine. Tanaquil entwirrte sie geduldig, bevor es sich selbst erwürgte. »Eine halbe Stunde?«

Das Piefel schmollte, während sie die Straße entlangzogen. Alle paar Minuten setzte es sich hin, und Tanaquil durfte es dann auf seinem Hinterteil über die Erde schleifen. Das Piefel fluchte. Es hatte einige der Soldatenflüche gelernt.

»Oder du bleibst draußen.«

Ein Kranz von Häusern, die im Schutze der Wälle gewachsen waren, umgab die Stadt. Es gab Gärten mit Zypressen und Blumenbeeten in Blau und Weiß, Gelb und Mauve und Rot. Die Häuser hatten Dächer mit Pfannen in der Farbe von Drachen. Über ihnen erhob sich die Stadtmauer, in deren Wänden, so sagte man, Bilderziegel eingelassen waren, die von Pferden gezogene Streitwagen, Löwen, Obstbäume und so weiter zeigten. Die schmale Straße endete an einem schmalen Tor, wo zwei Wachen, regungslos wie Puppen, in perfekter Habachtstellung verharrten.

Aus der Stadt drang ohrenbetäubender Lärm. Dort schien aller Krach der Welt gleichzeitig zu dröhnen. Tanaquil hörte Räder rumpeln, Maschinen rattern, Schöpfkübel klappern und Wasser gurgeln. Sie konnte Schafblöken und Hundebellen ausmachen, während gleichzeitig Trompeten schmetterten, Türen knallten, Vögel aufflatterten und Männer und Frauen sich zankten, lachten und sangen. Sie war überwältigt. *Schön, was hast du denn erwartet?*

Das Piefel lauschte dem Stadtlärm ungläubig, versuchte, die verschiedenen Düfte, auch die des Meeres, getrennt zu erschnuppern.

»Ein Haufen Knochen und Fleisch und Kekse da drinnen«, lockte Tanaquil.

Sie schlenderte auf das Tor zu, und plötzlich kam Leben in die beiden Wachsoldaten.

Sie kreuzten mit metallischem Klicken ihre beiden Speere vor der Toröffnung.

»Halt.«

Tanaquil hielt an. Was nun?

»Zu welchem Zweck willst du die Meerstadt betreten?«

»Ich besuche meine Tante.«

»Zeig uns die Einladung.«

»Die habe ich verloren.«

»Ohne einen solchen Einladungsbrief oder eine sonstige Bestätigung darfst du die Stadt nicht betreten.«

»Meine Tante wird wütend werden«, sagte Tanaquil.

Die Soldaten schien diese Ankündigung nicht sonderlich zu beeindrucken. Sie sagten nichts, ihre Gesichter waren leer, und die Speere blieben gekreuzt.

»Was gäbe es denn für Gründe, die Stadt zu betreten?« wollte Tanaquil wissen.

»Eine schriftliche Einladung von einem Bürger der Stadt. Eine Vorladung durch den Fürsten oder einen anderen Würdenträger. Der Transport von Waren in die Stadt. Der Wunsch, dort einer gesetzmäßigen Beschäftigung nachzugehen. Eine kleine Warnung«, fügte der Soldat noch hinzu. »Sag *nicht*, daß du *Dinge reparierst*. Diese dumme Ausrede hören wir mindestens zweimal pro Tag.«

»Ich verstehe. Ich habe mich geirrt.« Es wollte ihr scheinen, als habe sie noch nie so schnell einen Plan ausgeheckt. »Ich bin Unterhaltungskünstler. Ich führe magische Tricks vor.«

»Das wäre erlaubt. Der Basar unterstützt Gaukler. Aber du wirst uns das erst beweisen müssen.«

»Ihr meint, Ihr wollt eine Vorführung? Das ist ziemlich schwierig. Seht Ihr, ich wurde in der Wüste ausgeraubt. Sie haben mir alles genommen – meinen Esel, meine Trickkiste ...«

»Wie willst du denn dann deinem Beruf in der Stadt nachgehen?«

»Eins haben sie mir gelassen«, improvisierte Tanaquil. »Seht Ihr dieses Piefel? Ist nur ein ganz gewöhnliches Wüstentier. Doch mit Hilfe einer gekonnten Illusion bin ich in der Lage, es *sprechen* zu lassen.«

Die Soldaten wandten einander ihre maskenhaften Gesichter zu.

Abrupt zerrte Tanaquil an der Leine des Piefels.

Das Piefel kickte um sich. Es bleckte die Zähne. »Rrr!« drang es aus seinem Schlund.

Tanaquil hüstelte. »Tut mir leid. Staub in der Kehle. Ich versuch's noch mal ...«

Sie stupste das Piefel recht sanft mit dem Fuß in die Flanke.

Es spuckte. »*Böse*«, sagte das Piefel. »Will nich. Mag nich. Will in Wüste.« Und durch wildes Herumgewinde an der Leine gelang es ihm, Tanaquil kurz anzuspringen und umzuwerfen. Während sie und das Piefel hart auf das Pflaster aufschlugen, hörten sie, wie die Wachen ihre starre Maske fallenließen und in herzhaftes Gelächter ausbrachen.

»Das ist Spitze«, keuchte der eine atemlos vor Lachen. »Kannst du das noch mal machen?«

»Einmal reicht für heute«, versetzte Tanaquil.

»Beißen!« knurrte das Piefel und biß auf der Leine herum. »Wup!«

»O ja, das ist wirklich phantastisch!«

Das Piefel fluchte, und die Soldaten bekamen fast einen Anfall. Sie machten den Eingang für Tanaquil frei und klopften ihr bei weitem zu herzhaft auf die Schulter, während sie das kratzende und spuckende Piefel in die Stadt zerrte. »Viel Glück, Junge. Das ist 'ne tolle Nummer, die du da hast. Wir werden es allen unseren Kumpels weitersagen.«

6

Jede noch so phantastische Vorstellung, die Tanaquil sich von der Stadt gemacht hatte, wurde von der Wirklichkeit weit übertroffen. Sogar Jaive hatte in ihrem magischen Spiegel nie so etwas gezeigt. Es war, als befinde man sich im Inneren eines enormen Uhrwerks aus zahllosen Stücken und Teilchen. Es schien gleichzeitig aus den Fugen geraten und präzise, zufällig und vorherbestimmt zu sein. Genauso, wie der Stadtlärm eine Mischung aus Tausenden von Geräuschen war, so war auch die Gestalt der Stadt aus allen möglichen und unmöglichen Formen zusammengesetzt – Linien, Ecken, Ausbuchtungen, Kegeln, Rundungen. Und ihre Grundfarben, Braun, Gelb und Weiß, blühten in der Mittagssonne zu vielfältigen Farbblumen auf, zu grellen, metallischen Blitzen und gebrochenen Indigoschatten.

Tanaquil versuchte gar nicht erst, das alles in sich aufzunehmen, sie *betrat* es einfach, stierte wild umher und war überwältigt. Während das Piefel sie mit lautstarker Verwirrung begleitete – die millionenfachen Düfte der Stadt hatten seine Aufmerksamkeit vollständig gefesselt –, grollte und winselte es vor sich hin, schnüffelte und grunzte, und manchmal quiekte es sogar. Beizeiten preschte es dem einen oder anderen Wunder in einem Ausfall hinterher, und Tanaquil, in ihrer Konzentration gestört, wurde dann gegen irgendeine Ziegelmauer oder in eine elegante Allee gezogen. Sie spielte mit dem Gedanken, das Piefel von der Leine zu lassen und ihm so seine eigene Stadtbesichtigung zu schenken. Vielleicht bekäme sie das Tier nie wieder zu Gesicht – irgend etwas Gräßliches mochte ihm widerfahren. Es war nur an die Wüste gewöhnt, fühlte sich hier genauso fremd wie sie.

Zunächst, in der Nähe des Tors, waren ihr nur wenige Menschen begegnet, kleine Gruppen, in denen man in die Stadt reisen mochte, Frauen im Hauseingang oder am Brunnen, Männer mit geschulterten Spaten. Dann öffneten sich die Gassen, die sich im Schatten der Wände zwischen Bogengängen in- und umeinander zu winden schienen, auf eine breite, weiße Prachtstraße. Palmen von beeindruckender Höhe säumten sie, und es gab Wassertröge, an deren einen man drei blankgestriegelte Pferde zum Trinken geführt hatte. Die Ränder des Boulevards wimmelten von allen möglichen Leuten, und an den Fenstern und Türen und auf den Balkonen der Gebäude entlang der Straße drängten sich Menschenmengen, dicht gepackt wie Trauben an einer Rebe. Treppenfluchten führten so weit himmelwärts in schwindelerregende Höhen, daß man unten von der Straße aus ihr Ende nicht erkennen konnte, und auf diesen Treppen flitzten die Bürger hinauf und hinunter, und manchmal stießen sie auch zusammen. Äste von Bäumen wanden sich von Dachgärten aus in den Himmel. Fenster aus buntem Glas leuchteten auf, wenn sie unablässig weit geöffnet und dann wieder geschlossen wurden. Der Boulevard dröhnte vor Stimmen und vom Lärm der Gefährte, die in beiden Richtungen die Straße entlangratterten, Streitwagen und Karren, seidene, auf den Schultern von einhertrabenden Männern getragene Sänften und auch ein stattliches Kamel unter einer Ladung grüner Bananen.

Tanaquil stakste die Straße hoch und schubste sich durch den Menschenschwarm, wie es hier offensichtlich jeder tat. Das Piefel, nunmehr sehr kurz an der Leine gehalten, blieb dicht bei ihr; sein Murren verlor sich in dem allgemeinen Aufruhr.

Bald begannen sich die Gebäude zu wundervollen Geschäften zu öffnen. Sie erspähte Regale mit Kuchen, die wie Juwelen, und Auslagen von Juwelen, die wie Blumen aussahen, Blumengarben, die wie Lanzen, und, im Schaufenster eines Waffenhändlers, Lanzen, die wie Lanzen aussahen.

Sie wollte alles sehen, lachen und schreien. Sie fühlte sich größer als sonst jemand in der Menge. Und ihr schwirrte der Kopf. Es gab zu viel hier, und sie war betrunken davon, wie das Piefel sich an den Düften besoffen gerochen hatte.

Am Ende der Prachtstraße erwartete sie eine noch größere Überraschung. Sie erweiterte sich zu einem Marktplatz, einem Basar, wo jede erdenkliche Beschäftigung der ganzen Welt ausgeübt wurde.

Zwei rosafarbene Marmorlöwen bewachten den Eingang. Tanaquil und das Piefel lehnten sich gegen die Plinthe einer dieser Plastiken, während Lastenträger, Karren und auch das Bananenkamel vorbeizogen.

Tanaquil versuchte, all die Dinge auf dem Markt jeweils für sich zu betrachten, aber das erwies sich als unmöglich. Ihre Blicke glitten von Körben mit Pfirsichen zu Wollballen und weiter zu einem Pferch mit lockigen Schafen, zu dem Gaukler mit seinen Feuerwerkmessern und dem Wahrsagerzelt, das über und über mit unechten magischen Symbolen bestickt war, und weiter noch.

Der Marktplatz war abschüssig. Man hatte ihn terrassiert, um zu verhindern, daß alles bergab purzelte. Doch Tanaquils Blick taumelte Stufe um Stufe herunter, und dort unten, in einer Regenbogenkrause aus Gegenständen und Aktionen, lag das Meer, blauer als der Himmel, blauer als alles andere. In deutlichem Kontrast zu dem Gewimmel auf dem Strand zogen schlanke Schiffe auf dem Wasser ruhig ihre Bahnen, mit rostbraunen und melonenfarbenen Segeln getakelt. Der fischige, salzige Geruch flimmerte in der Luft wie Glas, stärker als Parfüm, Schafe und Pfirsiche.

»O Mutter«, murmelte Tanaquil, »wir begrüßen den *Fisch*!«

»Nun aber hurtig, beweg dich um Gottes willen weiter«, nörgelte ein vierschrötiger Mann mit Schürze. Er drängte sich vorbei.

»Sei lieb«, wandte Tanaquil sich an das Piefel, »und ich werde ...«, sie stockte. Sie hatte dem Piefel gerade versprechen wollen, etwas Kochfleisch von einer der Verkaufsbuden zu holen. Aber natürlich besaß sie gar kein Geld, ja sie hatte, außer in Jaives Truhe und in letzter Zeit bei den Würfelspielen der Karawanenführer, noch nicht einmal welches *gesehen*. »Ähm, wir werden sehen«, beendete Tanaquil ihren Satz. Sie würden schon nicht verhungern. Sie verfügte ja schließlich über einen phantastischen magischen ›Trick‹, oder etwa nicht? Anstatt die Herrlichkeiten des Basars zu begaffen, sollte sie sich lieber ein Fleckchen suchen, wo sie die vertrauensselige Menschenmenge mit ihrem sprechenden Piefel elektrisieren konnte.

Sie stürzten sich in das Marktgewühl und stiegen

die Terrassen herunter durch das Flimmern blutroter Seide, durch Girlanden aus aneinandergehängten Webkörben.

Ermutigenderweise verdiente der Gaukler einen ansehnlichen Stapel von Münzen, die ihm von seinen Zuschauern zugeworfen wurden. Ein wenig weiter tanzte ein Mädchen, an dessen Knöcheln und Handgelenken Glöckchen bimmelten, und woanders bauten Jungen eine lebendige Pyramide, und Feuer wurde geschluckt.

Tanaquil und das Piefel stießen auf eine Ochsenhälfte, für die das Piefel sich recht eingehend interessierte. Während sie Piefel und Ochsenhälfte zu trennen versuchte, gewahrte sie vor sich einen weiteren Marmorlöwen. Zwischen seinen Pranken hatte sich ein Flötenspieler niedergelassen. Während er sein Instrument blies, wiegte er den Oberkörper hin und her, und aus dem hölzernen Krug vor sich richtete sich eine ebenfalls hin und her schwankende Schlange auf, die eine Haut wie ein Geflecht aus hellschimmernden Münzen hatte.

»Sieh nur«, sagte Tanaquil zu dem Piefel, um es von dem Ochsenkadaver fortzulocken. Das Piefel sah hin, auf einmal erschreckend gefällig. Tanaquil erkannte, daß sie einen Fehler begangen hatte. »Nein ...«

Die Leine surrte ihr durch die Hände und war weg.

Wie ein kräftig geschleuderter brauner Schneeball verminderte das Piefel die Entfernung zwischen sich und dem Marmorlöwen. Die Menge zu Füßen der Statue teilte sich schreiend. Das Piefel pfiff hindurch. Es ging steil zum Angriff über. Es landete.

Es gab eine Art von Explosion, eine Explosion von Schwänzen, Pfoten, Krügen, Flöten, Schlange. Fell und Schuppen stoben durch die Luft.

Der Flötenspieler schrie und gestikulierte wild mit den Armen, hatte jedoch offensichtlich Angst, sich in diesen Wirbelsturm zu mischen. Die unbarmherzige Menge lachte und johlte und hatte ihren Spaß.

Ein häßliches Klacken wurde von dem Marmor zurückgeworfen. Eine Schlange gab es nicht mehr, statt dessen lag ein Haufen von Schuppen und wippenden Federn zu Füßen des Löwen. Das Piefel, eine silbrige Wirbelsäule und ein ebensolches Haupt im Maul, galoppierte auf Tanaquil zu.

Sie fing es ein. »*Garstig*«, rief Tanaquil unangebrachterweise. »Du blödes Vieh, es ist noch nicht mal echt ...«

Das Piefel hockte sich zu ihren Füßen nieder, zauste das silberne Rückgrat der mechanischen Schlange und knurrte. Es schien leicht verlegen zu sein.

»Es tut mir so leid ...« Tanaquil eilte zu der Statue hinüber und blickte zu dem Flötenspieler auf, der die verstreuten Teile seiner Darbietung einsammelte.

»Fünfundsiebzig Kupfergewichte und drei Pfennig hat mich das gekostet«, stöhnte er. »Von den besten Kunsthandwerkern der Stadt gefertigt. Und jetzt – sieh nur.«

Die Leine hinter sich her schleppend, war das Piefel Tanaquil gefolgt. »Gib's her.« Sie löste Wirbelsäule und Kopf aus seinen Fängen, und das Piefel schien dankbar zu sein, die Angelegenheit mit einer gründlichen Putzorgie ad acta legen zu können. Der Kopf facettierte grüne Glasaugen und mit einem Scharnier versehene Kiefer mit elfenbeinernen Zähnen. Tanaquil versuchte, die Federn wieder in ihre Nut zurückzupressen. »Ich glaube, daß ich das hier wieder reparieren kann.«

»Nein, nein, nur mein verdammtes Pech. Es ist hinüber.«

»Wirklich, ich glaube, daß ich es kann. Ich *kann* in der Tat Sachen reparieren.«

Der Schlangenbeschwörer starrte sie mit tränenfeuchten Augen an.

»*Bist* du Kunsthandwerker?«

»Nun – ich denke schon.«

»In Ordnung, also tu es.«

»Ich werde ein paar Werkzeuge benötigen ...«

»Ein Kunsthandwerker und keine Werkzeuge«, spottete der verbitterte Schlangenbeschwörer. Er ließ sich auf den Löwen fallen und weigerte sich, auf Tanaquil, das Piefel, die Menge oder seine Schlange einen weiteren Blick zu verschwenden.

»Da drüben, an Bidats Stand – er wird dir ein paar Werkzeuge leihen«, ließ sich ein Mann vernehmen, der von dem Fleischstand herübergekommen war. »Mittlerweile kannst du mich für den Happen entschädigen, den dein Hund sich aus meinem Ochsen gestattet hat.«

»Ich besitze keinen Pfennig«, erwiderte Tanaquil.

Zu ihrem Erstaunen entgegnete der Mann: »Dann war es eben umsonst. Das ist mir der Lacher wert.«

Den ganzen Nachmittag lang hockte Tanaquil unter dem Marmorlöwen und brachte die mechanische Schlange wieder in Ordnung.

Es war eine ziemlich schwierige Aufgabe, doch je länger sie sich damit beschäftigte, desto besser bekam sie ein Gefühl dafür, was zu tun war. Die Schuppen, die sie anfangs für die schlimmste Herausforderung gehalten hatte, ließen sich mit Hilfe von winzigen Häkchen ganz einfach ineinanderfügen.

Während sie arbeitete, blieben Leute stehen, um ihr

dabei zuzusehen. Sie ignorierten das an einen Pfosten gebundene Piefel und den auf seinem Löwen vor sich hin brütenden Schlangenbeschwörer und fragten einfach, was Tanaquil dafür nehmen würde, ein Spielzeug, eine Uhr oder eine kleine Bewässerungsvorrichtung zu reparieren. Und Tanaquil gab zur Antwort: »Die Hälfte des marktüblichen Preises.«

Das führte dazu, daß man bis zu der Zeit, als die Sonne im Westen unterging, zahlreiche verschiedene Gegenstände ihrer Obhut anvertraut hatte. Der Basar schloß keineswegs bei Sonnenuntergang; es wurden bereits Lampen und Fackeln entzündet.

»Hier, fertig«, erklärte Tanaquil schließlich und hielt die wieder wie neu glänzende Schlange in das rötliche Abendlicht. »Schau, ob sie funktioniert.«

»Natürlich wird sie nicht funktionieren. Das sind haarfeine Mechanismen ...«

»Probier es einfach aus.«

Der Schlangenbeschwörer griff sich mißmutig die Schlange und schleuderte sie in den Holzkrug, als verabscheue er sie. Doch er blies ein paar Noten auf seiner Flöte. Die Schlange erwachte zum Leben. Zu der säuerlichen Musik wand sie sich aus dem Korb empor und tanzte für den Sonnenuntergang.

Der Schlangenbeschwörer setzte die Flöte ab, und die Schlange verharrte schimmernd in aufrechter Stellung.

»Ich werde dir nicht danken. Schließlich hat dein Hund sie kaputtgemacht.«

»Nein, *bitte*, danke mir bloß nicht«, erwiderte Tanaquil trocken. »Das kann schnell zur schlechten Gewohnheit werden.«

Sie dehnte und streckte ihre Finger, schluckte Hunger und Durst hinunter, ergriff die beiden Hälften eines Spielzeugsoldaten und begab sich erneut an die Arbeit.

Vier Stunden später waren alle Gegenstände wieder abgeholt worden, und eine Handvoll Münzen stapelte sich im Licht der Fackeln, glänzend wie die Schlange.

Irgendwo läutete eine Glocke. Es war Mitternacht. Aufblickend gewahrte Tanaquil einen abgerissenen Mann vor sich stehen. Eine Eisenkappe saß auf seinem Kopf und verdeckte seine Augen. Mit seinem Stock stocherte er in eine unsichtbare Leere. Ein blinder Bettler.

»Klick klack«, sagte er. »Ich hörte die Münzen fallen. Gib mir eine.«

Tanaquil legte eine Münze in seine abgemagerte, suchende Hand.

Die Erinnerung an das Einhorn kehrte mit einem Stich im Herzen zurück. Diese unvollkommene Welt –

Bindats Frau, Kuckuck, schlug Tanaquil vor, sie könne für die Gebühr von drei Pfennig die Nacht in einem Nebengebäude ihres Hauses verbringen. Tanaquil, die erschöpft war, nahm das Angebot an. Sie hatten allerdings noch einen langen Weg bis zu Bindats Heim zurückzulegen, das hinter dem großen Markt und weit abseits der Prachtstraße in einem Elendsviertel lag. Hier lehnten sich die Hütten gegeneinander, um nicht umzufallen, wacklige Holzbrücken hingen über den Straßen, und Wäscheleinen, von denen Diebe just in dem Moment, als sie vorbeikamen, die Wäsche stahlen. Bindat und Kuckuck tauschten einen warmherzigen Gruß mit einem der Diebe. Das ›Nebengebäude‹ war eine baufällige Hütte, weiß vor Frost. Holz war dort aufgestapelt, und Käfer krabbelten und summten emsig darin herum. Das Piefel, endlich frei von der Leine, verbrachte die ganze Nacht damit, diese Käfer zu jagen und zu verspeisen, obwohl Tanaquil die Schale dünnster Suppe, die sie erhalten hatte, mit ihm geteilt hatte. Sehr früh am nächsten Morgen erfuhr Tanaquil, daß sie zusätzlich zu den drei Pfennigen für ihre komfortable Unterbringung auch noch den Hof kehren und die Ziege melken durfte. Als Kind hatte sie im Austausch für einen extra Leckerbissen manchmal die Ziegen in der Festung ihrer Mutter gemolken. Diese Aufgabe hier war allerdings wesentlich schwieriger, denn die Ziege und das Piefel hatten einander den Krieg erklärt.

Nach einem Frühstück aus verbrannten Brotkrusten kehrte Tanaquil mit Bindat und Kuckuck durch die heißen, stinkenden Abwässerkanäle hindurch und, an lamentierenden ehemaligen Wäschebesitzern vorbei, zum Basar zurück. Tanaquil war erfreut, daß eine Schlange von Kunden unter dem Marmorlöwen auf sie wartete: Die Nachricht hatte sich wie ein Lauffeuer verbreitet.

Gegen Mittag kam Bindat zu ihr herüber und eröffnete ihr in freundlichem Ton, daß er die Hälfte ihrer Einnahmen für sich beanspruchte, da er und Kuckuck ihr persönlich alle Kunden geschickt hätten. Während er auf sie einredete, reinigte Kuckuck an ihrem Stand ein langes Messer.

Tanaquil verzichtete auf eine Diskussion. Sie gab Bindat die Hälfte ihrer Münzen. Als er gegangen war, erklärte sie ihrem nächsten Kunden, daß sie zu den Zelten der Gewürzverkäufer wechseln werde, deren Geruch sie bereits magisch angezogen hatte.

Nachdem sie alle bereits reparierten Gegenstände

ihren Wachhunden übergeben hatte, machte sie sich davon und stieg die Terrassen hinunter, fort aus Bindats Blickfeld. Inmitten der Gewürztöpfe ließ sie sich unter einem Obelisken mit einem Fisch auf der Spitze nieder, das Piefel an ihrer Seite. Während sie ihre Arbeit wieder aufnahm, betrachtete sie den Fischmarkt unterhalb ihrer neuen Stellung und das blaue Meer, das im Kontrast zum Hafen grüner wirkte.

Ein- oder zweimal während der Nacht in dem Nebengebäude hatte sie im Halbschlaf vermeint, das Einhorn draußen vor der Tür zu spüren, rein wie schwarzer Schnee inmitten des Elendsviertels. Doch wenn sie dann aufwachte, weil das Piefel auf wilder Käferjagd über sie stolperte, wußte sie, daß das Einhorn nicht dort sein konnte.

Nun fühlte sie sich, als arbeite sie in einer Gewürzkiste – Pfeffer und Ingwer, Zimt und Ysop und Anis, und im Hintergrund der fischige Salzgeruch des Meeres.

Das Piefel nieste und vertilgte das Bratenstück, das sie ihm gekauft hatte. Dann schlief es nach seiner schweren Nacht auf ihrem Fuß ein, und der tat es dem Piefel gleich.

Ein Schatten fiel auf Tanaquil, als sie den Rahmen eines mechanischen Brettspiels befestigte, der eine Ansammlung kleiner Porzellantierchen zusammenhielt. Sie blinzelte hoch. Ihre neuen Kunden waren drei stattliche Männer. Derjenige in der Mitte trug schwarze und rote Gewänder, und seine Gürtelschnalle bestand aus einem vergoldeten Hammer, der sich mit einem Bronzemeißel kreuzte.

Mit dröhnender Stimme erklärte er: »Ich bin Vush.«

»Wie schön für Euch«, entgegnete Tanaquil.

Um sie herum verebbten Geschwätz und Lärm des Gewürzmarkts. Alles starrte auf Vush und seine beiden bulligen Begleiter.

»Du kennst mich nicht?« fragte Vush. Er hatte einen furchterregenden Bart, der, während er zu ihr sprach, auf und ab hüpfte.

»Ich bin untröstlich.«

»Ich bin der Meister der Kunsthandwerkergilde der Meerstadt.«

In Tanaquils Kopf klingelten die Alarmglocken. Sie packte das Piefel an seiner Halsleine. Es übte bereits ein einleitendes Knurren.

»Wie schön, Euch kennenzulernen«, entgegnete Tanaquil.

»Es ist ein Mädchen«, stellte der Begleiter zu Vushs Linker fest. Er machte eine Bewegung, so daß Tanaquil seinen Gildenschurz sehen konnte; auch er trug das Abzeichen von Hammer und Meißel, dazu einen bronzeverstärkten Knüppel.

»Wenn dem so ist«, fuhr Vush fort, »sollte sie zu Hause sitzen und nicht hier einen solchen Aufruhr veranstalten.«

»Oje«, erwiderte Tanaquil mit gespielter Unterwürfigkeit, »habe ich das wirklich getan?«

Natürlich war es nur zu offensichtlich, was geschehen war. Sie benötigte erst gar nicht die nun folgenden Ausführungen von Vushs anderem Begleiter: »Bindat hat dich der Gilde gemeldet. Er behauptet, du würdest die Hälfte des marktüblichen Preises berechnen. Alle Preise werden von uns festgelegt.«

»Und du bist nicht Mitglied in der Gilde«, setzte Vush hinzu. »Was bedeutet, daß du überhaupt nicht berechtigt bist, in der Stadt zu arbeiten.«

»Das wußte ich nicht«, verteidigte sich Tanaquil. »Seht Ihr, ich komme aus diesem Provinznest – Um –, und niemand hat mir jemals ...«

»Zeig mir das mal«, verlangte Vush und deutete auf das Brettspiel.

Tanaquil dachte: *»Er wird es zerschmettern, möglicherweise auf meinem Kopf.«*

Bevor sie sich dazu durchringen konnte, das Piefel aus ihrem Sicherheitsgriff zu entlassen, hatte sich der Handlanger zu Vushs Linker schon heruntergebeugt und ihr das Spiel weggeschnappt.

Statt es auf ihr zu zerbrechen, untersuchten die drei sorgfältig den Mechanismus.

»Keine schlechte Arbeit«, erklärte Vush am Ende.

Tanaquil lächelte albern. »Herzlichen *Dank*.«

»Wir haben keine Frauen in der Gilde«, fuhr Vush fort. »Du wirst uns als Junge beitreten müssen.«

»Aber beitreten mußt du der Gilde«, fügte der Handlanger rechts von Vush hinzu. »Oder den Hafen für dich.«

»Ihr meint, Ihr werdet mich in ein Schiff setzen und fortschicken?«

»Wir meinen, daß wir dich mit Bleisandalen im Hafen versenken werden.«

»Ich werde der Gilde beitreten«, beeilte Tanaquil sich zu versichern. »Es ist mir eine Ehre.«

»Die Aufnahmegebühr beträgt vierzig Silbergewichte.«

»Oh.«

»Du wirst dir einen Bürgen suchen müssen, der für deine Aufnahmegebühr geradesteht. Eins der Gildemitglieder könnte so freundlich sein.«

»Und dann wirst du in seiner Schuld stehen.«

»Du wirst doppelt hart arbeiten müssen, um ihm sein Geld zurückzuzahlen.«

»Dafür wirst du dann die Gilde brauchen.«

»Jawohl.«

Das Piefel nahm Maß und schnellte seine Klaue in Richtung von Vushs teurem Stiefel. Der Hieb ging daneben.

»Komm bei Sonnenuntergang zur Gilde«, wies Vush sie an. »Jeder hier in der Stadt wird dir den Weg zeigen können.«

»Wenn du nicht kommst«, setzte der Mann zur Linken fort, »kommen wir dich holen.«

»Zu freundlich«, sagte Tanaquil.

Sie sehnte sich nach einem von Jaives Zaubersprüchen, der Jaive zufolge Vush und Konsorten in Frösche verwandelt hätte.

Es stimmte, daß jeder zu wissen schien, wo sich die Gildenhalle der Kunsthandwerker befand – zumindest wiesen alle Leute, die Tanaquil fragte, ihr munter und ohne Zögern den Weg. Das Gebäude erhob sich in einer weiteren Prachtstraße, in Sonnenlicht gebadet, und seine vergoldeten Eingangssäulen glänzten mit dem Symbol von Hammer und Meißel über dem Portal um die Wette. Das Portal indes war fest verschlossen. Tanaquil, das Piefel an einer neuen, stabilen Leine, die sie diesen Nachmittag erstanden hatte, klopfte höflich und sodann heftig, doch ohne Erfolg. Vielleicht war die unheilvolle Einladung der Kunsthandwerker nur eine Herausforderung gewesen, ein böser Scherz womöglich, um sie bloßzustellen. Diese Hoffnung verflüchtigte sich, als ein fetter, unfreundlicher Männerkopf in der runden Öffnung über dem Portal erschien.

»Wer dort?«

»Ich wurde von Vush, dem Kunsthandwerker, herbefohlen.«

»Du bist die Frau vom Markt. Beaufsichtige dieses Tier dort gut.« Das Piefel kratzte an der Goldauflage der Säulen herum.

Während Tanaquil das Piefel noch von seinem verderblichen Tun abzubringen versuchte, glitt eine kleinere Tür in dem großen Portal auf. Tanaquil trat hindurch, das Piefel hinter sich her zerrend. Die kleine Tür, eine Art von Uhrwerkmechanismus, schnappte hinter ihnen ins Schloß.

Sie standen in einem langen, von Hängelampen erhellten Korridor. Am Ende des Gangs befand sich eine zweite massive Tür. Die einzige Option bestand darin, weiterzugehen, was Tanaquil auch tat. Sobald sie auf die zweite Tür zuzugehen begann, setzten sich eine Vielzahl von mechanischen Kuriositäten um sie herum in Gang, vielleicht vom Geräusch ihrer Tritte auf dem Fußboden aktiviert. Glöckchen klingelten, kleine Fenster sprangen auf, hölzerne Vögel schwirrten hervor – das Piefel hetzte ihnen hinterher –, Köpfe aus Stuck wandten sich ihr drohend zu und streckten ihr rote Gipszungen heraus. Tanaquil hielt das Ganze für ziemlich primitiv.

Als Tanaquil die Tür erreichte – das Piefel kämpfte die ganze Zeit gegen seine Leine und versuchte, »*Vogel, Vogel!*«, seine Bedürfnisse klarzumachen –, klopfte sie erneut, und diesmal schwang die Tür weit auf.

Die Halle der Kunsthandwerker – der Name stand in Goldbuchstaben auf der gegenüberliegenden Wand, darüber noch ein Hammer-und-Meißel-Symbol, einige Sägen, Klammern, Maße und Ähnliches – war exakt quadratisch, schwarz getüncht und von Fakkeln erhellt. Auf schwarzen Sesseln saßen rundum dreißig Männer, die Tanaquil für Amtsträger oder leitende Gildenmitglieder hielt. Und gegenüber der Tür, direkt unter der Aufschrift, saß jemand, den Tanaquil als Vush identifizierte, denn sein Sessel war der größte, und ein furchterregender Bart quoll unter seiner Maske hervor. Jeder Mann hier trug eine Maske. Die Masken waren alle identisch, Bronzevisire mit schwarzen Glasscheiben an Stelle der Augen. Sollten die Masken dem Zweck dienen, einen finsteren Eindruck unbeteiligter Unbarmherzigkeit zu schaffen, so war ihnen das gelungen. Tanaquil schwankte zwischen Verachtung und extremem Unwohlsein. Das Piefel schien ihre Stimmung zu teilen und hockte sich schweigend und in drohender Haltung zu ihren Füßen hin.

Unvermeidlich erklang eine Stimme aus der Luft. Noch eine ihrer kleinen Erfindungen, aber verblüffend diesmal.

»Vor Euch steht der Junge Tanaquil. Er ist in der Lage, Spiele und Puppen zu reparieren, und ersucht um Aufnahme in unsere Gilde. Mittlerweile hat er bereits ohne Mitgliedschaft gearbeitet, wofür er der Gilde ein Strafgeld von drei Kupfergewichten schuldet. Die Aufnahmegebühr kann er ebenfalls nicht bezahlen. Ein Bürge wird gesucht. Sagt mir, Brüder, will einer von Euch dem Jungen Tanaquil diesen Gefallen erweisen?«

Einer der Maskierten, ein dünnes, knochiges Männchen, erhob sich mühsam. Säuerlich erklärte er: »Vush, unser Meister, schlug vor, daß ich es tun solle. Deshalb werde ich das Silber für den Jungen Tanaquil bezahlen, das er mir dann schuldet, zusätzlich zu einer Zinsgebühr von einem halben Bronzegewicht, eine Summe, die ich während des nächsten Jahres vollständig zurückerwarte, vor dem Fest der Segnung im folgenden Jahr.« Er setzte sich wieder hin.

»Wir würdigen«, ließ sich die Stimme aus der Luft wieder vernehmen, »die Großzügigkeit unseres Bruders Jope. Hört und versteht der Junge Tanaquil? Verspricht er, dankbar für das Darlehen zu sein und es rechtzeitig zurückzuzahlen?«

Tanaquil zuckte die Schultern. »Wenn ich muß. Wenn ich es überhaupt *kann*. Habe ich eine Wahl?«

»Nein«, sagte der Maskierte mit Vushs Bart. »Antworte angemessen.«

»Ich werde das Darlehen zurückzahlen«, deklamierte Tanaquil. »Was passiert, wenn ich es nicht kann?«

»Dann wirst du als säumiger Schuldner von der Gilde durch die Straßen der Stadt gepeitscht werden«, klang es unter Vushs Maske verärgert hervor.

»Wartet«, meldete sich Tanaquil erneut zu Wort. »Dann verzichte ich darauf. Ich werde nichts mehr reparieren. Ich kann mir eine andere Arbeit suchen.«

Ein aufgeregtes Gemurmel schwoll durch den Raum, und sie hörte, wie eine der Masken sagte: »Ich habe es Euch doch gesagt, das ist das Mädchen mit dem sprechenden Tier, von dem ich gehört habe.«

Vush räusperte sich, und in der Halle herrschte wieder Ruhe.

Er sagte: »Zu spät. Es ist bereits beschlossen.« Und dann donnerte er los: »Bringt den Fisch des Urteils herbei!«

Mit einem unterdrückten Rumpeln verborgenen Räderwerks glitt ein Teil des Fußbodens in ernster Würde rückwärts, wobei neunundzwanzig Sessel die Wände hinauf gezogen wurden, während Vushs Thron in elegantem Bogen nach rechts driftete.

Das Piefel knurrte.

Die Wand mit den goldenen Symbolen und der Schrift teilte sich und ließ eine hohe, rechteckige Tür sehen.

Tanaquil erhaschte einen Blick auf Bäume in irgendeinem Hof oder Garten auf der Rückseite der Gildenhalle, auf einen pfauenblauen, sternenübersäten Abendhimmel – Entkommen –, doch statt dessen kam etwas in die Halle herein, und die Tür schwang wieder zu.

Die Stimme in der Luft leierte:

»Vom Meer kommt der Reichtum unserer Stadt. Dem Meer entbieten wir unsere Verehrung. Das Meer soll unser Richter sein.«

Ein Tisch aus Eisen glitt von der Wand fort auf Tanaquil zu. Darauf stand eine bronzene Waage, deren beide Schalen hin und her pendelten, während der Tisch sich näherte. Ein strenger, jetzt identifizierter Geruch machte sich breit.

Die Bruderschaft der Gilde erhob sich wie ein Mann. »Der Fisch.«

Tanaquil mußte an die Abendeinladungen ihrer Mutter denken.

In der linken Waagschale lag ein silberschuppiger Fisch. Es war ein künstlicher Fisch, vortrefflich gearbeitet wie die Schlange im Basar. In der anderen Waagschale befand sich noch ein Fisch. Und dieser war von einem grünlichen Grau, und er stank zum Himmel. Ein echter Fisch, ein Fisch vom Fischmarkt.

Die Gildenbrüder erhoben ihre maskierten Gesichter und reckten die Arme empor.

Mit hochgestreckten Armen sagte Vush, das Gesicht zur Decke gewandt: »Nun wähle, Junge Tanaquil, welcher Fisch ist es?«

Obwohl man ihr die Zeremonie nicht erklärt hatte, nahm Tanaquil stark an, daß man von ihr erwartete, den künstlichen Fisch zu wählen, was ohnehin die angenehmere Vorstellung war. Auf der anderen Seite bedeutete der stinkende echte Fisch womöglich harte, ehrliche Arbeit? Welche lächerliche und häßliche Strafe mochten sie wohl über sie verhängen, wenn sie die falsche Wahl traf?

Unwiderstehlich drängte sich ihr der Gedanke auf, *daß die letzte idiotische Zeremonie, an der sie teilgenommen hatte, das Festmahl ihrer Mutter gewesen war – und daß das Einhorn sie dort herausgeholt hatte.*

Sie stellte sich vor, wie eine der beiden Portale in der Halle aufsplittern würde, wie Dunkelheit hinter dem Muschelmond des Horns einherfliegen würde.

Dann sah sie wieder auf die beiden Fische hinab.

Es war nur noch einer.

War das ein göttlicher Eingriff? Der noch übrige Fisch war der angenehme, der künstliche.

»Nun, ich nehme an«, begann Tanaquil. Sie hielt inne, weil auch die Gildenmitglieder die Häupter gesenkt hatten, und selbst durch die Masken vermeinte sie sagen zu können, daß sie auf die leere Waagschale gafften.

»Wo ist dieser Fisch?« hörte sie die säuerliche Stimme von Jope.

»Er war hier«, sagte eine andere Stimme. »Ich konnte ihn *riechen*.«

»Ohne den Fisch ist die Zeremonie bedeutungs ...«

»Wo nur ...«

»*Dort* ist der Fisch«, scholl es aus Vushs Maske heraus.

Tanaquil bemerkte, daß etwas Heißes und Pelziges sich gegen ihr Bein preßte, und aus dessen spitzschnauzigem Gesicht, zwischen bewegungslosen Kiefern, hing das Ende eines silbergrünen Schwanzes heraus.

Tanaquil ergriff den Fisch von der Waagschale.

»So höret denn!« rief Tanaquil klangvoll. »Ich wähle den Fisch, der gefertigt wurde. Doch mein Piefel hat den Fisch gewählt, den man verzehren kann.«

»Sakrileg!« heulte Jope auf. »Das altehrwürdige Ritual ist entweiht worden. Muß ich jetzt immer noch diese hohe Aufnahmegebühr für sie vorstrecken?«

»Das ist zweifellos sehr ernst«, erklärte Vush.

Tanaquil stellte sich dem Kreis böse dreinblickender Masken, der lächerlichen, gefährlichen Dunkelheit dieser Männer, die wahrscheinlich noch verrückter als ihre Mutter und mit Sicherheit wesentlich ungerechter waren.

»Welche Strafe verhängen wir dafür, daß der Fisch gegessen wurde?« heulte der niederträchtige Jope.

»Der Fisch«, murmelte Tanaquil bei sich, »das Fleisch, die Suppe, die Treppen, die Tür – ich habe dich aus Knochen und Räderwerk zusammengesetzt, und du wurdest lebendig – Ist das ein Zauberspruch, den ich gewoben habe? Wo *bist* du?«

»Sie hat unsere Gildenhalle gesehen«, stellte Vush fest, »und das Aufnahmeritual. Aber sie kann der Gilde nicht beitreten. Das würde großes Unglück für uns alle bedeuten.«

»Also ab in den Hafen mit ihr«, forderte eine Stimme, an die sie sich erinnerte.

7

Die Wand unter den Buchstaben, unter Hammer und Meißel *verwandelte* sich. Und dann, ganz einfach, teilte sie sich. Wieder waren da die Baumwipfel und ein dunklerer, tiefblauer Himmel voller wilder Sterne. Wählerisch wie eine Katze kam das Einhorn wie auf Glasschuhen durch die Öffnung hinein, durch die Halle hindurch. Ohne Gewalt, ohne Eile. Es bewegte sich im Rhythmus eines älteren Tanzes, machte alle Rituale dieser Welt zunichte. Schwarz, Silber, Gold und Mondopal. Nacht und Meer, Feuer, Erde, Luft und Wasser.

Diesmal habe ich es wirklich gerufen. Oder habe es jedesmal gerufen.

Tanaquil hörte, wie das Piefel zu ihren Füßen den Fisch mit einem einzigen Würgen verschluckte. Und sie hörte das ungedämpfte Pochen ihres eigenen Herzens.

Dann kreischte einer der Kunsthandwerker auf.

»Es ist das Geheiligte Tier! Flieht! Rettet euer Leben! Die Stadt ist verloren!«

Und auf irgendeine Weise wurden die mechanischen Sessel umgeworfen, die verschlossene Tür zum Korridor wurde aufgerissen, und aus ihr heraus drängten und schubsten und quollen die Gildenmeister mit maskierten Schreien und erschrockenen Püffen.

Das Einhorn, sanft wie ein Reh, tänzelte leichtfüßig hinter ihnen her. Wie eine Woge von Sternen kam es an Tanaquil vorbei. Sie glaubte die Musik der Knochen und des Nachtwindes zu vernehmen, der sich um das Horn schlang.

Als das Einhorn durch die Tür und den Korridor auf die Eingangstür zustrebte, zerrte das Piefel an seiner Leine und bedeutete Tanaquil so, ihm zu folgen. Und wieder konnte Tanaquil nicht umhin, dem Nachttraum hinterherzujagen.

Im Korridor drehten sich die Stuckköpfe unbeachtet und streckten ihre Zungen heraus, und dann lag die Straße hinter dem weit geöffneten Säulenportal zu ihren Füßen. Und die Straße entlang stoben die Gildenmeister in ihren hochgeheiligten und nun einer breiteren Öffentlichkeit enthüllten Zeremonialgewändern, sprachlos in den Fängen der Panik. Und das Einhorn trabte hinter ihnen her.

Tanaquil straffte die Leine. »Nein – laß es ziehen – ich hätte es nicht – nein – nein« Und dann riß die Leine, und das Piefel stürzte auf die Straße hinaus, vielleicht nur auf der Jagd nach seiner alten Trugvorstellung einer Mahlzeit oder eines Schatzes – des Knochens –, und Tanaquil folgte ihm. Sie zwang ihr Gehirn zu fieberhafter Arbeit, während ihre Füße versuchten, nicht zu rennen.

Wie hatte das Einhorn die Stadt betreten? Sie sah es vom Himmel springen wie einen fallenden Kometen. Aber nein, es war viel prosaischer zugegangen. Sie schien das schmale Tor zu erblicken, durch das sie die Stadt betreten hatte. Einer der Soldaten war neben seiner Weinflasche eingenickt, der andere lungerte müßig herum und blickte dabei auf etwas, das sich ruhig und still aus den Obstgärten und Hainen der Ebene näherte. Ein Pferd? Ja, ein Pferd, das irgendeinem Adligen entlaufen war. Das Pferd erreichte das Tor, und der Soldat, nicht betrunken genug, um eingedöst zu sein, lächelte es an und versuchte es zu tätscheln, was ihm jedoch irgendwie nicht gelang. Dennoch gab er den Eingang zur Stadt frei, und das Einhorn schwebte hindurch wie eine Dunstwolke. »Pferd-Pferd«, nuschelte der Wachsoldat freundlich. »Eines Tages werde ich auch ein Pferdchen haben.«

In den Straßen brannten Fackeln in bestimmten Abständen, und hier und dort pendelte eine Lampe in einem Bogengang, oder ein erleuchtetes Fenster verbreitete den Schimmer von buntem Glas.

Durch kalte Schattenbögen und kalte Lichtkegel irrten die fliehenden Kunsthandwerker. Sie keuchten nun wie rostige Blasebälge, stöhnten bisweilen und stießen Flüche hervor. Der eine oder andere lugte hin und wieder über seine Schulter zurück und verdoppelte, nachdem er die elegante Schwärze ihres Verfolgers immer noch hinter sich hertraben sah, seine Fluchtgeschwindigkeit, um sie bald wieder erschöpft zu verlangsamen.

Niemand sah aus dem Fenster, um herauszufinden, was da vor sich ging. Tag und Nacht war die Stadt voller Lärm. Auch begegneten sie niemandem.

An ihrem Endpunkt indes mündete die Straße auf eine andere, einen breiten Boulevard von ganz besonderer Pracht. Er wurde von Löwen aus vergoldetem Eisen gesäumt und hatte Lampenpfosten mit Laternen aus saphirfarbenem, grünem und karmesinrotem Glas. Leute schlenderten unter den Laternen einher, und an den Rändern der Straße gab es so etwas wie eine größere Ansammlung von Zuschauern, die mit gedämpfter Erwartung den Boulevard entlang blickten.

Die Kunsthandwerker hatten kein Mitleid mit dieser Barriere. Sie prallten auf sie, schlugen und pufften um sich und brüllten gutgemeinte Ratschläge, man möge fliehen oder wenigstens den Weg freimachen.

Doch die Menge schloß sich verärgert um die Fliehenden, wies auf die Masken: »Seht doch, die Gilde der Kunsthandwerker! Sie haben alle den Verstand verloren!« Und als die Kunsthandwerker mit atemlosem Gefluche Fäuste und Stöcke zu gebrauchen begannen, zahlte die Menge es ihnen mit gleicher Münze heim. Ein spektakuläres Handgemenge setzte ein.

Tanaquil, die sich etwa achtzig Fuß hinter der Speerspitze der Flucht befunden hatte, wandte ihren Blick von der Schlägerei ab. Sie bemerkte, daß das Einhorn, rein wie die Statuen unter den Lichtern des Boulevards, stehengeblieben war. Die aufwallende Menge schien es dort nicht zu bemerken. »Nein«, wiederholte Tanaquil, »tu es nicht.« Und das Einhorn, als hätte es sie gehört und wolle sie in seiner erhabenen, überirdischen Art necken, tänzelte mit einem kleinen Paradesprung seitwärts fort. Dort befand sich ein Garten oder eine Allee, und dorthinein trippelte das Einhorn.

Tanaquil rannte. Sie holte das Piefel ein, das immer noch rannte. Und in einer Lücke zwischen zwei hochaufragenden Häusern kamen beide zum Stehen. Sie versuchten, mit ihren Blicken die Schwärze dieses Tunnels zu durchdringen, aber dort war nichts. Zum wiederholten Male. In Luft aufgelöst.

Das Piefel ließ sich mitten auf der Straße nieder und putzte sich heftig, als sei es gerade nur zum Vergnügen gerannt, sei nicht hinter etwas *hergejagt*. Tanaquil ergriff seine Leine.

Der Lärm, den der Auflauf verursachte, war nun ohrenbetäubend geworden. Tanaquil begriff, daß sie mittlerweile nicht nur den Kampflärm, sondern auch das immer näher kommende Geräusch von Jubelschreien und Pfiffen die Straße hinunter hören konnte. Bürger, die nicht in das Handgemenge verwickelt waren, wiesen in diese Richtung. Sie machte eine regelmäßige Bewegung und Laternenschein auf Speerspitzen aus. Soldaten marschierten heran, um die aufrührerische Menge zur Raison zu bringen. Und hinter den Soldaten näherten sich noch mehr Lichter, Trommeln und Räderrollen.

»Es ist eine Prozession«, stellte Tanaquil fest.

Vorsichtig pirschte sie sich heran.

Die wild um sich dreschenden Kunsthandwerker und ihre Angreifer mischten sich nun mit fluchenden Soldaten in polierten Rüstungen und federgeschmückten Helmen. Das Handgemenge hatte sich mittlerweile auf den Boulevard ausgedehnt. Plötzlich entwirrte sich das Menschenknäuel und flutete über die Fahrstraße.

Tanaquil zog sich auf die Plinthe einer Laterne hoch, während das Piefel den Pfosten hinaufkletterte.

Kunsthandwerker und einfache Bürger quollen über die Straße. Soldaten teilten Püffe mit den stumpfen Enden ihrer Speere aus, und eine komplette Prozessionsreihe von Trommlern fiel kreischend über sie her, während sich Pferde aufbäumten, Streitwagen umkippten und Blumen und Feuer in einem verrückten Tanz durch die Luft wirbelten.

»Jetzt ist es keine Prozession mehr«, bemerkte Tanaquil.

Sie starrte gerade verwundert auf das chaotische Knäuel, das nicht so aussah, als könne es jemals wieder entwirrt werden, als ein erstaunlich intakter Streitwagen quer durch den Tumult schoß und ganz nah neben Tanaquils Plinthe zum Stehen kam.

Der Streitwagen war zierlich, bemalt und vergoldet und mit Blumengirlanden behängt, und er wurde von zwei kleinen weißen Pferdchen gezogen. Die Fahrerin war vielleicht ein Jahr jünger als Tanaquil. Sie trug lange Zöpfe aus dickem schwarzen Haar und war in einen Umhang aus rotem Samt und purem Goldstoff gehüllt, der mit Rubinen bestickt zu sein schien.

»Was«, rief das Mädchen mit einer durchdringend hohen und herrlichen Stimme, »ist das hier für ein entwürdigendes Spektakel?«

Plötzlich war alles still. Die Kämpfe auf der Straße wurden eingestellt. Die Kombattanten trennten sich, sofern ihnen das auf die schnelle möglich war. Sie nahmen sich Masken ab, preßten sich Kleidungsstücke auf blutende Nasen und standen eingeschüchtert und mit hängenden Schultern herum.

»Aha, so bedeutend ist sie also«, dachte Tanaquil. Und während sie zu dem Mädchen herunterschielte, hatte sie das seltsame Gefühl, ihr schon einmal begegnet zu sein.

»Nun?« fuhr das Mädchen fort, immer noch theatralisch, aber mit schon etwas leiserer Stimme, da ja nun allgemeines Schweigen herrschte. »Was habt ihr zu eurer Verteidigung hervorzubringen?«

»Ma'am, diese ungehobelten Burschen stürzten direkt vor uns auf die Straße«, erklärte ein geckenhafter Offizier.

»Offensichtlich«, erwiderte das Mädchen. Auf ihrem Kopf saß ein Käppchen aus Blattgold mit einer wippenden roten Feder. »Du«, setzte sie an Vush gewandt hinzu. Vush erhob sich, die Maske halb heruntergerissen, so daß ein schwarzes Auge über seinem Bart glomm. »Du bist der Vorsteher der Kunsthandwerkergilde, nicht wahr?«

»Schawoll«, gab Vush mit aufgeplatzter Lippe zu.

»Was bedeutet dieser Aufruhr?«

Ein Ausdruck der Verzweiflung huschte über Vushs anschwellende Züge. Er straffte seine kräftigen Schultern.

»Wir wurden won einem Einorn werwolgt, Eure Oeit.«

»Von was?«

»Won einem Einorn.«

»Er meint ein Einhorn, Madam«, dolmetschte der Offizier. Er ließ ein affektiertes Lachen hören. »Also wirklich.«

»Wo ist es denn?« wollte das Mädchen wissen. Sie sah sich mit aufrichtiger Begeisterung um. »Erfindest du das nur?«

»Nein, Eure Oeit, daf Geeiligte Vier erfien unter unf.« Und mit grabesschwerer Stimme fügte er hinzu: »Ölle und Werdammnif. Daf ift daf Ende.«

Ein Seufzer fuhr durch die Menge. Tanaquil bemerkte, daß hier und da Abwehrzeichen gegen das Böse und das Unglück geschlagen wurden.

»*Falls* das Geheiligte Tier«, sagte das Mädchen, »jemals zu uns zurückkehren sollte, würde es sich in den Dienst meines Vaters, des Fürsten Zorander, stellen. Wir haben nichts zu befürchten. Was euch angeht, so bin ich zu der Überzeugung gelangt, daß ihr euch alle anläßlich eines Gildenrituals betrunken habt. Betrunken habt ihr euch Dinge eingebildet, die gar nicht existieren, seid herausgerannt und habt diesen Tumult verursacht. Mein Vater wird eure Gilde dafür zweifellos zur Rechenschaft ziehen. *Darauf* könnt ihr mit Sicherheit rechnen, und darüber hinaus hört auf damit, dumme Gerüchte über Einhörner in die Welt zu setzen.«

Die Kunsthandwerker sanken in eine jämmerliche Verbeugung. Sie steckten in einer schrecklich peinlichen Situation. Erste gemurmelte Zweifel kursierten in ihren Reihen. Hatten sie sich das Einhorn vielleicht tatsächlich nur *eingebildet*?

Da stampfte ein dünner, verdorrter Kunsthandwerker mit dem Fuß auf und deutete mit anklagendem Zeigefinger auf die Laterne, den Standort von Tanaquil und dem Piefel.

»*Sie* ist die Unruhestifterin. Sie ist eine Hexe. Sie hat uns diese Dinge sehen lassen«, heulte Jope.

Alle Köpfe drehten sich in ihre Richtung. Jedes Gesicht im Umkreis einer Meile, so wollte es Tanaquil erscheinen, wandte sich ihr zu. Einschließlich des Gesichts der Prinzessin.

Die Prinzessin runzelte die Stirn. Einen Augenblick lang mochte sie verwirrt gewesen sein, vermutlich durch den Anblick des Piefels, das sich mit einer Pfote und dem Schwanz an der Krümmung der Laterne festklammerte und hinunterbaumelte.

»Dieses Mädchen?« fragte die Prinzessin.

Schwerfällig sagte Vush: »Fie at fich alf Junge werkleidet in unfere Alle eingeflichen. Fie at ein Ritual entweiht ...«

Die Prinzessin schnitt ihm das Wort ab. Sie wandte sich direkt an Tanaquil: »Was hast du dazu zu sagen?«

»Ich bin keine Hexe«, entgegnete Tanaquil prompt. Sie starrte einen Moment lang auf das Mädchen und nahm dann wieder Haltung an. »Natürlich hat es kein Einhorn gegeben. Weil ich Gegenstände reparieren kann, haben sie versucht, mich zum Beitritt in ihre Gilde zu zwingen. Sie haben damit gedroht, mich zu ertränken, falls ich es nicht täte.«

»O ja«, konstatierte die Prinzessin. »Vater wird das *sehr* interessieren.«

Die Kunsthandwerker murrten. Sie verstummten, als der Offizier ihnen einen Blick zuwarf.

»Dann«, fuhr Tanaquil fort, »spielten sie plötzlich alle verrückt, rannten auf die Straße und schrien irgend etwas über geheiligte Tiere. Ich bin fremd in dieser Stadt, und ich bin nicht gerade beeindruckt.«

»Natürlich nicht«, antwortete das Mädchen. Sie wandte sich an die Soldaten. »Räumt bitte die Straße.«

Am Ende triumphierte also doch noch die Ordnung. Die anderen Gefährte wurden wieder auf den Weg gebracht, die Soldaten trieben Kunsthandwerker und Bürger auseinander. Als sie Vush am Straßenrand niedersetzten, gab es Gelächter und höhnische Bemerkungen.

Die Prinzessin sagte zu Tanaquil: »Komm da runter und steig in meinen Streitwagen. Dein Tier darfst du mitbringen.«

»Ich bin sicher, daß ich die Ehre nicht verdiene«, versetzte Tanaquil.

»Es ist keine Ehre«, entgegnete die Prinzessin. »Es ist eine Einladung.«

Tanaquil stieg von ihrem Löwen, und das Piefel rutschte den Laternenpfosten hinunter. Sie erklommen den blumengeschmückten Streitwagen, und die Prinzessin zog die Zügel an. Die kleinen weißen Pferdchen preschten davon, geradewegs durch die säumigen Zuschauer auf der Straße, die beiseitetaumelten.

Einige wenige Schneeflocken schwebten umher, was unüblich für die Stadt war.

»Übrigens, es tut mir leid, aber Vater wird die Sache mit den Kunsthandwerkern keineswegs verfolgen. Es wäre sinnlos, ihn überzeugen zu wollen. Es spricht, nicht wahr?« sagte die Prinzessin. »Das Tier.«

»Ich kann, ähm, es so *aussehen* lassen.«

»Gut. Ich dachte mir doch, daß du in Ordnung bist.«

Sie rasselte aus der mit Löwenlaternen gesäumten Prachtstraße in eine weitere, an der sich vergoldete, von Laternen erhellte Delphine reihten. Dann galoppierten sie auf den Fuß eines Hügels zu und dessen Abhang hinauf. Das Piefel wickelte sich fest um Tanaquils Knöchel und krallte sich fest. »Zu schnell. Will runter.«

»Das ist ausgezeichnet«, beglückwünschte sie die Prinzessin.

»Oh. Danke.«

Auf der Hügelkuppe, wo die Straße abwechselnd von Laternen mit vergoldeten Kraken und vergoldeten Kamelen erhellt wurde, tauchte ein sonderbarer weißlicher, erleuchteter Berg auf.

»Der Palast meines Vaters«, erklärte die Prinzessin leicht gelangweilt.

Als das rasende Tempo des Streitwagens sich verlangsamte, versuchte Tanaquil, die horizontalen Linien von Fenstern und Balkonen zu zählen, was ihr auch gelang. Es waren fünfzehn Stockwerke.

»Du kannst dieses Zimmer benutzen, wenn es dir gefällt«, schlug die Prinzessin vor. Ihr Name, wie sie soeben enthüllt hatte, war Lizra. »Nimm ein Bad und such dir dann eins der Kleider in dem Zedernholzschrank raus. Dann werden wir zum Abendessen hinuntergehen. Es dauert immer stundenlang. Macht nichts, wenn wir zu spät kommen.«

Sie hatte ihren Umhang abgeworfen und saß nun in einem roten Gewand mit goldenen Knöpfen da.

Als sie ihr Schlafzimmer betreten hatten, war Tanaquil halb beleidigt und halb erfreut gewesen. Es war ein gigantischer Raum, und alle Wände waren wie ein wundervoller Garten mit Obstbäumen und Blumen bemalt, mit einem Flamingoteich, dessen Wasser, Einlegearbeiten aus Lapislazuli, zu reflektieren und kleine Wellen zu schlagen schien. Auf der blauen Decke prangten eine goldene Sonne und ein silberner Mond und einige Planeten aus Kupfer und Platinum, die sich auf wirklichkeitsgetreuen Bahnen bewegten. Als Lizra einen goldenen Griff an ihrem Bett betätigte, flatterten drei künstliche Tauben hervor. Das Bett selbst hatte die Form einer Seemuschel und war mit Perlmutter beschlagen. Es gab keine Kamine. Rohre mit heißem Wasser, so schien es, verliefen unter dem Fußboden und hinter den Wänden, gespeist von Öfen im Erdgeschoß.

Auch das Piefel war überwältigt. Es verzierte auf der Stelle einen goldgewebten Läufer mit seinem Kot, um diesen dann wie einen Pfannkuchen über seinem Mißgeschick zusammenzufalten.

Tanaquil befürchtete die sofortige Exekution, doch Lizra ergriff nur den Läufer und schmiß ihn aus dem Fenster, zehn Stockwerke tief in die darunterliegenden Gärten. »Irgend jemand wird ihn finden, den Dung auf die Beete packen, den Läufer reinigen und mir zurückbringen.«

Nichtsdestotrotz zeigte sie Tanaquil und dem Piefel einen marmorverkleideten Badesaal, in dem bereits ein geräumiges Tablett mit Erde deponiert worden war.

Der andere Raum führte aus dem Schlafzimmer hinaus. Er war ganz in Rosa gehalten und besaß ein Bett und einen Kamin, beide mit zinnoberroten Stützen. »Hier wohnen meine Besucher«, erklärte Lizra leichthin, »Freunde.«

Tanaquil zog zweifelnd ihre rechte Augenbraue in

die Höhe. »Du bist zu freundlich. Sicher erweist du mir doch nicht soviel Ehre, mich unter deine Freunde zu zählen?«

»Also bist du ein Feind?« fragte Lizra und schoß Tanaquil einen messerscharfen Blick zu.

»Ich meinte nur ...«

»Kümmer dich nicht um mich«, sagte Lizra. Sie betrachtete das Piefel, das, einem etwas verspäteten Trieb folgend, sich kratzte und dabei die Erde durch das ganze Bad verteilte. »Laß es etwas sagen«, verlangte Lizra. »Ich glaube, es möchte gerne.«

»Eingebuddelt«, sagte das Piefel. »Kluges Piefel.«

»Ja«, sinnierte Lizra, »das dachte ich mir.«

Tanaquil badete in einer Wanne, in der sie gut hätte schwimmen können, wäre sie denn des Schwimmens kundig gewesen. Mit Seife gefüllte Jadeenten kreuzten auf dem Badewasser, und ein Fisch bespritzte einen mit warmem Wasser, wenn man ihn kippte.

Aus ihrem Schrank wählte Lizra ein Gewand von löwengelber Seide für Tanaquil aus. Es war über und über verziert und mit Fischbeinstäbchen verstärkt, genau wie das rote Gewand. »Wir haben dieselbe Größe. Sehr gut. Man achtet hier auf Etikette, besonders beim Dinner. So viele Regeln, genau wie bei der Prozession.«

Lizra war durch die Stadt gefahren, »um die Leute zu inspirieren«. »Vater behauptet das zumindest«, plauderte Lizra, »aber die Hälfte von ihnen nimmt gar keine Notiz davon. Warum sollten sie auch? Einmal jeden Monat muß ich meine Runde machen. *Er* kümmert sich nur um die Feste. Es kann einen schon krankmachen.«

»Was sagt denn deine Mutter dazu?«

»Meine Mutter ist tot«, erwiderte Lizra brüsk. »Sag

jetzt nicht, wie leid dir das tut oder wie schrecklich das ist, denn schließlich hast du sie ja nicht gekannt, und ich eigentlich auch nicht richtig, nebenbei bemerkt. Es passierte, als ich fünf war.«

Aber Tanaquil wollte auch gar nichts sagen und stellte sich statt dessen ein Leben ohne Mutter beziehungsweise ohne die einzige Mutter, die sie kannte, ohne Jaive, vor.

»Nun laß uns hinuntergehen, Tanaquil«, schlug Lizra vor.

»Wird dein Vater nicht wissen wollen, wer ich bin?«

»Er wird annehmen – wenn er überhaupt eine von uns beiden bemerken sollte –, daß du eine Fürstentochter aus einer anderen Stadt bist, deren Besuch er irgendwann einmal gestattet hat. Das geschieht häufig. Ich finde diese Mädchen meistens hochnäsig oder blöd. Auf der anderen Seite war ich auch einmal mit der Tochter eines Straßenkehrers befreundet, Yilli, die häufig herkam. Ich mochte sie wirklich. Dann versuchte sie eines Morgens, mir die Kehle durchzuschneiden. Sie wollte meinen Schmuck stehlen, den ich sowieso verabscheue. Sie hätte ihn haben können. Seitdem meide ich Freunde.«

Tanaquil war entsetzt und verspürte einen spontanen, wilden Schwall von Sympathie. Sie sah alles deutlich vor sich, die schmerzliche Eifersucht der Straßenkehrertochter, Lizras mutiges, blindes Vertrauen, ihr eigenes Entsetzen, die tiefe Wunde, die dieser Verrat hinterlassen hatte und die sie mit beiläufiger Ironie zu überspielen versuchte.

»Manchmal sehe ich sie kurz«, fuhr Lizra mit rauher Stimme fort. »Sie backt Pasteten auf dem Löwenmarkt.«

Tanaquil durchzuckte der Gedanke, daß sie gut eine

dieser Pasteten gegessen haben mochte. »Du meinst, du hast sie laufenlassen?« fragte sie.

»Nachdem ich sie an den Füßen aus dem Fenster rausgehängt habe.«

Tanaquil zögerte. »Soll das eine Warnung an meine Adresse sein? Schließlich weißt du rein gar nichts über mich ...«

»Und?« versetzte Lizra spitz. »Ich denke lediglich, daß ich dich gerne *kennenlernen* würde; dafür muß ich nichts über dich *wissen*. Gut, die arme Yilli war mein Fehler. Aber man muß Risiken eingehen ...«

»Ja«, stimmte Tanaquil ihr zu.

»Hol dein Piefel. Es wird sich über das Essen freuen.«

Sie begaben sich im Fliegenden Stuhl nach unten zum Bankettsaal. Das Piefel genoß diese Art der Fortbewegung keineswegs, wie ihm auch die Aufwärtsfahrt schon nicht gefallen hatte.

Mehrere marmorne Treppenfluchten mit breiten Brüstungen durchzogen die fünfzehn Stockwerke des Palastes. Für jede Treppenflucht gab es auch einen Fliegenden Stuhl. Er glich einem Vogelkäfig mit vergoldeten Eisenstäben, in dessen Innern sich eine Polsterbank befand. Man stieg ein, setzte sich und betätigte eine goldene Glocke im Boden des Käfigs. Ihr Klang drang zu den Bedienungsmannschaften im Erdgeschoß und im obersten Stockwerk des Palastes, die sodann begannen, kräftig an den vergoldeten Seilen zu ziehen. Der Käfig funktionierte durch ein Gegengewicht, das vorsichtig hochgezogen wurde, um den Käfig sinken zu lassen, und vorsichtig gesenkt wurde, um den Käfig steigen zu lassen. Wünschte man ins zwölfte Stockwerk zu gelangen, so wurde die Glocke zwölfmal geschlagen und so weiter. Manchmal kam die Anzahl der Glockenschläge falsch an, aber nie sehr falsch.

Tanaquil selbst liebte die Luftfahrten auf und ab durch die Treppenschächte, wenn geschnitzte Säulen, Balustraden und Fenster in entgegengesetzter Richtung an einem vorbeiflogen, auch nicht übermäßig. Manchmal erhaschte man einen Blick auf die Zugmannschaften der Diener, die sich weit unten oder hoch oben über die Treppengeländer lehnten und grinsten. Sie wirkten alle ziemlich geistesgestört.

»Hat es je einen Unfall mit den Fliegenden Stühlen gegeben?« hatte sie gefragt, als man ihr die Methode das erste Mal erklärt hatte.

»Ein- oder zweimal«, gab Lizra zu und fügte philosophisch hinzu: »Sie fallen nie tief. Vaters Oberster Berater, Kanzler Gasb, hat sich so einmal das Bein gebrochen. Ratten hatten die Seile angenagt. Der Seilprüfer wurde enthauptet.«

Sie erreichten das fünfte Stockwerk, das des Bankettsaals, und stiegen zu einem Chor anerkennender Ausrufe von der unteren Bedienungsmannschaft aus.

Die Türen zu der Halle waren mit Gold bedeckt. Zwei Diener schwangen sie vor ihnen auf. Sofort sprangen ihnen ein flötespielender Junge und ein Mädchen, das Blütenblätter streute, in den Weg und geleiteten sie durch den Raum. Es war unwahrscheinlich, daß sich auch nur einer der Hunderte von Leuten dort nach ihnen umdrehte. Der Lärm war infernalisch. Dutzende von Musikern spielten auf der Galerie, die den Saal umgab, Flöten und Trommeln, Harfen und Tamburine.

Niemand hörte zu, machte auch nur den Versuch.

Reihen von hochbeinigen und niedrigen Tischen, die sich unter der Last der Speisen und Getränke förmlich bogen, hatten die Gäste wie hungrige Seemöwen angezogen. Diener eilten beflissen mit riesigen Platten voll von Gemüsen, Früchten, Broten, Braten und Kuchen und mit Krügen voller Wein, Wasser, Tee und Brandy umher. Ganz offensichtlich gab es keine festgelegte Speisefolge. Alles wurde gleichzeitig und mit stetigem Nachschub serviert. Auf dem Mosaikboden lagen zertretene Blumen. Geschmeidige Hunde, Katzen und Affen mit silbernen, juwelenbesetzten Halsbändern schlichen umher, während auf einigen der großen goldenen Kandelaber Papageien herumturnten, die irgend etwas verspeisten oder sich die Federspitzen an den Kerzen ansengten. Ein rosafarbener Vogel stürzte sich kopfüber herunter und zog eine Leine aus Kristallen hinter sich her. Das Piefel setzte zum Sprung an, doch Tanaquil hielt es zurück. Der Vogel landete in einer Terrine aus geschliffenem Glas, die so etwas wie kalte Suppe enthielt, und begann sich darin zu waschen und herumzuspritzen.

Die fürstliche Tafel befand sich am Ende der schier endlosen Banketthalle, inmitten eines Zimmerbaumarrangements aus Weinreben und eingetopften Bäumchen, von deren Ästen kleine, glitzernde Juwelen hingen. Der Tisch selbst bestand aus Gold und besaß eine seltsam gewundene und gedrechselte Form, die an die Mäander von Flußschleifen erinnerte. Ungefähr siebzig Gäste saßen, in der einen oder anderen seiner Kurven, um den Tisch herum. Sie alle trugen unglaubliche Gewänder in den verschiedensten extravaganten und grellen Stilen, überladen mit kostbaren Metallen und Steinen.

»Da ist Vater«, erklärte Lizra. »Und der da, der mit dem Hut wie eine Eule, ist Gasb.«

Den Hut erblickte Tanaquil als erstes. Er war aus

Federn gefertigt; die ausgebreiteten Schwingen standen zu beiden Seiten vom Haupt des Mannes ab, und die Maske war so weit ins Gesicht heruntergezogen, daß sie seine Augen und seine Nase unter einem goldenen Schnabel verdeckte. Was immer er in Wirklichkeit sein mochte, das aufwendige Gebilde auf seinem Kopf ließ ihn gleichzeitig lächerlich und grausam räuberisch erscheinen. Von dem Prinzen bekam Tanaquil nur einen überaus flüchtigen Eindruck, bevor Lizra sie zu einer der Tischschleifen gewunken hatte: ein Mann mit pechschwarzem, langem, gelocktem Haar, einem Diadem aus Diamanten und Patchworkgewändern aus Seide, Goldstoffen sowie den Häuten und Fellen zahlreicher Tiere, die ansonsten wohl noch ihre eigenen Leben geführt hätten.

»Nimm etwas hiervon«, riet ihr Lizra. »Laß das Piefel ruhig auf den Tisch, wenn es will. Sieh nur, Lady Orchids Krallenaffe sitzt in dem Auflauf.«

Tanaquil begann zu essen. Die Speisen waren schmackhaft, wenn auch teilweise scharf gewürzt. Die Adligen des fürstlichen Hofes streuten zusätzlich noch wahre Wolken von Pfeffer, Salz und Zimt auf ihre Teller, rührten Zucker und andere Essenzen in ihre Pokale ein. Gelegentlich erhaschte Tanaquil weitere Blicke auf Lizras Vater. Er war ein gutaussehender Mann. Er lächelte nie. Und obwohl er den allgemeinen Mätzchen keinerlei Aufmerksamkeit schenkte, schubste er den sauberen, reizenden Affen von Lady Orchid, der in seiner Nähe herumtollte, rüde vom Tisch, und man bekam das Schauspiel einer Lady Orchid zu sehen, die ihr wundervolles Gewand in tiefen, um Verzeihung heischenden Kratzfüßen zerknitterte.

Lizra schien keine Verbindung zu ihrem Vater zu

haben. Sie blickte um sich und redete mit mehreren Leuten an der Tafel. Sie wies auf einen Herrn, der eine Rosensorte erfunden hatte, die sich bei Sonnenuntergang wieder in die Erde zurückzog und so nicht mehr jede Nacht von den Gärtnern gegen den Frost abgedeckt werden mußte, auf eine Dame, die ein Streitwagenrennen gewonnen hatte, und auf einen General in einer goldstrotzenden Rüstung, der angeblich einmal ein Krokodil gegessen hatte. Von Fürst Zorander jedoch erzählte Lizra nichts. *»Zwischen ihnen ist nichts«*, dachte sich Tanaquil, *»so wie zwischen mir und Jaive nichts war.«* Dann lachten sie und Lizra wieder ausgelassen über irgendeinen Scherz, und überrascht hörte Tanaquil sich selbst. *»An wen erinnert sie mich nur?«*

»Habt Ihr schon gehört«, erscholl Lady Orchids laute, selbstbewußte Stimme, während sie die smaragdfarbene Leine des Äffchens um ihr Stuhlbein wand, »daß ein Einhorn in der Stadt gesichtet worden ist?«

Tanaquil fühlte sich, als gösse man ihr heißes und kaltes Wasser zugleich den Rücken hinunter.

»Ein Einhorn? Wieder so ein dummes Gerücht …«

»Nein, es gab mehrere Berichte in der Löwen- und der Luchsstraße, unabhängig voneinander. Um Mitternacht glitt eine geisterhafte Gestalt mit einem schimmernden silbernen Horn vorbei.«

»Ich habe gehört, daß das Wesen scharlachrot war und feurige Augen hatte«, widersprach ein Adliger zu Lady Orchids Linker.

»Die Fischer berichteten, sie hätten das Geheiligte Tier der Stadt kurz vor Sonnenaufgang im Meer schwimmen gesehen.«

»Es gibt immer irreführende Gerüchte«, schaltete

sich Gasb unvermittelt mit einer scharfen, eulen-grausamen Stimme ein, die über alle Windungen und Krümmungen der Tafel trug.

Jeder beeilte sich zuzustimmen. »O ja, natürlich, Lord Gasb.«

Irgendwo oben, in dem gewaltigen Gewölbe des Palastes, ertönte eine Glocke von gewaltigem Ausmaß. Sie läutete die Mitternacht ein, und auf der Stelle versank die gesamte Bankethalle in äußerste Stille.

Fürst Zorander erhob sich. Er war imponierend und herrschaftlich in seinem Gewand aus toten Dingen. Er hob einen Pokal, der offensichtlich aus einem einzigen Amethysten geschnitten war. Jeder der Anwesenden stand ebenfalls auf und hielt sein Trinkgefäß hoch. Auch Tanaquil erhob sich, ganz wie Lizra. Die kalte, ruhige Stimme des Fürsten hallte wie die Glocke. »Die Stadt grüßt die Mitternacht und das Geheiligte Tier.«

»Mitternacht. Das Tier.«

Sie tranken und setzten sich. Das Piefel, das schweigend und zielstrebig die Fleischstücke auf dem Tisch vernichtet hatte, tapste durch den Bratensaft, kletterte auf Tanaquils Schoß, rollte sich dort zusammen und ruinierte Lizras gelbes Festgewand.

8

Bei Sonnenaufgang führte Lizra Tanaquil durch die ausgedehnten Schloßgärten.

Tanaquil war sich nicht sicher, ob sie so frühes Aufstehen schätzte, wenn man am Abend so spät zu Bett gegangen war. Das Feuer, das für die Nacht in ihrem zinnoberroten Kamin entzündet worden war, glomm noch vor sich hin, als sie dadurch erwachte, daß Lizra, bereits vollständig angezogen in einem wilden weißen Kleid mit gefiederten Ärmeln, mit einem Frühstückstablett neben ihrem Bett stand. »Begrüße den Tag!« sagte Lizra gerade so, wie Jaive ihr Porträt in Tanaquils Zimmer hatte sagen lassen.

Dennoch bot die Sonne, die über so vielen verschiedenen Bäumen und Statuen und über den durchsichtig schimmernden Teichen des Gartens aufging, einen phantastischen Anblick.

Die Gärtner gingen umher und befreiten die Büsche und Blumen von ihren nächtlichen Schutzhüllen. Manche Pflanzen hatte man auch schutzlos der Kälte preisgegeben: ihre Blüten waren vom Frost zerfressen und geschwärzt, doch schon brachen neue Knospen durch, und bis zum Mittag würde hier alles wieder in voller Blütenpracht stehen. Stelzvögel fischten in den Teichen.

»Glaubst du, daß es so etwas wie ein Einhorn geben könnte?« wollte Lizra von Tanaquil wissen.

»Glaubst du es?«

»Ich weiß nicht, woher du kommst«, erwiderte Lizra. »Nein, nein, ich will es auch gar nicht wissen. Doch wahrscheinlich kennst du die Legenden unserer Stadt noch nicht. Es gibt zwei Versionen. Die eine lautet, das Einhorn habe die Stadt gegründet. Es wurde von einer gewaltigen Woge an den Strand getragen, und wo es die Erde mit seinem Horn berührte, entstand ein magischer Brunnen, die Quelle aller Süßwasserströme der Stadt. Danach kehrte das Tier von Zeit zu Zeit zurück, um den Fürsten der Stadt seine Aufwartung zu machen. Eines Tages wird es erneut wiederkehren, den Fürsten aufsuchen, ihn berühren und ihn mit gewaltigen Kräften begaben – ihn unsterblich machen, unverwundbar oder Ähnliches. Und dann wird die Stadt eine Blütezeit erleben wie nie zuvor.«

»Wie lautet die andere Version?« fragte Tanaquil, der die gellenden Schreie der Kunsthandwerker einfielen.

»Die andere Legende besagt, daß wir das Einhorn beleidigt haben – ich weiß nicht, womit. Und wenn es zurückkommt, wird es deshalb töten und zerstören, und vielleicht wird das Meer sich aus seinem Bett erheben und die Stadt in einer Sintflut verschlingen.«

Tanaquil blieb nachdenklich stehen. Sie sah in Gedanken den Urozean vor sich, wie er die Wüste bedeckte, und die Fossilien und Sternenknochen, die sie unter dem hohlen Berg gefunden hatten.

Das Piefel plumpste in einen Gartenteich. Sie fischten es heraus.

»Spuck. Böse«, sagte das Piefel. *»Naß.«*

»Es ist wirklich brillant, wie du das hinkriegst«, bemerkte Lizra. »Deine Lippen bleiben ganz unbeweglich.«

Tanaquil war drauf und dran, Lizra die Wahrheit zu beichten, hielt sich jedoch erneut zurück. Wie Lizra hatte auch sie nie eine richtige Freundin oder einen Freund gehabt. Natürlich hatte sie sich bemüht, mit den Mädchen in der Festung Freundschaft zu schließen, doch gnadenlos hatten sie Tanaquil ›ihren wahren Platz‹ zugewiesen: die Tochter der Gebieterin.

Der Tag war warm, und das Piefel schüttelte sich und plusterte sich neben ihnen auf, als sie sich das mechanische Wasserrad ansehen gingen, das Wasser für die Gärten hochpumpte.

Während sie die Technik des Wasserrads bestaunten, das die vollen Schöpfräder hochwirbelte und seitwärts in Bewässerungskanäle entleerte, um sie alsbald in der Tiefe der Zisterne wieder zu füllen, rannte ein Palastdiener auf Lizra zu.

»Hoheit, Euer Vater erwartet Euch in der Bibliothek.«

»Danke«, entgegnete Lizra. »Ich gehorche.« Der Diener entfernte sich, und Lizra fluchte. »Ich weiß schon, was er will. Es ist wegen dem Fest der Segnung am Ende der Woche – morgen. Es sind endlos viele Rituale«, seufzte sie, als sie den Palast betraten und auf einen Fliegenden Stuhl zusteuerten. Während die Bedienungsmannschaft sie mit fröhlichen Rufen hochhievte, krallte Tanaquil die Hände um ihre Knie und das Piefel seine Klauen in die Kissen; es hockte mit gesträubtem Fell dort und sah aus, als werde ihm jeden Moment übel werden. »Übrigens«, fügte Lizra hinzu, »es tut mir leid, aber die drei letzten Stockwerke werden wir in Vaters Privatstuhl zurücklegen müssen. Er ist schlimmer als dieser hier.«

»Schlimmer?«

Sie erreichten den zwölften Stock und passierten einen mit salutierenden goldenen Wachen gesäumten Gang. An seinem Ende befand sich eine geschnitzte Tür, und nachdem sie die durchschritten hatten, standen sie auf einer Treppenbrüstung aus grünlichem Onyx. In einer Treppenflucht taumelte eine Bande von fürchterlich aussehenden Kerlen gefährlich umher. Sie schlugen Rad und schwangen sich vom Geländer herab. Dabei stießen sie, mit dem Kopf nach unten hängend, ein gräßliches, raubtierhaftes Geheul und Geschrei aus. Sie trugen ausnehmend schöne Kleidung, gingen jedoch barfuß. Die Haare standen ihnen zu Berge.

»Stuhl *runter*«, befahl Lizra streng.

Auf der Stelle wurde die sinnlose, wahnsinnige Hektik in die Bahnen eines donnernden, gellenden Rennens die Treppe hinauf gelenkt. Von drei Stockwerken über ihnen hörte man Rufe und Heulen und dann einen furiosen Gesang – die Worte klangen völlig unsinnig.

Ein Fliegender Stuhl von betörender Pracht, der an einem mit Silberfäden umwickelten Seil hing, sauste den Treppenschacht herunter. Er hielt an der Brüstung.

»Sie binden ihn oben los«, erklärte Lizra. »Wir steigen besser ein. Sie sind nicht in der Lage, lange Zeit still zu stehen.«

Unbehaglich folgte Tanaquil Lizra in den Stuhl, setzte sich und umklammerte das Piefel mit eisernem Griff.

Lizra trat mit der Fußspitze eine kleine goldene Vorrichtung in den Boden, und hoch über ihnen schmetterte eine Trompete.

Der Krach steigerte sich zu einem Orkan von Lärm. Der Käfig ruckte und begann zu steigen.

Während sie aufwärts fuhren, kamen sie an den Kerlen der Bedienungsmannschaft vorbei, die mit dem anderen Ende des silbernen Seils abwärts keuchten, wobei sie etwas in der Art von »Zieh hey, Seil entzwei ...« kreischten oder sangen; niemals verfehlten ihre Füße eine Stufe, ihre Augen waren rot, Schaum stand ihnen vor dem Mund.

»O Gott!« rief Tanaquil aus.

Sie erreichten den oberen Treppenabsatz, und der Käfig hielt an, unbeweglich wie ein Stein.

»Sie werden ihn jetzt unten festbinden«, erläuterte Lizra. »Dann müssen sie auf den nächsten Fahrgast warten, der nach oben oder nach unten will. Wenn Vater beschäftigt ist, rennen sie manchmal alle zehn Minuten rauf und runter. Sie sind das Gegengewicht, verstehst du? Es war Gasbs Idee. Mein Vater hielt es für ungewöhnlich. Sie verlieren alle den Verstand. Sie können nicht mehr still stehen. Sie müssen in mechanisch betriebenen Hängematten schlafen, die hin und her schwingen.«

Tanaquil war übel, und das nicht nur von dem Stuhl.

Zwei goldene Soldaten standen ihnen gegenüber mit gekreuzten Speeren vor einer Tür.

»Dies ist die Tür zu den Gemächern des Fürsten.«

»Ich, die Tochter des Fürsten, werde mit meiner Begleiterin, Prinzessin Tanaquil, eintreten.«

»Tretet ein!«

Hinter der Tür befand sich etwas, von dem Tanaquil gehört, das sie aber noch nie mit eigenen Augen gesehen hatte: Winter tagsüber.

»Kümmer dich einfach nicht drum«, riet Lizra.

Sie gingen zehn Stufen hoch, die aus reinstem Eis zu bestehen schienen, auf denen man jedoch trotzdem nicht ausrutschte. Auf beiden Seiten dehnten sich Ebenen von Schnee in bläuliche Fernen aus, wo weiße Schneeberge in einen königsblauen Himmel stachen. Auf den Schneebenen pirschten große weiße Katzen mit geflecktem Fell auf ihre Artgenossen.

Tanaquil verzog das Gesicht. Sie zwang sich dazu, die Glasscheiben zwischen sich und der Schneelandschaft bewußt wahrzunehmen.

Sie erreichten den oberen Absatz der Treppe und einen offenen Bogen. Den freien Raum unter dem Bogen durchmaß ein Schneeleopard auf krallenbewehrten Pfoten. Er wandte ihnen seinen boshaft wirkenden Kopf zu und fauchte, und das Fell auf seinem Rücken stellte sich auf.

Das Piefel preßte sich flach auf den Boden, wackelte mit dem Rumpf und knurrte.

»Das ist nur mechanisch«, beruhigte Lizra es. »Alles ist nur mechanisch.«

Das Piefel entspannte sich wieder. Der Schneeleopard besaß keinen Geruch und hatte sich nun auch in eine Wand zurückgezogen.

Sie verließen die Schneelandschaft und traten durch den Bogen in eine riesige Bibliothek voller goldener Bücher ein. Das Sonnenlicht, das aus einer auf das Dach führenden Tür einfiel, ergoß sich über den glänzend polierten Boden. Schmetterlinge waren hereingeflogen; weiß und silbern und blaßblau flatterten sie durch den Raum und ließen sich auf den Büchern nieder.

»Mechanisch«, sagte Lizra. Sie warf Tanaquil einen kurzen Blick zu. »Mein Vater liebt die Dinge, die nicht wirklich sind.«

Entlang des Daches, das mit drachenförmigen Pfannen gedeckt war, segelte ein bemaltes Boot, von einem ballonartigen, steil in den Wind steigenden Segel gezogen. Das Boot erreichte die Tür, und der Segelballon verlor Luft und sackte in sich zusammen. Der Fürst und sein oberster Berater betraten die Bibliothek. Am heutigen Tag hatte Zorander sich mit einer Tunika aus Käferflügeln geschmückt, und Gasb trug einen geierartigen Hut.

»Wer ist das?« sagte der Fürst. Einen kurzen Augenblick lang dachte Tanaquil, er meine seine eigene Tochter, was sie seltsamerweise überhaupt nicht in Erstaunen versetzte. Doch es war Tanaquil, auf die er seine Frage bezogen hatte.

»Oh, Prinzessin Tanaquil. Von ... Erm«, antwortete Lizra.

»Und *das* da?«

»Ihr Lieblingspiefel. Es kann sprechen.«

»Ist es stubenrein?«

»*Ja*. Vater.«

»Bitte halte die Leine kurz«, befahl Zorander Tanaquil.

Ihre Augen trafen sich. Seine waren kalt, wie seine Schneewelt, wie seine Automaten. Er schien ihre Haare und ihr geliehenes Gewand nicht zu mögen. Sie verbeugte sich, und er sah fort. Sie war froh darüber.

»Das Fest der Segnung«, sagte der Fürst zu Lizra.

»Ja. Vater?«

»Dieses Jahr sollst du mir Ehre machen. Die Leute erwarten es. Dein Gewand wird gerade vorbereitet. Heute nacht wirst du es erhalten. Es besteht aus sieben Schichten Goldspitze.«

Lizra zuckte zusammen. Der Fürst bemerkte es nicht. Er schaute sich in der Bibliothek um und erblickte ein Gestell, auf dem ein männliches Gewand drapiert wurde.

Tanaquil machte purpurfarbenen Samt und eine Brustplatte aus Gold und Juwelen aus. Es würde sogar noch heißer, obwohl vermutlich nicht ganz so kratzig wie Spitze sein.

»Sieh es dir ruhig an«, gestattete der Fürst. Er sprach mit Tanaquil. Kalt wie Schnee, aber auch protzig. Höflich durchquerte sie den Raum und blieb vor dem Gestell stehen. »Die Stadt erweist dem Meer ihre Ehrerbietung. Und deshalb ist der Mantel aus den Häuten von siebzehn Haien gefertigt«, erklärte er. »Und mit den Zähnen von zwanzig Delphinen gefranst.« Wie schade, daß sie ihn nicht mehr beißen konnten! Tanaquil betrachtete die Kleider mit düsterem Blick. Und sah, daß der Mantel an jeder Schulter durch eine schimmernde, milchweiße Spiralwindung an der Brustplatte befestigt war. Fossilien – und in solcher Größe und Perfektion, daß es sie sehnsüchtig danach verlangte, sie loszureißen.

»Nett«, sagte das Piefel. Es starrte auf dieselbe Stelle wie sie. *»Schnecken.«*

»Nein«, befahl Tanaquil. Sie zerrte das Piefel herum und ging zu einer Bücherwand hinüber. Das Piefel ignorierte mit hochmütiger Miene das Flattern der Automatenschmetterlinge.

Zorander stand derweil mit seiner Tochter an einem Tisch und redete in einem leisen, entsetzlich ernsten Tonfall auf sie ein. Sie strahlte ihn an und zwitscherte lebhaft zurück. Beide waren sie völlig angewidert von der Persönlichkeit des anderen. Tanaquil spürte wieder diese Übelkeit in sich aufsteigen – für Lizra, für sich selbst.

Dann machte Gasb sich an sie heran. Er humpelte, vielleicht von dem alten Beinbruch, doch das machte ihn nur um so ekelerregender.

»Schön, schön. Prinzessin Tanaquil, aus Erm. Wie nachlässig ich bin. Ich kann mich doch tatsächlich nicht an Erm erinnern. Wo liegt es?«

»Eine Stadt in der Wüste«, entgegnete Tanaquil.

»Ah. Das weckt jetzt meine Erinnerung. Wißt Ihr, es gab einmal eine Prinzessin Yilli von den Straßenkehrern. Habt Ihr schon von ihr gehört?«

Tanaquil war sanft und ein klein wenig ahnungslos. »Nein, ich fürchte nicht.«

»Auch gut, vermutlich. Ich schlage nur vor, *Prinzessin*, daß Ihr immer daran denkt, daß vieles toleriert wird – außer Gefährdungen der öffentlichen Sicherheit.«

Das Piefel gurgelte heftig.

»Es spricht, nicht wahr?« erkundigte sich der Kanzler.

»Wrrr«, machte das Piefel und bleckte die Zähne.

»Garstiges kleines Vieh«, grinste Gasb. »Vielleicht sollten wir einen braunen Pelzmuff aus dir machen.«

»Wir in Erm haben eine Sprichwort«, platzte es aus Tanaquil heraus, bevor sie sich zügeln konnte, »tritt nie einen Mann, der eiserne Stiefel trägt.«

Gasb reckte sich empor. »Und wer steckt in diesen Stiefeln? Ihr?«

»Ich?« zwitscherte Tanaquil mit Unschuldsmiene.

»Gasb«, rief der Fürst. »Laß uns nun auf die Vogeljagd gehen.«

Gasb, der Geier, schlängelte sich durch den Raum, begierig auf noch mehr Federn.

Lizra, die blaß aussah und schmollte, trat zu Tanaquil. Sie flüsterte: »Wir können die Terrassentreppe hinunter zu den Ställen auf dem mittleren Dach gehen. Wenn wir uns als Stallburschen verkleiden, können wir mit einem Streitwagen ausfahren.«

»Was hat er dir *gesagt*, das du tun sollst?«

»Für das Gelingen des Festes beten.«

Fürst Zorander und Berater Gasb hatten den Raum verlassen.

Die beiden Mädchen und das Piefel blieben allein in der sonnendurchfluteten Bibliothek. Die Präsenz der beiden Männer war indes noch überall spürbar.

»Ich habe dich noch gar nicht danach gefragt«, setzte Lizra an, »sag mal, hast du eigentlich eine Mutter?«

»Ja.«

»Du hast Glück«, sagte Lizra.

»Ich habe Glück, daß ich sie verlassen habe.«

»Meine hat *mich* verlassen«, erklärte Lizra. »Ich könnte sie dafür umbringen, daß sie gestorben ist.«

Als Stallburschen verkleidet, fuhren Lizra und Tanaquil einen kleinen, schlichten Ponystreitwagen eine Rampe hinunter, am Rande der Gärten entlang und in die Stadt hinein. Nach drei oder vier spektakulären Prachtstraßen kamen sie in schäbigere Gegenden. Tanaquil sah die schmutzigen Hütten und Verschläge, die stinkenden Abwässerkanäle wieder. Dann kamen sie in ein Viertel, wo die Stadtmauer ganz niedrig war und in Ruinen lag, und passierten sie durch ein unbewachtes Tor. Lizra lenkte den Streitwagen eine oberhalb des Strandes verlaufende Promenade entlang. Verkrüppelte Palmen wuchsen zu seiten der Straße, und rechterhand glitten die Dünen ins Meer hinunter. Einige wenige Häuser standen noch entlang der Straße, doch waren sie verlassen, ihre Ziegel zerbröselten und die Dächer waren zusammengebrochen. Die Stadt trat zurück. Trotz der Sonne und der Bläue des Wassers lag ein Schatten auf dem Morgen.

Tanaquil fiel nichts ein, womit sie Lizras Niedergeschlagenheit hätte lindern können – oder ihre eigene. Sie beide und das Piefel, das sich mittlerweile an das schwankende Gefährt gewöhnt hatte, verharrten in Schweigen.

Schließlich sagte Lizra etwas.

»Ich fahre dich zu dem Ort, an dem das Geheiligte Tier dem Meer entstiegen sein soll.«

»Oh«, machte Tanaquil, »gut.«

»Irgendwie erschien es mir richtig, daß du es siehst.« Lizra gab den Ponies einen leichten Klaps mit den Zügeln, und ihre Fahrtgeschwindigkeit nahm zu. »Ich werde dir jetzt noch eine Frage stellen.«

»Ja?«

»Ich will, daß du mir die Wahrheit sagst.«

»Wenn ich es kann.«

»Ich würde dich nicht betrügen«, sagte Lizra.

Tanaquil, die an das Einhorn gedacht hatte, verkrampfte sich und runzelte die Stirn. Von Anfang an schon hatte sie dieses schwierige Gefühl gehabt, daß sie Lizra trauen konnte, und das machte sie ausgesprochen argwöhnisch.

»Wie lautet die Frage?«

»Bist du eine Hexe?«

Tanaquil lachte. »*Nein*! Du liebe Güte, alles andere, aber keine Hexe.«

»Mein Vater«, fuhr Lizra fort, »hat mir gesagt, daß Hexen oft rote Haare hätten.«

»Oh, wirklich, *hat* er das?«

»Es ist ein weitverbreitetes Vorurteil in unserer Stadt.«

»Nun, ich kann dir versichern, daß ich etwa soviel magische Fähigkeiten habe wie eine Orange.«

»Das klingt für mich«, folgerte Lizra scharfsinnig, »als hätte dich einmal jemand auf die Probe gestellt, um das herauszufinden.« Tanaquil schwieg. »Aber was ist mit dem Piefel?«

»Du meinst den Trick, es so aussehen zu lassen, als spräche es? Das ist nichts als ein Zauberkunststück.«

»Nein, ich meine die Tatsache, *daß* es spricht.«

Tanaquil starrte auf die melancholische, sonnenbeschienene Landschaft. Die verkrüppelten Palmen raschelten in einer vom Meer kommenden Böe, und Sand spritzte von den Hufen der Ponys auf. Ein Ruinenhaus lehnte sich gefährlich auf die Straße hinaus.

Das Piefel, das durch das Geländer des Streitwagens lugte, verkündete lauthals: »Ratten dort. Will in das Haus.«

Lizra, deren Stimme nun etwas von der Kälte ihres Vaters angenommen hatte, sagte: »Siehst du, die Leute lügen mich immer an. Oder sie erzählen mir manche Dinge einfach nicht. Oder sie erzählen mir Dinge, die mich beunruhigen sollen, wie diesen Blödsinn mit den roten Haaren. Sogar Yilli, du weißt schon, also als Yilli mir damals das Messer an die Kehle setzte, da sagte sie: ›*Es wird nicht weh tun.*‹«

»Vielleicht hätte es wirklich nicht weh getan«, meinte Tanaquil. »Oder sie mochte dich so, daß sie es wünschte.«

»Der Gedanke ist mir noch nie gekommen.«

»Ratten«, sagte das Piefel wehmütig.

»Du willst gar keine Ratten. Du hast ein fürstliches Frühstück gehabt«, versetzte Tanaquil und fuhr, an Lizra gewandt, fort: »Alles macht hier auf irgend etwas Jagd. Und die prächtige Stadt hat dreckige Hinterhöfe und blinde Bettler. Ja, ich kenne eine Zauberin. Sie hat mir immer von einer perfekten Welt erzählt, wo alles in Harmonie miteinander existiert. Und sie hat mir ein Meer in der Wüste gezeigt. Doch sie verspritzt Magie um sich wie andere Leute Suppe. Und – das Piefel ist hineingefallen. Darum spricht es.«

»Mein Vater ...« setzte Lizra an und stockte mitten im Satz. »Sieh dort. Das ist die Stelle, an der das Einhorn das Land betreten hat.«

Der Streitwagen kam zum Stehen. Das Piefel sprang heraus und raste zurück, auf das Ruinenhaus zu, die Leine ungehindert hinter sich herziehend.

Es wurde sehr still, und der Wind war wie die Stille,

der man eine dünne, vorüberhuschende Stimme gegeben hatte. Hitze brannte vom Himmel nieder und über das glitzernde Meer hinweg. Eine Reihe von Felsen erhob sich aus dem Wasser, niedrige Plattformen, die weiter landeinwärts zu Klippen wurden. Wo die Wellen auf den Strand schwappten, waren die Klippen ausgehöhlt, ein Tunnel, ein Bogen – eine Brücke. Das Licht ließ ihre Dunkelheit aussehen, als sei sie mit einem irisierenden Weiß umrandet, als schneide Feuer ihre Umrisse aus dem Himmel. Die Steinformation glich in Größe und Aussehen so sehr dem Felshügel in der Wüste nahe der Festung, daß Tanaquil überhaupt kein Erstaunen empfand.

»Möchtest du hinuntergehen?«

»Ja«, erwiderte Tanaquil. Sie wollte es nicht, doch das machte keinen Unterschied.

»Bleibt stehen«, befahl Lizra den Ponies.

Sie verließen den Streitwagen und machten sich auf den Weg über die Stranddünen, die ihre Füße ebenso wie der Wüstensand versengten.

»Hier nahm die Stadt ihren Ursprung«, erklärte Lizra, »vor Hunderten von Jahren. Aber dann verlagerte sich ihr Zentrum.« Sie erreichten die Stelle, wo sich der Bogen der Klippe emporwölbte, die Wurzeln im Sand verankert. »Bei Flut«, erläuterte Lizra weiter, »strömt das Meer hier hinein. Es gab einmal einen Brunnen, aber sein Wasser ist salzig.« Sie hatten vor dem Bogen angehalten wie vor einer gigantischen Kristalltür. Sie konnten durch die Klippenöffnung den dahinterliegenden Strand und Himmel sehen, aber sie konnten sie nicht durchschreiten.

»Und man sagt, das Einhorn sei aus dem Meer gekommen?« fragte Tanaquil, um überhaupt etwas zu sagen und die Stille und das ruhige Miauen des Windes zu brechen.

»Ja. Auf einer Woge. Es trat aus dieser Bogenöffnung heraus und berührte den Sand mit seinem Horn, um die Quelle zu wecken. Der Fels erhielt den Namen Geheiligtes Tor. Sogar heute denkt man, es bringe Unglück, ihn zu durchschreiten, ich meine, wirklich durch das Loch hindurch und auf der anderen Seite wieder herauszugehen.«

Sie warteten auf dem heißen Sand, blickten auf den Strand und das Meer und den Himmel auf der anderen Seite des Tors.

»Traust du dich?« fragte Tanaquil.

»Viele Leute durchquerten es, wegen der Herausforderung. Aber es gibt auch eine Geschichte über drei junge Männer, die eingetreten und nie wieder hinausgekommen sind. Und über eine alte Fischersfrau, die hineinging und auf der anderen Seite als Delphin wieder herausschwamm!«

Sie grinsten einander an. Dann nahmen sie einander bei der Hand und rannten ohne Zögern kreischend durch den Felsen hindurch.

Der violette Schatten brauste über sie wie eine Woge. Der Sand war kühler hier, feucht und haftend; es schien, als könne er jederzeit nachgeben und sie in einen Abgrund ziehen – und Tanaquil erinnerte sich daran, wie sie die Knochen ausgegraben hatte und der Sand unter ihr weggerutscht war –, und dann durchlebte sie einen seltsamen, unbeschreiblichen Augenblick. Es war, als habe sie ihre Augen geschlossen, ja mehr noch, als sei sie für die Dauer von drei oder fünf Herzschlägen eingeschlafen. Und dann rannten sie auf der anderen Seite in die sengende Hitze des Strandes, und die Sonne hämmerte auf sie hernieder.

»Hast du das auch gespürt?«

»Es war merkwürdig.«

»Aber – nur einen Augenblick lang – *etwas*.«

»Aahh!« kreischte Lizra auf. »Du hast dich in einen Delphin verwandelt!«

Sie lachten tatsächlich darüber. Und warfen sich plötzlich einander in die Arme. Und lösten sich genauso plötzlich wieder voneinander.

»Unter dem Fels gibt es ein Stück Luft, das sich anfühlt, als renne man durch zerrissene Bänder«, stellte Tanaquil fest.

»Das habe ich nicht bemerkt«, entgegnete Lizra ganz ohne Kälte, ganz ohne Forderung. »Ich glaube, du bist *wirklich* eine Hexe. Eine Art Hexe – irgendwie. Schließlich können nicht alle Hexen schlecht sein. Es ist nur mein Vater. Er hat mir einmal erzählt, daß er dieser fürchterlichen Hexe in der Wüste begegnet ist. Eine Dämonin, behauptete er.« Und Tanaquil erlebte dort, in der flimmernden Hitze, wie sich ein größeres, dunkleres, tieferes Tor, noch geheimnisvoller und schrecklicher als jedes Einhorntor, vor ihr auftat, ihr entgegengähnte, um sie aufzunehmen. »Es war kurz vor seinem Regierungsantritt, kurz bevor er Mutter heiratete. Er ging in die Wüste auf Jagd, verlief sich, und wurde von seinen Begleitern getrennt. Er gelangte zu einer Art Burg oder Festung. Da wohnte eine rothaarige Zauberin, die ihn mehrere Tage lang gefangen nahm, bevor er sie schließlich überlisten und ihren Fängen entkommen konnte. Sie hatte Schlangen in den Haaren, sagte er. Sie war ziemlich verrückt.« Lizra zögerte. »Doch ich wünschte, ich könnte endlich herausfinden, an wen *du* mich erinnerst.«

Tanaquil holte tief Luft, bis zu ihren Fußspitzen herunter.

»Ich erinnere dich an dich selbst, Lizra, wie du mich an *mich selbst* erinnerst. Und das ist auch nicht weiter verwunderlich. Wir sind Schwestern.«

Sie standen auf dem Strand, auf der anderen Seite des Bogens.

»Ich glaube dir«, meinte Lizra, »aber erzähl mir trotzdem, warum.«

»Meine Mutter«, sagte Tanaquil. Sie spürte Tränen in sich aufsteigen, höchste Belustigung und brennende Wut. »Sie ist die rothaarige Zauberin. Sie hat allerdings keine Schlangen im Haar. In Wirklichkeit ist sie ziemlich schön. Sie erzählte mir, sie habe meinen Vater davongejagt, aber offensichtlich hatte *er* genug gehabt von ihr. Das erklärt, warum sie sich so eingehend mit dieser Stadt beschäftigt hat, sich gleichzeitig aber weigerte, mir die Stadt richtig zu zeigen oder mich in ihre Nähe zu lassen. Wie hat sie es geschafft, daß er sie überhaupt beachtet hat? Selbst für eine Minute? Sie sind wie Feuer und gefrorener Stein. Natürlich wußte er nichts von mir. Und ich – nun, ich nehme an, ich hatte gewisse Hoffnungen gehegt. Für den Fall, daß ich ihn finden würde. Meinen Vater. Lizra, es tut mir leid, aber ich mag ihn nicht. Er bedeutet mir nichts.«

»Er würde es auch nicht wollen«, erwiderte Lizra. »Ich weiß es. Es würde ihn nicht kümmern. Du wärst nur eine weitere überflüssige Tochter.«

9

Tanaquil und Lizra saßen auf dem Muschelbett und studierten das monströse grüngoldene Ding, das auf einem Gestell vor ihnen ausgebreitet lag. Es dämmerte. Die Palastdiener mußten jeden Augenblick kommen, um die Lampen zu entzünden. Im Licht würde das Zeremonialgewand noch schlimmer wirken. Die sieben Schichten brettsteifer, vergoldeter Spitze standen in Volants vom Rock ab. Das Unterkleid bestand aus Goldtuch, in steife Plisseefalten gelegt. Ein Panzer aus goldenen Schuppen über limonenfarbener Seide bildete das Mieder. Die ebenfalls limonfarbenen Ärmel lagen hauteng an und wurden von goldenen, mit Smaragden besetzten Reifen gehalten. Ein Stehkragen aus Goldspitze und Malachit ragte aus dem Nacken des Oberteils hervor und zog eine Schleppe aus grüner Seide und Medaillons hinter sich her. Dazu gab es ein goldenes Diadem mit Sternen aus Smaragd. Der bloße Anblick ließ Tanaquil schwitzen und Kopfschmerzen bekommen.

»Wie willst du dich darin bewegen?« fragte sie. »Wie willst du überhaupt darin *atmen*?«

»Gar nicht«, antwortete Lizra resigniert. »Letztes Jahr war es schon schlimm genug, aber dies hier stellt alles in den Schatten. Ich werde es tragen müssen. Ich habe keine Wahl. Und morgen ist das Fest. Nun ja, je eher, desto schneller ist es auch vorüber. Du wirst mich doch begleiten, oder?«

»Natürlich. Was«, wollte Tanaquil wissen, »soll *ich* denn tragen?«

»Irgend etwas Protziges, und ein paar Juwelen.«

Sie saßen da und musterten das Gewand, als die Diener klopften und eintraten, um die Lampen zu entzünden. Das Kleid brüllte grell auf wie ein grüner Tiger.

Davor hatten sie nicht über das Fest gesprochen. Sie hatten den Bogen wieder durchquert – kreischend, rennend – und hatten den Tag damit verbracht, den Strand entlangzupreschen und die Speisen, die Lizra eingepackt hatte, im Sitzen unter den Palmen zu vertilgen. Das Piefel tauchte ohne Ratten aus dem Ruinenhaus auf und wieselte herum, machte ein- oder zweimal einen aggressiven Ausfall in Richtung Meer, überlegte es sich jedoch jedesmal anders und leitete einen taktischen Rückzug ein. Am Nachmittag bauten sie eine Sandburg. Es wurde ein atemberaubendes Gebäude, bei dessen Errichtung alle ihre Fähigkeiten zum Tragen kamen. Als die Sonne im Westen zu versinken begann, leckten die Wellen schon höher auf den Strand. Sie wußten, daß ihre Burg noch vor dem Beginn der Nacht zerstört werden würde, und fuhren fort, um es nicht mitansehen zu müssen.

Sie hatten einander von ihrer Kindheit erzählt, von ihren Abenteuern und ihrer Langeweile. Es war ihnen beiden gelungen, nur sehr wenig über den Fürsten und die Zauberin zu sprechen. Wahrscheinlich behielt Lizra gewisse Geheimnisse für sich. Tanaquil erwähnte das Einhorn nicht. Nicht, weil sie gedacht hätte, Lizra würde ihr nicht glauben. Zum ersten Mal in ihrem Leben war Tanaquil jemandem begegnet, der ihre Vorstellungen vollständig teilte, ihr alle Erlebnisse abnahm, nicht versuchte, sie zu beschwichtigen oder ihren Geist zu stutzen. Es war eher, weil Lizra das Einhorn nicht in Frage stellen oder abtun würde, daß Tanaquil ihr nicht davon erzählte. Das Einhorn war Chaos und Unsicherheit, es war kapriziös, beinahe humorvoll – und schrecklich. Es hatte sie gerettet, es hatte ihr Streiche gespielt. Doch das Horn war schärfer als ein Schwert. Seine Augen waren Feuer. Und sie hatte es beschworen, Zauberin oder nicht. Es ist mein, im Guten wie im Bösen. Wann würde es wieder erscheinen? Der einst geworfene Widerschein seiner Gestalt schien noch hier in dem Raum zu schweben.

Zu welchem unpassenden, lächerlichen oder tödlich gefährlichen Augenblick würde es auftauchen?

Später begaben sie sich nach unten zum Dinner, wo sich ihnen fast genau dieselbe Szene wie am vergangenen Abend darbot. Gasb trug einen Rabenhut. Der Fürst trug seine toten Häute. Keiner von beiden schenkte Tanaquil oder Lizra auch nur einen einzigen Blick. Doch Tananquil blickte den Fürsten an und versuchte sich von der Tatsache zu überzeugen, daß dies ihr Vater war. Je mehr sie sich bemühte, es zu begreifen, desto unwohler fühlte sie sich, desto verwirrter wurde sie.

Lizra und sie aßen nur sehr wenig, was das Piefel wieder wettmachte. Heute nacht hatte Lady Orchid ihr Äffchen zu Hause gelassen. Lange vor Mitternacht kehrten sie in Lizras Gemächer zurück, spielten an ihrem silbernen Tisch Skorpione-und-Leitern, Schiffe-und-Streitwagen oder setzten einfach nur ihr nachmittägliches Gespräch fort – was sie im Alter von fünf, von zehn, von dreizehn Jahren getan hatten, und die vielen Dinge die sie ›auch gemacht‹ oder ›nie gemacht‹ hatten. Das Piefel hatte sich ein Lager unter Tanaquils Bett bereitet und war früh darunter verschwunden. Als es eingeschlafen war, sahen sie im Kerzenschein eine silberne Schere aufblitzen, die es aus Lizras Zimmer stibitzt hatte, eine kleine Glasflasche, eine Perlenkette und zwei oder drei Gegenstände, die sie nicht identifizieren konnten. »Wem mögen die wohl gehören? Es muß nachts zu Raubzügen aus deinem Fenster entwischen.«

Schließlich vernahmen sie den Klang der Mitternachtsglocke. Nachlässig leierte Lizra: »Begrüße das Geheiligte Tier.«

Sie gingen mit seltsamen, unausgesprochenen

Gefühlen auseinander, als könne die jeweils andere sich über Nacht in Luft auflösen, fuhr es Tanaquil durch den Kopf. Tanaquil fand keinen Schlaf. Zweifel begannen sie zu plagen. Hätte sie Lizra besser nicht eröffnet, daß sie Schwestern waren? Welche Verpflichtungen ergaben sich daraus für sie beide? In einem Moment war es wundervoll gewesen, unangenehm jedoch im nächsten. Das Piefel glitt mit einem von Lizras Jadebauern aus dem Schiffe-und-Streitwagen-Spiel aufs Bett und legte ihr die Figur unter das Kinn. Es hatte ihr ein Geschenk gebracht. Sie dankte ihm aus vollem Herzen und schlief endlich doch ein, den Kopf in seiner pelzigen Flanke vergraben.

Die Festprozession des Fürsten Zorander mäanderte durch die Stadt wie eine juwelenbesetzte Schlange.

Es war die zweite Stunde des Nachmittags und brutofenheiß.

Die Hitze legte einen Schleier über alles. Sie intensivierte Millionen Gerüche, wohlduftend und stinkend. Sie schimmerte auf Edelsteinen und Metall und schickte blendende Strahlen in alle Richtungen.

Doch die Hitze schreckte die Menschenmassen nicht ab, die seit Sonnenaufgang auf den Beinen waren.

Sie drängelten und stolzierten einher, schwelgten in Spielen und Balgereien. Sie rotteten sich an den Straßenrändern zusammen und sahen zu, wie die Prozessionsschlange sich von Prunkmeile zu Prunkmeile näher wand.

Es gab Musikanten in Luchsfellen und Tänzerinnen in regenbogenfarbener Gaze, mächtige Soldatenschwadronen in flammenden Panzern, mit wippenden Helmbüschen und Lanzen, Bögen, Schwertern und Schlachtzeichen, die auf vergoldeten, blumengeschmückten Stangen einhergetragen wurden. Es gab Standarten in Purpur, Magenta- und Scharlachrot. Es gab goldene Streitwagen, gezogen von glänzend gestriegelten Pferden, von deren Zaumzeug und Hufen Brillanten glitzerten. Es gab ohrenbetäubende Trompeter, Clowns, die als wilde Tiere oder Seeungeheuer verkleidet waren, als Löwen und Tümmler, Tintenfische und Schakale, die umherwogten und hüpften, spielerische Angriffe aufeinander starteten oder bunte Bänder aus den Nasen der Zuschauer zogen. Es gab Mädchen, die weiße Mohnblüten, und Mädchen, die rote Lilien streuten. Es gab Terrakottakamele, auf deren Höckerrücken sich grimmige, wüstentauglich gekleidete Männer wiegten.

Dann kamen die lebenden Bilder. Eins zeigte ein großes Schiff mit prall gefülltem, türkisfarbenem Segel, das sanft auf den Rücken von zwanzig blau und silber gekleideten Männern schaukelte, die das Meer darstellten. Auf einem anderen Tableau befand sich eine Nachbildung der Stadt in vergoldetem Holz, bei der auch der fünzehnstöckige Fürstenpalast und Püppchen, die ihn bewachten, nicht fehlten. Das ganze Bild hüpfte auf und ab durch die Stadt, mit abgehackten, puppenhaften Bewegungen, die die Bürger darstellen sollten. Andere lebenden Bilder zeigten Szenen aus Geschichte oder Mythos. Das letzte Tableau bildete ein Ereignis des Gründungsmythos' ab. In Karmesinrot und Gold sah man einen der früheren Fürsten, und vor ihm stand ein riesiges Einhorn. Es war aus Alabaster von reinstem Weiß, Mähne und Schweif mit Diamanten besetzt. Ein verborgener Mechanismus sorgte dafür, daß sein Haupt sich vor dem Prinzen verbeugte und wieder aufrichtete, verbeugte und wieder aufrichtete, während der Prinz dem Chrysolithhorn eine Blumengirlande entgegenstreckte.

Hinter diesem letzten Tableau mit dem Einhorn zog der amtierende Fürst einher, in seinem Streitwagen gefahren und von Soldaten mit Armbrüsten und gezückten Schwertern umgeben. Er trug die herrschaftlichen Gewänder, die in seiner Bibliothek ausgestellt gewesen waren, den Purpur und die Brustplatte. Sein Antlitz war eiseskalt; es schien, als könne er die Hitze nicht spüren. Seinen Rücken hinunter glitzerte der Mantel aus Haihäuten, mit den beiden cremefarbenen Fossilien an seinen Schultern befestigt – alt, so alt wie die Erde selbst vielleicht. Auf seinem Haupt ragte der Kopf eines blauen Hais gen Himmel.

Hinter dem Prinzen kam der Streitwagen mit seiner Tochter, der Prinzessin, die selbst wie eine grüngoldene Puppe wirkte. An ihrer Seite befand sich eine rothaarige Prinzessin aus irgendeiner fremden Stadt.

Dann zogen die Adligen einher, die Damen, die Berater und natürlich Kanzler Gasb, heute in einem Hut von der Form eines Seeadlers.

Dem Hof folgten Tierbändiger, die die Kreaturen der fürstlichen Menagerie an der Leine führten; einige von ihnen, so sagte man, seien Automaten, doch alle knurrten sie, stolzierten einher und starrten um sich.

Weitere Musikanten tänzelten hinter den Tieren und spielten sanfte, beruhigende Weisen.

Als nächstes paradierten Kaufleute und Würdenträger und alle Gilden entlang in ihren Prozessionsgewändern und mit ihren Symbolen und Bannern, die Töpfer und die Steinmetze, die Schiffbauer und Weinhändler. Die Gilde der Kunsthandwerker wirkte unglücklich, und ihre Mitglieder warfen immer wieder nervöse Blicke um sich und über die Schulter zurück auf die Salzsieder, die hinter ihnen stolzierten und an den Blicken Anstoß zu nehmen schienen.

Das Ende der Schlange bildeten weitere Soldatenkontingente mit Wagen und Kriegsmaschinen, sorgsam geölt und bekränzt, Kanonen mit Hyazinthen, Katapulte mit Affodill, Rammböcke mit Rosen.

Die Masse bejubelte alles. Sie genoß alles. Dies waren Wohlstand und Macht der Stadt, gleichsam zum Anfassen. »Wir besitzen *das alles*«, sagten sie. »Es gehört *uns*«, und deuteten auf Dinge, die sie über die Köpfe anderer hinweg einmal im Jahr zu Gesicht bekamen, und auf den kühlen Fürsten Zorander und das alabasterne Einhorn, das sich vor ihm verbeugte.

Von ihrer Position in Lizras Streitwagen aus, in fischbeinverstärkte Seide gezwängt und mit Topasen geschmückt, war Tanaquil sich der Anwesenheit des Fürsten vor ihnen, inmitten seines waffenstarrenden Walls aus Soldaten, und der Anwesenheit von Gasbs Seeadler fünf Streitwagen hinter ihnen durchaus bewußt.

Lizra ließ sich nicht ablenken. Bewegungslos wie eine Statue stand das Mädchen in ihrem Streitwagen, blaß und finster dreinblickend, halb von ihren Gewändern erstickt. Hin und wieder warf sie in ihrer respektlosen Art Tanaquil ein »Schau nur mal dort« hin und zeigte ihr etwas in ihrer königlichen Art. Lizras Haltung war in der Öffentlichkeit ebenso gemessen wie die ihres Vaters.

Die Dinge, auf die sie Tanaquil hinwies, waren oft außerordentlich befremdlich.

Nicht nur die Prozessionsteilnehmer waren verkleidet. Auch in der Zuschauermenge befanden sich Personen mit indigofarbenen Gesichtern, die auf Stelzen einherliefen, riesige, furchteinflößende Masken, Tonnen auf Beinen und Männer mit Fischköpfen. Es gab sogar zwei Clowns, die noch weiter als die Spaßmacher des Fürsten gegangen waren. Sie hatten sich in ein Kostüm aus Leinwand und Pappmaché gezwängt, das sie zu einem Pferd machte, doch hatte dieses Pferd ein Horn auf der Stirn. Sie waren das Einhorn der Stadt. Um das Ganze noch schlimmer zu machen, war das Hinterteil des Pferdes betrunken oder verrückt: Während der vordere Part stolz trippelte und manchmal Leute verhalten mit seinem Horn berührte, plumpste das Hinterteil auf den Boden, machte Spagat oder rollte sich zu einer Kugel zusammen.

»Das bringt Unglück«, bemerkte der Adlige in dem Streitwagen hinter Lizra. »Was haben sie sich dabei nur gedacht? Eine Beleidigung des Geheiligten Tiers.«

»Dort, dort, edler Oppit. Das Einhorn sieht nichts mehr.« Gasbs Stimme, scharf wie ein Messer an deinem Rücken.

»Oh – wie *treffend*, Lord Gasb.«

»Das Fest der Segnung hat mit dem Einhorn zu tun«, stellte Tanaquil laut fest.

»Natürlich«, entgegnete Lizra.

Tanaquil wünschte, sie hätte dies vorher gewußt. Irgendwie hatte sie es nicht gewußt. Sie dachte an das Piefel in seinem Lager unter ihrem Bett, im Palast. Wenn etwas geschah, was wahrscheinlich war, bestand die Möglichkeit, daß sie nie wieder zurückkehren konnte. Aber Lizra würde sich um das Piefel kümmern –

Sie kamen nun in die Straße des Seepferdchens.

Oben auf den Plinthen standen die marmornen Seepferdchen unter ihren Laternen, mit Flossen und gedrehten Schwänzen – und jedes mit einem kleinen, glänzenden Horn auf der Stirn.

Am Ende der Prunkstraße erblickte Tanaquil in dem Durcheinander von Streitwagen und Prozessionsteilnehmern die tiefblaue Fläche des Ozeans. Der Boulevard endete auf einem Platz oberhalb des Meers. Der Platz war dicht besetzt mit Menschen, und die Prozession brandete gegen sie an, faltete sich auf beiden Seiten zusammen, erlaubte jedoch dem Fürsten und seinem Hofstaat den Durchzug. Vor ihnen tat sich eine hohe Plattform auf. Eine breite Rampe, mit einem purpurfarbenen Teppich ausgelegt, führte hinauf.

Fürst Zoranders Streitwagen wurde ohne Umwege hinaufgelenkt, und der Rest seines Hofstaats folgte ihm.

Tanaquil blickte sich um, als Lizras Streitwagen die Rampe erklomm. Der Platz war nun eine solide Masse aus emporgereckten Gesichtern, dicht an dicht wie Perlen in einem Kästchen. Die wilden Tiere knurrten an ihren Leinen, und die Soldaten und Kriegsmaschinen, die tanzenden Mädchen, Musikanten und Clowns, alle quetschten sich noch zwischen diese Gesichter, führten zu einem absoluten Bewegungsstillstand und waren doch immer noch in der Lage, mit den Armen zu wedeln, zu brüllen und Blumen in die Menge zu werfen, und die Ziermünzen reflektierten die Sonnenstrahlen. Und dort war der weiße Schein des alabasternen Einhorns, das sich immer wieder verbeugte.

»Keine Möglichkeit zu entkommen«, dachte Tanaquil treffend.

Oben auf der Plattform hielten die Streitwagen an.

Auf der anderen Seite des Platzes, hundert Fuß tiefer, brannte der Ozean mit blauer Flamme, und der Rest war Himmel, Himmel mit nur einem einzigen kleinen Wolkenfleck.

Der Fürst stieg von seinem Streitwagen herab. Alle taten es ihm gleich.

Allein begab der Fürst sich nun in die Mitte der Plattform. Er wandte sich dem Meer zu und hob die Arme, und die Tausende auf dem Platz und die weiter entfernten Massen in den Straßen verstummten. Es war so still, daß Tanaquil das Klacken der goldenen Scheibchen auf den Leinen der Tierbändiger hören konnte. Sie vermeinte das Ticken des Uhrwerks im Kopf des mechanischen Einhorns zu hören.

Zorander senkte seine Arme wieder. Er stand in seiner dramatischen Einsamkeit im Zentrum der Plattform, und in der Stille und dem zeitentrückten Sonnenlicht kam das Einhorn aus dem Meer auf ihn zu.

Es mußte einen weiteren Zugang auf der dem Meer zugewandten Seite der Plattform geben, über den das Wesen ihm nun entgegengeführt wurde. Gut dressiert, meisterte es den Aufstieg ohne fremde Hilfe. Es trottete auf Zorander zu, und die Menge raunte leicht, wie Menschen, die angenehm vor sich hin dösten.

Das Einhorn war nicht echt. Es war ein schlankes weißes Pferd, dem man Opale in Mähne und Schweif geflochten hatte; durch ein Geschirr aus weißen Riemen, das man vermutlich von unten nicht sehen konnte, war ein silbernes Horn auf seiner Stirn befestigt.

Es schritt geradewegs auf Zorander zu, und der legte ihm eine Hand auf die Stirn, direkt unter das Horn. Die hübsche Attrappe nickte. Und dann kniete sie sich hin, so wie sich ein kluges Zirkuspferdchen hinkniet, und berührte, indem es seinen Kopf senkte, ein-, zwei-, dreimal sanft den Fuß des Fürsten mit seinem Horn.

Die Menge brach in Jubelrufe und Applaus aus, lachte und pfiff. Sie mußte es wissen, die meisten jedenfalls, daß dieses Wesen kein Einhorn, sondern nur ein Symbol dafür war. Trotzdem waren sie wie entrückt, freuten sich unbändig über das gelunge Ritual.

Aus dem Lärm heraus vernahm Tanaquil die Stimme des edlen Oppit hinter sich: »Seht die Wolke – wie seltsam.«

Wenn auch sonst niemand seiner Aufforderung folgte, Tanaquil tat es. Es handelte sich um jene Wolke, die sie zuvor bereits über dem Meer ausgemacht hatte. Mittlerweile war sie nicht mehr so klein, und sie war schnell über den Himmel geglitten, von einem heißen, feuchten Wind getrieben, der mit einemmal vom Ozean auffrischte und die Seidengewänder des fürstlichen Hofstaats und die Mähne des knienden, hornbestückten Pferdes flattern ließ.

Die Wolke hatte eine Gestalt. Sie war wie eine lange, dürre Hand mit ausgestreckten Fingern. Sie war sehr dunkel. Es gab keine anderen Wolken.

Glöckchen und Pailletten klimperten im Wind. Der strahlende Sonnentag wurde ein wenig fahler.

»Kein gutes Omen«, meinte Oppit.

Diesmal widersprach ihm niemand.

Einzelne Leute in der Menge deuteten gen Himmel. Der Lärm, der nun heraufdrang, war wie verwandelt, dringlich und unglücklich.

Das hornbestückte Pferd erhob sich und schüttelte seine Mähne. Es blickte wild um sich, blähte die Nüstern.

Tanaquil beobachtete, wie die Hand-Wolke über

den Himmel geflogen kam, und das Haar peitschte ihr ins Gesicht. Lizras Haar rollte sich auf und befreite sich aus dem Diadem, und der Haihautumhang des Fürsten schlug die Luft wie Flügel.

»Sie greift nach der Sonn«, keuchte Lizra.

Wolkenfinger glitten über die Sonnenscheibe, und dann schloß sich die ganze Hand um den feurigen Ball. Die Sonne verschwand. Ein Vorhang aus Dunkelheit senkte sich vom Himmel nieder.

Aus der Menschenmenge stiegen nun Schreie hoch, unbestimmtes, weit entferntes Poltern und Gekreische zog die Straßen entlang.

»Idioten«, ließ sich Gasbs schneidende Stimme vernehmen. »Es ist nur das Wetter.«

Regenfäden prasselten nieder. Der Regen war heiß und salzig.

Das Pferd mit dem Horn warf seinen Kopf herum, rollte mit den Augen und wieherte. Der Fürst wich langsam vor ihm zurück, würdig und entrückt, und zwei Stallburschen erklommen die Plattform, packten das Pferd an seinem Zaumzeug und führten es zur Seite.

Die Wolke verschwand nicht. Die Dunkelheit verdichtete sich auf geheimnisvolle Weise. Die Stadt schien unter einer Schattenglocke zu liegen. Jenseits davon war der Himmel klar und strahlend blau ...

Und dann, über die verdeckte Rampe, die vom Meer heraufführte, kam das Einhorn ein zweites Mal. Und nun war es so wirklich wie die Dunkelheit, die über die Stadt gefallen war.

Es stand auf der Plattform, ein Ding aus Elfenbein, lichtumstrahlt. Und in dem Schatten war das Horn ein weißer Blitz.

Nun hüllte eine furchtbare Stille die Menschenmenge ein. Nichts war zu hören außer dem Blasen des Windes, dem Klirren der Gegenstände und dem Platschen der Regenfäden auf den Boden.

Dann trat das dressierte Pferd aus und warf sich nach vorn, schmetterte sein unechtes Horn gegen die Plattform, und die Attrappe knickte ab und rollte klappernd davon.

Das Einhorn wandte sich um. Das Einhorn bewegte sich. Es glich einem Pferd nur so sehr, wie ein Griff einem Schwert gleichen mochte. Es hob seinen Vorderhuf, hielt ihn zierlich in der Schwebe, wie eine Statuette. Und dann ließ es den Huf niedersausen, auf den Boden, auf den Teppich. Es scharrte purpurfarbenen Staub hervor, dann purpurfarbenes Feuer. Der Teppich ging in Flammen auf, und das Einhorn bäumte sich auf. Nein, nicht wie ein Pferd. Es war ein Turm, und das Horn strich über den Himmel. Der Himmel mußte zerbrechen und fallen – Und auf dem Platz drängelte und schubste die Menge, brüllte, kämpfte gegen sich selbst und für die Flucht.

»Oh«, machte Lizra.

Fürst Zorander hatte die Röcke seiner Robe gerafft; der Haikopf rutschte seitwärts von seinem eigenen herunter. Er rannte. Er stieß seine Leibgarde beiseite und stolperte in seinen königlichen Streitwagen. Sein Gesicht war nicht mehr kühl und distanziert. Es war ein törichtes Gesicht, das keine Knochen mehr zu haben schien. »Aus dem Weg!« kreischte er gellend.

Der Wagenlenker schwankte. »Die Leute, Eure Hoheit ...«

»Peitsch sie aus dem Weg. Reite sie nieder. Ihr ...« an die Soldaten gewandt – »tötet dieses Ungeheuer!«

Der Platz hatte sich mit bemerkenswerter Schnelligkeit geleert. Die Zuschauermenge und die Prozession waren in ihrer Panik nicht nur in die angrenzenden Straßenzüge ausgewichen, sondern drängten sich auch zwischen den Gebäuden, strebten durch Alleen und Gärten, die um den Platz herum lagen, hinweg. Ganze Menschentrauben quollen über Mauern und Zäune, kletterten Bäume hinauf, lösten sich auf.

Zoranders Streitwagen wühlte sich voran.

Die Soldaten legten ihre Armbrüste an.

Das schwarze Einhorn sprang von der Plattform, und als es wieder auf allen vieren gelandet war, prasselte ein Bolzenregen aus den Armbrüsten auf es ein.

Die Bolzen trafen das Einhorn. Sie prallten auf seine Schwärze, und Feuerpfeile blitzten auf, und die Bolzen wurden abgelenkt, zersplitterten wie spröde Zweiglein. Überall um das Einhorn herum lagen die Bolzen verstreut, und in seiner Mähne und seinem Schweif hingen sie wie böse Blumen.

Alle Welt gab nun Fersengeld.

Tanaquil und Lizra klammerten sich aneinander und wurden beide gleichermaßen niedergetrampelt. Füße in Waffenstiefeln sprangen über sie hinweg, verletzten sie leicht, Räder verfehlten sie um wenige Zentimeter. Schwere Seide und Verzierungen aus Gold peitschten ihnen ins Gesicht. In Furcht und Erstaunen schützten sie schluchzend und fluchend ihre Köpfe, bis die panische Flucht vorüber war und sie dort zurückließ wie Treibgut am Strand.

Sie setzten sich mit weißen Gesichtern auf und wischten sich wütend die Tränen aus den Augen, schlimmer als die Soldaten fluchend.

Sie waren allein auf der Plattform, allein im Regen.

Trümmer bedeckten den Teppich. Armbrustbolzen, Armreifen, Umhänge und Kanzler Gasbs Seeadlerhut. Ein Streitwagen stand dort, verlassen und ohne Zugtiere.

Unter ihnen drängelte sich die versprengte Menge immer noch auf dem Platz, doch die Streitwagen hatten sich ihre Schneisen geschaffen und waren durchgekommen. Ein Einhorn war nicht zu sehen. Nicht ein einziges Einhorn weit und breit.

»Mein Vater hatte Angst«, stellte Lizra fest. »Und er hat mich im Stich gelassen.«

»Ja«, pflichtete Tanaquil ihr bei. Sie dachte daran, wie Jaive sie in der Wüste alleingelassen hatte, um zu sterben. Doch Jaive hatte wenigstens noch gewisse Gründe dafür gehabt.

Sie erhoben sich. Der ganze Himmel war mittlerweile so purpurn wie der Teppich. Der Donner schlug seine Trommeln, und der Regen war dickflüssig wie Öl geworden.

»War es wirklich echt?« fragte Lizra.

»Es war wirklich echt.«

»Nicht noch so ein Pferd, dem man ein silbernes Horn an die Stirn geschnallt hatte.« Tanaquil erwiderte nichts. »Und die Armbrustbolzen haben es nicht verwundet. Vielleicht haben die Männer absichtlich danebengeschossen – wie konnten sie es wagen, auf das Geheiligte Tier zu feuern?«

»Du hast doch *gesehen*, was geschehen ist«, widersprach Tanaquil.

»Dann stimmt es, daß wir ihm Unrecht getan haben«, sagte Lizra. »Es hat noch eine Rechnung zu begleichen. Ist es den Streitwagen gefolgt?«

»Vielleicht.«

Doch Tanaquil stellte sich vor, daß das Einhorn wie Rauch durch des Tages Dunkelheit glitt, durch den sintflutartigen Regen. Die fliehenden Menschen erblickten ihr Geheiligtes Tier und duckten sich schreckerfüllt nieder. In der höchsten Wand mußte es eine Tür geben. Soldaten würden ihre Schüsse abgeben und fliehen. Die Spitze des Horns konnte Holz wie Glas zersplittern lassen. Dann die Rampen zum Palast hoch, über das Dachgebirge aus drachenförmigen Ziegeln. Blitze und das Einhorn tanzten zusammen, hoch oben auf Zoranders Palast.

»Sieh dir nur diesen blöden Hut an«, bemerkte Lizra und kickte den Seeadler beiseite.

Die Tableaus standen dümmlich auf dem Platz herum, während die letzten Reste der Menge an ihnen vorbeifluteten. Das nickende weiße Tier war vornübergekippt.

Nach einer Weile, als der Platz sich endgültig geleert hatte, stiegen die beiden Mädchen von der Plattform hinab. So fehl am Platze, wie sie in ihren derangierten, juwelenbesetzten Seidengewändern wirkten, kümmerte sich niemand um sie, bemerkte sie keiner. Der Sturzregen und Donner vereitelten ohnehin jede Anstrengung. Die Menschen auf den Straßen rannten oder suchten unter Vordächern Schutz. Wehklagen und Jammern ertönten. In der Luchsstraße dann begegneten sie einer Abteilung Soldaten, die sie erkannten. »Da sind ja die beiden Prinzessinnen!« Danach hatten sie eine Eskorte zum Palast.

Wäre das Klopfen etwas weniger laut gewesen, hätten sie es für Donner halten können. Doch sie hatten auch Schwerterklirren und Speereklappern im Korridor gehört.

Sie hatten in dem Rosenraum gesessen, an dem zinnoberroten Kamin, in dem ein Feuer entzündet worden war, um Kälte und unfrohe Gedanken zu vertreiben. Die elende Spannung mußte durch irgendein bedeutungsschweres Ereignis durchbrochen werden. Und hier kam es.

»Nur Gasb würde eine Leibgarde mitbringen.«

»Sie wird für mich sein.«

»Aber *warum*?«

»Dieser Hexenquatsch. Das Gerücht haftet mir an. Und das Einhorn – irgendwie ist das Einhorn mit mir verknüpft.«

Das Piefel, das zusammengerollt in Tanaquils Schoß gesessen hatte, spuckte ein Stück Kuchen aus und begann zu knurren.

Lizra stand auf. »Bleib hier. Ich werde ihn wegschikken.«

Tanaquil bezweifelte das zwar, widersprach jedoch nicht. Lizra ging hinaus und schloß die Tür. Tanaquil hob das Piefel herunter, ging zur Tür und horchte. Sie vernahm, wie die äußere Tür geöffnet wurde.

»Oh«, erklang Gasbs unverkennbar ekelhafte Stimme, »ich bitte um Verzeihung. Ich suche das Mädchen aus, ähm, *Erm*.«

»Prinzessin Tanaquil«, erklärte Lizra in ihrer offiziellen Stimme, »weilt nicht hier. Aber was soll das bedeuten, mit – drei, vier, fünf, *sechs* Soldaten vor meiner Tür zu erscheinen?«

»Tanapattle, oder wie immer sie sich auch nennen mag, ist eine Zauberin. Sie stellt eine Gefahr für uns alle dar, Eure Hoheit nicht ausgenommen. Was zu erkennen Ihr natürlich noch zu jung seid. Ihr magisches Kunststückchen, die Illusion eines Einhorns zu erschaffen, hat die Stadt an den Rand der Zerstörung gebracht ...«

»Ich habe Euch bereits gesagt, Kanzler«, schnappte Lizra zurück, »daß Prinzessin Tanaquil nicht hier ist. Geht und belästigt jemand anderen.« Es entstand eine

Pause. Dann sagte Lizra: »O nein, das tut Ihr n …« und »Wie könnt Ihr es *wagen*!«

Das Stampfen marschierender Soldatenstiefel hallte in dem bemalten Schlafzimmer wider, gefolgt von Gasbs schlurfenden Schritten.

»Dort drin?« sagte Gasb.

»Mein Vater wird sehr erzürnt sein«, erklärte Lizra.

»Euer Vater teilt meine Meinung, daß die Hexe ergriffen werden muß.«

Tanaquil trat einen Schritt zurück, so daß die Wachen, wenn sie die Tür aufstießen, sie nicht zu Boden werfen würden. Sie postierte sich in der Nähe des Kamins, und das Piefel ging vor ihr in Verteidigungsstellung, ein fauchender, gegen den Strich gekämmter Mop.

Die Tür wurde schwungvoll aufgestoßen, und sechs Soldaten stürmten das Zimmer, die Speere auf Tanaquils Herz gerichtet. Der Kopf schwirrte ihr. Sie dachte: *»Wenn sie wüßten, wie sie dabei aussehen, würden sie es nie wieder tun.«*

Gasb wand sich hinter ihnen her ins Zimmer. Er trug keinen Hut. Sein Schädel war ziemlich kahl, und auch ohne Kopfbedeckung glichen seine Züge denen eines Raubvogels.

»Nur Mut, Männer«, sagte er.

Leise flüsterte Tanaquil dem Piefel zu: »Ich werde das Fenster öffnen. Spring auf das Dach darunter und renn weg.«

»Bleiben und beißen«, meinte das Piefel.

»Der Beweis ihrer Hexenkünste«, zischte Gasb den nervösen Soldaten zu. »Ihr habt gehört, daß das Tier gesprochen hat. Ein Vertrauter. Wir müssen ihrer auf der Stelle habhaft werden, bevor sie Dämonen zu ihrer Hilfe zu beschwören vermag.«

Lizra erklärte in ihrem aufgesetzten, penetrant königlichen Ton: »Bevor ihr Hand an sie legt, denkt daran, daß sie die Prinzessin einer fremden Stadt ist. Legen wir Wert auf einen Krieg?«

»*Prinzessin.*« Gasb lächelte. »Sie ist genausowenig eine Prinzessin wie diese Straßenkehrerschlampe.«

Tanaquil hatte sich unbemerkt in Richtung des Fensters gestohlen, während das Piefel sich neben ihr entlangschlängelte. Dann ragte ein Soldat vor ihr auf. »Nein, Lady«, sagte er scharf.

»Haltet euch nicht damit auf, sie *Lady* zu nennen. Zingelt sie ein. Wir werden sie an einen ... ruhigeren Ort bringen.«

Tanaquil registrierte fassungslos Gasbs unverhüllte, blanke Boshaftigkeit. Sie hatte Angst vor ihm und fühlte sich deshalb gedemütigt. Die Soldaten hatten Schwerter; sie packte das Piefel, das ganz aus dem Häuschen war. Und in diesem Augenblick drang ein gesetzloser und unirdischer Schrei, der mit nichts zu vergleichen war, was sie jemals gehört hatte, durch den gesamten Palast, durch jedes einzelne Stockwerk. Sie wußte, was es war, auch wenn sie gleichzeitig wußte, daß es unmöglich war, es auf diese Weise zu hören.

»Der Fürst!«

Die Soldaten waren wie entrückt. Sogar Gasb riß den Mund auf. »Hat es meinen Vater getötet?« fragte Lizra.

Und Tanaquil erblickte irgendwie, irgendwo in ihrem Geist Zorander in seiner Bibliothek über dem Schnee, wo die mechanischen Schmetterlinge auf ungelesene Bücher flatterten. Sie erblickte ihn, wie er vor Schreck versteinerte. Und auf der Türschwelle, von der Dachlandschaft aus Regen und Donner und

Blitz gekommen, die schwarze Nacht und das mörderische Horn und die Augen wie geschmolzene Lava.

»Ergreift die Hexe! Sie muß auf der Stelle sterben!« kreischte Gasb mit schriller Stimme. Die Soldaten zogen ihren Kreis enger um sie.

Durch die Luft kam ein rauschendes Pfeifen. Es war ein Blitzschlag, der auf den Palast niederfuhr, auf eben dieses Zimmer niederfuhr – die Soldaten stoben auseinander. Tanaquil warf sich flach über das Piefel und rollte sich mit ihm neben das Bett. Der Kamin ächzte und bellte. Und die züngelnden Flammen – *gefroren*. Die Flammen waren Speerspitzen aus gelbem Eis –

Alles kreischte. Der Blitzstrahl traf in die Feuerstelle, und Eis und Ruß und Ziegel und Kohlen spritzten beiseite, während der Raum in seinen Grundfesten erbebte und Stuck von der Decke bröckelte.

»Dämonen!«

Dabei war es nur einer. Tanaquil blickte auf und sah, daß ein Ding mit zwei Köpfen, Elephantenohren und Froschaugen auf seinem gewaltigen Bauch und fetten Schwanz im Kamin hockte.

»Komm«, sagte Epbal Enrax, der Kältedämon, und Frostrisse sprangen die Wände hinauf. Er streckte Arme aus, die Elephantenrüsseln glichen, und hob Tanaquil und das Piefel, das alle verfügbaren Krallen ausgefahren hatte, in die Lüfte empor. *»Rothaar, wir gehen jetzt«*, meinte Epbal Enras. Und das taten sie dann auch.

DRITTER TEIL

10

Unter dem stürmischen Himmel toste und blubberte das Meer wie flüssiges, mauvefarbenes Kupfer. Die Farben der Dinge waren verfälscht. Der Sand sah aus wie die Schlacke eines furchtbaren Feuers. Die Palmen waren schwarz und ächzten im Wind. Der Strand schien nicht von dieser Welt zu sein, sondern zu einem anderen Universum zu gehören, das eine Art Hölle sein mußte. Und aus der Schlacke und den Wogen von Flüssigkupfer erhoben sich die Felsen wie das Gerippe eines versteinerten Ungeheuers.

Von der Düne aus, auf der sie gelandet war, überblickte Tanaquil die Szenerie. Schon zuvor hatte man ihr von Dämonenritten berichtet, doch hatte sie persönlich noch nie einen erlebt. Die Luft war ihr aus den Lungen gepreßt worden, doch fühlte sie sich eher verwirrt als schockiert. Sie begriff sehr wohl, daß sie vor dem mehr als wahrscheinlichen Tod durch die Hände von Gasbs Soldaten errettet worden war. Sie hatte eine getrübte Erinnerung daran, durch einen Kaminschacht hinaufgefahren zu sein, von Tausenden von Dächern unter sich, Blitzstrahlen wie Speere und einem Abstieg in so etwas wie einem Wirbelwind. Sie begriff, daß es sich bei diesem unwirtlichen Ort um den Meeresstrand handelte, und durch die Explosionen von braunroter Gischt hindurch machte sie den Einhornbogen aus, das Heilige Tor. Das Piefel hockte dicht neben ihr, von einem mittelschweren Putzanfall erfaßt. Tanaquil blinzelte hinter sich. Epbal Enrax balancierte auf den Dünen, offensichtlich bis zum Bekken in Sand versunken. Er schien erfreut – Mauve war natürlich die Lieblingsfarbe des Dämons.

»Wer hat dich geschickt, mich abzuholen?« fragte Tanaquil. Ein Dämon konnte von jedem, der mächtig genug war, gerufen und beschworen werden. Beunruhigende Bilder von Vush und den anderen Kunsthandwerkern, die sich eines Zauberers Dienste erkauften, glitten vor ihrem geistigen Auge entlang.

Doch Epbal Enrax beruhigte sie: *»Die andere Lady Rothaar. Dort drüben!«*

Dort drüben stand etwas auf den Wellen.

Tanaquil hatte es zunächst für ein Phantasieprodukt des Wetters gehalten, eine Wolke, einen Wasserschwall. Nun erhob sie sich langsam und begann, auf den unruhigen Wellensaum zuzugehen. Das Piefel machte Anstalten, ihr zu folgen, entschied sich dann jedoch anders und begann, sich ein Loch im Sand zu buddeln.

Das Ding auf dem Meer waberte wie eine Flamme. Es hatte eine feurige, rote Spitze. Die Flut war merklich gestiegen, und mit den Wellen driftete auch die Erscheinung landeinwärts. Etwa zehn Fuß vom Strand und damit von Tanaquil entfernt hielt sie an. Sie verdichtete sich, nahm Gestalt an. Nach einer halben Minute stand die Zauberin Jaive auf dem Wasser. Ihr Haar peitschte wie verrückt um ihren Kopf, wie ein scharlachroter Miniaturschneesturm. Sie war in einen aufwendigen schwarzen Mantel gehüllt, der mit Heuschrecken aus Silber und Jaspis übersät war. Ihr Antlitz war grimmig. Sie schwieg.

»Mutter«, sagte Tanaquil.

»Ja, das stimmt«, begann nun auch Jaive. »Ich bin deine Mutter.«

Nach diesem wenig aussagekräftigen Wortwechsel

stemmten sie sich beide dem Sturm entgegen und starrten einander an.

Schließlich setzte Tanaquil steif an: »Also hast du dich doch noch dazu entschlossen, mich zu suchen. Ich dachte, es würde dich nicht kümmern. Ich meine, nachdem du mich in der Wüste alleingelassen hattest und so weiter.«

Jaive blickte finster drein. Ihre Augen sprühten Funken. »Törichtes Kind! Wenn du auch nur annähernd die Probleme ahnen könntest, mit denen ich zu kämpfen hatte!«

»Du tust mir ja so leid.«

»Das Einhorn – wenn ich begriffen hätte – die Magie, das Geheimnis – ich dachte, es sei nur eins von deinen Spielzeugen, geschickt zusammengesetzt aus Kristallteilchen, Knochen, Rädchen und Schrauben, deinem üblichen mechanischen Krimskrams.«

»Ich mache keine Dinge, ich repariere sie nur«, erklärte Tanaquil. Jaive winkte ab. Die See kräuselte sich und leckte an ihren Füßen. »Ist es übrigens nötig, daß du auf dem Wasser stehst?«

»Stehe ich?« Jaive sah um sich. »Das bin ich nicht. Es ist nur eine *Projektion* von mir. Mehr bringe ich im Augenblick nicht zustande. Meine Zauberkunst hat arg gelitten. Hätte ich es nur gewußt – hätte ich, eine erfahrene Meisterin der magischen Künste, wohl jemals meine geballte Macht auf ein wirkliches *Einhorn* geschleudert? Der Schaden, der meinen magischen Fähigkeiten zugefügt wurde, war enorm. Erst jetzt beginne ich langsam, meine einstigen Kräfte zurückzugewinnen.«

»Ich verstehe«, versetzte Tanaquil. »Du willst mir sagen, daß du nicht früher nach mir gesucht hast, weil du es nicht konntest. Es war also nicht bloßes Desinteresse oder Rachsucht?«

»Wie kannst du es wagen, an den Worten deiner Mutter zu zweifeln?«

»Das ist nicht schwer.«

Jaives Gesicht faltete sich auf, und ein Flackern überlief ihre Projektion. Tanaquil war sich nicht sicher, ob dies seinen Grund in fehlgerichteter Magie, Wut oder sonst etwas hatte.

»Ich will gar nicht«, fuhr Jaive nach einer Weile fort, »davon anfangen, daß du in diese Stadt gezogen bist. Ich will auch nichts zu dem Palast sagen, in dem ich dich ausfindig gemacht habe.«

»Zoranders Palast«, sagte Tanaquil. Jaives Abbild faltete sich auf, verwirbelte. »Es tut mir leid. Hättest du mir doch nur vertraut ... ich weiß es, ich meine, ich weiß ...«

»Dieser Mann ist dein Vater«, rief Jaive. Inmitten all der Falten und Wirbel schien sie nun vollständig in Flammen zu stehen. »Ich habe ihn davongejagt.«

»Ja, Mutter.«

Jaive hörte auf zu schreien, und die Falten und Wirbel glätteten sich allmählich wieder.

»Ich kann dein Benehmen vergessen«, setzte Jaive hinzu, »weil ich weiß, daß es das Einhorn war, das dich hierher gebracht hat – und daß es deine Hilfe braucht und verlangt.«

Tanaquils Gefühlsverwirrung löste sich und ließ nur noch eine Frage übrig. »Warum? Was will es? Mutter, sag es mir!«

Jaive lächelte. Es glich keinem der Lächeln, die Tanaquil jemals auf dem Gesicht ihrer Mutter gesehen hatte. *Sie ist wirklich schön, diese gräßliche Frau.*

»Ich habe bis jetzt gedacht, du seist *seine* Tochter«, sagte Jaive. »Von den Dingen besessen, von mechanischem Schnickschnack. Doch du gehörst mir. Tanaquil, du bist eine Zauberin.«

»Wieder die alte Leier«, seufzte Tanaquil ungeduldig. »Natürlich bin ich das nicht.«

»Deine Zauberkunst«, sprach Jaive gnadenlos weiter, »liegt in deiner Fähigkeit, zu *reparieren*. Du kannst alles reparieren. Und wenn du es einmal repariert hast, geht es nie wieder entzwei. Seit du ein kleines Kind warst, habe ich dich dabei beobachtet, aber nie bin ich auf den Gedanken gekommen, daß es nicht ein kalter Kunsthandwerkertrick ist, sondern wahre Magie sein könnte.«

»*Mutter!*«

Jaive hob gebieterisch die Hand. »Denk nach, und antworte mir ehrlich. Wenn du etwas reparierst – eine Uhr, eine Armbrust, eine Puppe –, was tust du dann?«

»Ich – sehe es an. Und dann ergreife ich die geeigneten Werkzeuge – und ich ...«

»Wie findest du den Defekt heraus? Woher weißt du, welches Werkzeug ihn beheben wird? Wer, Tanaquil, hat dich das gelehrt?«

»Niemand. Ich kann es einfach, Mutter.«

»Als ich zehn war«, fuhr Jaive fort, »beschwor ich einen kleinen Kobold aus einem Kessel. Sie fragten: ›Wie hast du das gemacht? Wer hat es dir beigebracht?‹ Ich antwortete: ›Niemand. Ich kann es eben.‹«

»Mutter ...«

»Genug Zeit verschwendet«, befand Jaive. »Das Einhorn kam zu dir, weil es deine Magie roch und wußte, wie sie ihm dienen konnte. Es erschien als Knochen, als zerbrochenes Gerippe, und du hast es repariert, hast es wieder gehen gemacht. Mein eigener gedankenloser Magiestrahl war es, der es vollständig wiederbelebt hat – ein wundersamer Zufall. Oder hat das

Einhorn auch mich benutzt? Ich wäre hocherfreut, wenn dem so wäre. Nichts kann ein Einhorn zerstören, Tanaquil, und nur die Verzweiflung kann es umbringen. Einst verzweifelte es – und selbst da blieben die Knochen unversehrt und das Leben in ihnen. Nun wartet es. Auf deine Hilfe.«

»Meine Hilfe? Was kann ich tun?«

Jaive lächelte erneut. Wärmer als ihr Feuerhaar war es, das Lächeln.

»Glaubst du, daß Einhörner jemals wirklich in dieser Welt gelebt haben können? Nein, ihre Heimat ist die perfekte Welt. Die Welt, für die unsere ein gescheitertes Modell war. Aus mir unbekannten Gründen streunte das Einhorn umher oder wurde bezaubert, wurde durch einen Riß im Wall seiner Welt hierher gelockt. Und dann wurde das Tor hinter ihm zugeschlagen. Es konnte nicht zurückkehren. Es lebte hier, und es litt Schmerzen. Es starb den einzigen Tod, den es sterben kann, schlief in der Wüste. Und du hast es gefunden.«

»Eigentlich hat das Piefel es gefunden.«

»Das Piefel hat sich dir angeschlossen, als dein Vertrauter.«

Aufgebracht, aber gläubig, sagte Tanaquil erneut: »Ja, Mutter.«

»Zweifellos«, erklärte Jaive, »war derjenige, der dieses Verbrechen an dem Einhorn beging, der es aus seiner perfekten Welt lockte und ihm dann die Tür zuschlug, der erste Herrscher dieser Stadt. Um das Gleichgewicht wiederherzustellen, muß sein Nachfahre es freilassen. Und du, Tanaquil, bist die Tochter des Fürsten.« Jaive warf verächtlich den Kopf zurück. Wut und Schmerz durchzuckten ihr Antlitz, doch sie unterdrückte die Regungen, während Tanaquil sie musterte. »Erfülle deine Aufgabe«, endete Jaive.

»Ich glaube, du denkst, daß der Bogen in dem Felsen das Tor in diese andere Welt ist – daß er zerbrochen ist, so daß niemand das Tor mehr benutzen kann. Doch ich kann dieses Tor reparieren. Ist es so?«

»Ja, Tanaquil.«

»Aber Mutter, es besteht doch nur aus Luft und Stein – nicht aus Bronze oder Eisen. Es hat keine Stifte oder Rädchen oder Federn oder Gelenke ...«

»Es gibt sie. Nur eine Zauberin von deinen besonderen Fähigkeiten kann sie finden.«

»O Mutter ...«

»Widersprich mir nicht. Das Einhorn hat mir Furcht eingeflößt. Mir! Aber du hattest nie Angst. Und jetzt, geh hin und sieh nach!« Jaive wies mit weitausholender Geste über den Strand hinweg. Noch ein neuer Ausdruck lag auf ihrem Gesicht. Kein Schrecken mehr, sicherlich nicht. Es war Ehrfurcht, Jugend, lachende Freude. »Geh und sieh dich um. Laß es nicht *noch länger* warten!«

Das Einhorn befand sich am Strand unterhalb des Felsens. Seine Schwärze beschämte die Schatten, sein Horn brachte das Licht zurück. Der Regen hatte aufgehört, die Wogen glätteten sich.

Zerrissene Bänder ...

Hast du das auch gespürt? ... Es war seltsam ... Nur einen einzigen Augenblick lang – etwas ...

Diesmal kreischte Tanaquil nicht auf, rannte nicht fort. Sie war allein. Die düstere Milch der Gischt brodelte unter dem Bogen hindurch, und sie watete bis zu den Knöcheln im Wasser. Der Sturm hatte sich zwar gelegt, doch der Tag starb schnell in dichten Wolken. In einer Stunde würde die Nacht heraufziehen.

Sie hatte sich einmal umgeblickt, und die Flamme Jaives schwebte immer noch dort auf der sich verdunkelnden See. Sie hob einen Arm und winkte ihr zu, so wie die Gestalt ihrer Mutter ihr ein- oder zweimal von den oberen Fenstern der Festung zugewinkt hatte, als sie klein gewesen war. Doch das projizierte Abbild verblich wie das Tageslicht, schwand dahin. Epbal Enrax war ebenfalls verschwunden. Das Piefel hatte sich im Sand eingegraben. Tanaquil wußte nicht, was sie von dem Geschehenen halten, was sie fühlen sollte. Lizra und Zorander und Gasb waren auch verblichen. Nur das Tor zählte noch. Das Einhorn.

Das Einhorn war zurückgewichen, als sie sich ihm genähert hatte. Nicht ängstlich, nur vorbeugend, als prüfe es sie erneut. Sie erinnerte sich daran, wie es die Kunsthandwerker gejagt hatte, an den Moment, als es sich auf der Plattform aufgebäumt hatte. Das Einhorn konnte sie wesentlich effektiver als Gasb töten. Doch es hatte sich zurückgezogen, fort auf die Klippen hinauf, als sie in den Felsbogen eingetreten war.

Tanaquil machte einen langsamen Schritt nach dem anderen. Das Gefühl, ein Abgrund lauere unter dem Sand, war stark. Sie suchte sich ihren Pfad, suchte jene unbeschreibliche Empfindung, die sie damals überfallen hatte, als schlafe sie für die Dauer von drei oder auch fünf Herzschlägen ein ... Denn *dies* war geschehen, als sie auf das Tor getroffen war, ein Tor, das nun nirgendwohin mehr führte, da es zerborsten war.

Während sie sich so langsam vorwärtstastete, alle Fasern ihres Wesens wie eine Bogensehne gespannt, streifte sie am Rand dieser Fremdheit entlang und schreckte sofort zurück. *Da.* Unverkennbar.

Aber – was nun?

Nichts war zu sehen außer den verschwommenen Felsen, die aus dem Wasser aufstiegen, und, auf der anderen Seite des Bogens, Sand und die aufziehende Dunkelheit.

Zerrissene Bänder. Sie hatte sie um sich fließen gespürt, als sie und Lizra gerannt, hindurchgegangen und wieder zurückgekommen waren.

Mit höchster Vorsicht, als versuche sie, ein Spinnennetz nicht zu zerstören, schob Tanaquil die Arme hinein in die leer Luft.

Und etwas strich an ihr vorbei, wie ein Geist.

Es war ihr unangenehm. Sie zog ihre Arme zurück.

Sie dachte: *»Jaive ist immer noch mehr Zauberin als Mutter. Ihr ist das Einhorn wichtiger als ich.«* Sie dachte: *»Ich kann einem Einhorn nicht helfen.«*

Tanaquil ließ ihre Arme wieder in jenes unsichtbare Etwas gleiten, das zwischen den Felsen hing. Die leichte Berührung war wieder da, und diesmal holte Tanaquil ihrerseits aus und griff zu.

Ihre Finger prickelten, aber nicht unangenehm. Die Elemente im Inneren der Luft glichen nichts, was sie jemals berührt oder behandelt hatte.

Das macht nichts. Sie versuchte sich ins Gedächtnis zu rufen, was geschah, wenn sie ins Gehäuse eines Schlosses, einer Spieldose, eines Rades, der zerfetzten Schlange im Basar schaute. Dann gab sie es auf. Immer noch die erste unnennbare Fremdheit festhaltend, tastete sie sich entlang des Luftnetzes auf die nächste zu. Sie schloß die Augen, und hinter ihren Lidern erblickte sie einen Umriß in Form eines silbernen Stabes. Sie legte ihn flink um und hängte ihn an einen goldenen Ring.

Ihre Hände bewegten sich in tranceartiger Symmetrie. Gegenstände oder Illusionen fluteten ihr entgegen, und sie schnappte sie sich und fügte sie zusammen.

Sie benötigte keinerlei Hilfsmittel – nur ihre Hände. Vielleicht ihre Gedanken.

Nicht wie eine Uhr oder eine Maschine. Hier war alles ein einziges Fließen, wie Blätter auf einem Teich.

Sie schien ihre Umrisse zu erahnen, glaubte aber dennoch nicht zu sehen, was wirklich dort war – und doch war das, was dort war, sicherlich ebenso bizarr wie ihre Vorstellungen von Stäben und schlanken Nadeln, Ringen und Scheiben und Spiralen und Biegungen, wie die Buchstaben eines unbekannten Alphabets.

Vermutlich mache ich es falsch.

Sie öffnete die Augen und konnte nicht die geringste Veränderung wahrnehmen, außer, daß die Dunkelheit nun mit Riesenschritten näherzog.

Das Einhorn glomm schwarz vor den Felsen, einhundert Fuß entfernt. Die Wogenkämme spiegelten blaß einen wolkenerstickten Mondaufgang wider.

Sie schloß die Augen und erblickte erneut das wabernde, gold-silberne Chaos des Tores, das einem halbaufgefädelten Kollier glich.

Plötzlich wußte sie, was sie tat. Es war nicht falsch. Es war anders als alles, und doch war es richtig. Sie ergriff einen mäandernden Stern und schickte ihn heim –

Sie hatte schon Zweifel gehegt, ob sie, in solcher Fremdheit arbeitend, auch wissen würde, wenn das Werk beendet wäre. Würde das Tor dann vollständig repariert aussehen – oder sich doch nur in irgendein anders phantastisches Muster verwandelt haben, mit dem man für immer spielen, das man in alle Ewigkeit neu formen könnte?

Es war, als erwache man aus tiefem Schlaf, sanft und doch vollständig, ohne ein Gefühl der Orientierungslosigkeit.

Sie trat zurück und ließ die Arme sinken, die Augen immer noch geschlossen.

Das Tor war ganz. Es war wie eine Galaxie – wie Schmuck – wie – wie nichts auf dieser Welt. Doch seine Vollständigkeit war augenscheinlich. Es war ein zerborstenes Fenster, dessen Splitter alle wieder ihren angestammten Platz eingenommen hatten. Es gab keinen Zweifel.

Dann öffnete Tanaquil ihre Augen und *sah* schließlich das Tor. Sah es, wie es nun in ihrer Welt war, sichtbar.

Man konnte nicht mehr durch den Felsbogen hindurchgucken. Eine dunkle, glühende Membran füllte ihn aus, die eine aufrecht stehende Wasserwand sein mochte, und durch diesen Stoff rannen Flitterfunken, die elektrisiert an- und ausgingen.

Tanaquil fürchtete sich nicht davor, war jedoch vorsichtig. Sie wich noch ein paar Schritte zurück. Und runzelte die Stirn.

Was war es nur? Irgend etwas, selbst jetzt noch – nein, unvollständig war es nicht, aber es fehlte etwas.

Sie machte kehrt und trat aus dem Felsbogen heraus.

Das Meer hatte sich wieder zurückgezogen, als die nächtliche Flut stieg. Als sie sich auf den Strand jenseits des Bogens zubewegte, vernahm sie die dicke Mitternachtsglocke aus dem Palast, die, dünn wie ein Faden, in der lastenden Stille erklang.

Sie dachte an Lizra, an Zorander. Sie dachte wieder an Jaive. Doch vor ihr stand das Einhorn. Es war heruntergetrabt, fast bis zu dem Bogen. Es war ganz Dunkelheit. Sein Horn schimmerte nicht; selbst der blasse, wolkenverhangene Mond war heller.

»Ich habe getan, was ich tun konnte«, sagte Tanaquil. »Aber da ist noch etwas – nur weiß ich nicht, was.«

Das Einhorn schritt neben sie, auf den Eingang zu. Es blickte nach drinnen, in den funkenstiebenden Schatten. Sie sah sein Auge einmal feuerrot aufblitzen. Dann senkte es den Kopf auf den Boden, öffnete den Mund – sie sah den Schein der kräftigen silbernen Zähne, an die sie sich vom Schädel her noch erinnerte. Doch zwei weitere Gegenstände glommen in dem nassen Sand.

Tanaquil ging hinüber, immer einen respektvollen Abstand zu dem Tier wahrend – obwohl es sie einst an den Haaren gezogen hatte –, um zu schauen, was dort niedergelegt worden war.

»Hast du ihn dafür umgebracht?«

Das Einhorn hob sein Haupt wieder empor. Es gönnte ihr einen schrägen Seitenblick. Solch einem Gesicht hatte sie sich noch nie gegenübergesehen. Nicht menschlich, nicht tierisch, nicht dämonisch. Einzigartig.

Dann senkte es sein Horn und deutete nach unten, auf den Fuß der Klippen. Das Horn schwebte in der Luft und beschrieb dann einen Bogen aufwärts, nunmehr auf die Spitze der Klippen zwanzig Fuß über Tanaquils Kopf deutend. Nach einem kurzen Moment sprang das Einhorn wieder fort über den Sand. Es kehrte zu seinem früheren Platz zurück. Und wartete dort.

Tanaquil bückte sich und hob die beiden cremeweißen, spiralförmigen Fossilien auf, die das Einhorn aus seinem Maul hatte fallenlassen: die Mantelschließen, die der Fürst an seinem Prozessionsgewand getragen hatte. Die es von seinem Haihautumhang abgerissen haben mußte. Und vor langer Zeit waren sie womöglich aus dieser Klippe gerissen worden? Sie also waren die letzten noch fehlenden Komponenten des Tors.

Tanaquil kniete sich dort nieder, wohin das Horn des Einhorns zuerst gezeigt hatte. Alt, naß und porös, die alte, wahre Gestalt zerstört, tat sich eine Wunde in der Klippe auf, die einst eine gewundene Spiralmuschel gehalten haben mochte.

»Was muß ich tun?« Tanaquil durchsuchte ihre Kleidung. Lizras Seidengewand, das sie ihr für die Prozession geliehen hatte. Es besaß keine Taschen oder Beutel für ein Messer, seine herunterhängenden Topase waren ungeeignet, die goldenen Applikationen zu weich. Schließlich riß sie das Mieder entzwei und zerrte eins der Fischbeinstäbchen aus dem Korsett heraus – wie sie gehofft hatte, bestand es aus Bronze. Damit begann sie den bröckeligen Stein auszukratzen. Dabei benutzte sie hin und wieder eine Handvoll rauheren Sand als Feile.

»Eines Tages werde ich irgend jemandem das alles erzählen, und keiner wird mir Glauben schenken.«

Es war ihr gelungen, das Fossil wieder in seinen ursprünglichen Platz am Fuße der Klippen einzupassen. Es saß nicht besonders fest, war aber das Beste, was sie unter den gegebenen Umständen zuwege bringen konnte. Sie hatte das Tor genauestens studiert. Der flüssige Schatten hatte sich nicht verändert. Die Funken kamen und gingen.

Tanaquil seufzte. Sie schaute den steinernen Ausläufer der Klippe hoch, zu dem wie eine Brücke geschwungenen Bogen hinauf. Die Geste des Einhorns war eindeutig gewesen. Wenn das eine Fossil hier unten eingesetzt werden mußte, hatte sein Gegenstück seinen Stammplatz oben, in luftiger Höhe.

Also begann Tanaquil in ihrem fürchterlichen Kleid und den denkbar ungeeigneten Palastschühchen, die Klippenwand zu erklimmen.

Sie war froh, daß wenigstens Regen und Sturm aufgehört hatten, denn der Felsen war rutschig und schwer zu besteigen, viel schwerer als die Hügel bei der Festung ihrer Mutter.

Während sie kletterte, dachte sie an das Einhorn und wie es dort unter dem Bogen in der Wüste gestorben war, der dem Bogen des Tores so sehr ähnelte. Vielleicht hatte die Ähnlichkeit es beruhigt, vielleicht hatte sie auch seine Pein gesteigert, als es dort in der Falle dieser fremden Welt gefangen saß. Vielleicht hatte es mit seinen übernatürlichen Nüstern den alten Ozean gerochen, der einst die Wüste bedeckt hatte. Vielleicht aber, und das war wilder und doch vernünftiger als alle anderen Möglichkeiten, war alles vorherbestimmt gewesen – daß das Einhorn sich unter dem Hügel zum tödlichen Schlaf legen würde, daß sie eine halbe Meile von seinem Grab entfernt geboren wurde, sie, ein Nachkomme der Stadtfürsten, seine Retterin.

»Hoffentlich bin ich das auch. Nach all dem Geschehenen wäre ich es besser, um Himmels willen.«

Der Rock zerfetzt, Hände und Füße aufgeschürft, erreichte sie den Gipfel der Klippe.

Sie dachte an die Muschel, die sie in dem Hügel in der Wüste gesehen hatte, fest im Gestein verankert. Würde die Lage dieser Versteinerung ähnlich sein?

Nein. Diese hatte ihren Platz zur Linken des Bogens, in der Nähe der Öffnung, dem unteren Fossil schräg gegenüber. *Wie kann ich das wissen? Denk nicht drüber nach.*

Tanaquil kroch weiter. Sie entdeckte Seetangbetten, die sich widerspenstig in den Felsen krallten. Mit Schreien der Empörung riß sie die Wurzeln heraus. Und fand die alte Wunde des Fossils, unverkennbar, genau passend, unglaublicherweise keiner Korrektur bedürftig.

Sie preßte die versteinerte Muschel hinein. Sie paßte sich sofort ein.

Sie war nicht vorbereitet –

Denn die Klippe erbebte. Zitterte. Und aus dem Fels, von dem Bogen unten, drang eine Woge von rollendem, wirbelndem Licht und ein Geräusch wie eine einzige Liedernote, ein Gesang aus Stein und Wasser, Sand und Nacht und, möglicherweise, den Sternen.

Tanaquil klammerte sich fest an die Klippe. Sie erwartete, das Tor werde unter ihr zusammenbrechen, werde sie abwerfen, doch das Beben klang ab und verebbte, und das Licht unten schmolz zu einem sanften, klaren Schimmer. Da blickte sie zu dem Einhorn hinüber. Sie nahm an, es werde plötzlich auf die Klippe lospreschen, hinein und hindurch und fort. Doch das Einhorn rührte sich nicht.

»Was ist? Geh schon!« brüllte Tanaquil. »Bevor noch irgend etwas passiert – jemand kommt – oder ist es immer noch nicht richtig?«

Doch, doch. Es war richtig. Dort war das Tor, es war da. Und doch stand das Einhorn reglos, wie ein Wesen des Steins.

Tanaquil hievte sich mühsam über die Klippe und begann mit dem Abstieg. Sie war nun in Eile und nicht mehr besonders vorsichtig. Einmal, zweimal verlor sie den Halt und stürzte sodann dreizehn Fuß tief in ein weiches Bett aus Sand.

Das Einhorn grub sie aus. Sie ruderte durch die erdrückende, erstickende Masse und kam frei, wie eine Katze um sich spuckend. Es war nicht das Einhorn.

»Pnff«, sagte das Piefel. *»Böse.«*

»Ja, danke. Sehr böse.« Sie richtete sich auf und staubte die Sandkörner aus Haaren und Ohren. Das Piefel kitzelte sie, als es ihre Schürfwunden ableckte; sie schob es beiseite. »Warum steht es noch dort? Das Tor ist ...« Und dann erblickte sie das Tor, wie es nun war. Offen. Wartend. In der funkensprühenden Dunkelheit ein Oval aus Licht. Es war das Licht einer Sonne aus einer anderen Dimension. Warm und rein, gleichzeitig heller und sanfter als alles Licht, das sie jemals in dieser Welt gesehen hatte. In *ihrer* Welt. Und durch das Licht konnte man einen Blick auf – nein, es war nicht möglich. Nur eine Art Traum war dort, wie eine Fata Morgana, Farbe und Schönheit, strahlender Glanz und ein weit entfernter, süßer Ton.

Tanaquil erhob sich, rief dem Einhorn zu: »Nun *geh* schon!«

Da schüttelte das Einhorn sein Haupt. Es schnellte empor wie ein Pfeil von der Bogensehne. Alle vier Hufe vom Boden gelöst. Es flog. Im Flug stürzte es voran, wie Distelwolle, raste wie der Wind übers Meer.

Es wirbelte unter der Klippe hin. Und Tanaquil sah, wie es das schimmernde Oval des Tores teilte und durchquerte. Sie sah es dort drinnen, inmitten der Schönheit und des Leuchtens.

Und dann schoß das Piefel aus ihrem Griff davon.

»*Nett! Nett!*« quietschte es, während es auf das Paradies zuraste.

»Nein – das darfst du nicht – komm zurück, du blödes Vieh, o Gott, was für ein *dummes* Tier!«

Sie sah, daß das Einhorn sich umgewandt hatte, dort, in dem Traum. Sein Kopf bewegte sich bedächtig. Es war keine abschlägige Antwort. War es eine Einladung?

Das Piefel kreischte laut und tauchte in das Lichttor ein.

Mit böser Vorahnung, von einem unbarmherzigen Verlangen gepackt, rannte auch Tanaquil los, über den Sand, unter den Bogen. Sie spürte, wie das Tor ihr Widerstand leistete, wie ein Tuch aus schwerem Wasser, und dann nachgab. Und auch sie stürmte in die vollkommene Welt.

11

Bis an den Wellensaum reichten die Blumen. Einige wuchsen, wie es schien, im Wasser. Ihre Farbe war wie gelöschter Durst. Blaue Blumen von derselben Bläue wie der Ozean und von einem noch dunkleren Blau, das ins Violett hinüberspielte. Und hinter ihnen Blumenbänke von Pfirsichrosa und Karmesinrot, und Blumen so gelb wie Zitronenwein. Bäume wuchsen zwischen den Blumen hervor. Sie waren sehr hoch und mit Dächern aus durchscheinendem, tiefem Goldgrün gedeckt. Glitzerdinger schlüpften zwischen dem Blattwerk hindurch. Die Ebene aus Blumen und Bäumen erstreckte sich weit, und am Horizont, Meilen entfernt, verschmolzen die Umrisse von Bergen mit dem Blau des Himmels. Eine einzige Bank blumenartiger Wolken stand am Himmel wie zurückgelassene Federn. Die Sonne schien hoch am Firmament. Ihre Wärme hüllte alles ein, wie Honig, und ihr sanftes Licht war klar wie Glas. Selbst die Wogen blitzten nicht auf, und doch schimmerten sie, als leuchte eine zweite Sonne in den Tiefen der See. Und rund um die Himmelssonne schienen große Tagesgestirne wie ein diamantenes Netz.

Ein Vogel glitt aus einem der Bäume, deren Äste über dem Ozean hingen. Er schlängelte sich ins Wasser. Es war ein Fisch. Er umrundete Tanaquil, die im seichten Wasser stand, und schwamm dann ohne Neugier davon.

Sie blickte ihm nach. Die schimmernde See kehrte zum Horizont zurück. Meerestiere spielten dort, und Wasserfontänen glitzerten auf. Dicht über der Wasseroberfläche, keine drei Fuß von ihr entfernt, schwebte ein bleigraues Ei in der Luft. Es war das Tor.

Ich sollte es schließen. Nein. Ich sollte nicht hier sein – ich muß zurückgehen –

Das Tor war blank und nicht einladend. Ihr schien, als würde niemand das Verlangen verspüren, sich ihm zu nähern. Sogar die Fische, die nun wie Silberpfennige aus den Bäumen tropften, schwammen einen weiten Bogen um das Tor.

Sie blickte wieder nach vorn. Das Piefel, das irgendwie instinktiv wußte, wie man schwimmt, war seiner spitzen Schnauze in Richtung Strand gefolgt, tauchte auf und wälzte sich in den Blumen. Sie wurden nicht geknickt. Sie wichen ihm aus und tanzten erst dann wieder aufrecht, als es vorbeigegangen war.

Auf der Ebene galoppierte, tänzelte und sprang das

Einhorn umher, schien zu fliegen, ein Strahl goldsilberner Schwärze, während die Sonne Regenbogen um sein Horn entstehen ließ.

»Dieses Wasser kann nicht salzig sein«, stellte Tanaquil fest, »oder es handelt sich um eine Art von harmlosem Salz. Den Blumen schadet es jedenfalls nicht.«

Sie trat aus dem seichten Wasser heraus zwischen die Blumen. Ihr Duft war frisch und klar wie das Licht. Sie bewegte die Füße, und die Blumen, die sich unter ihrem Tritt zusammengerollt hatten, federten unversehrt in ihre vorherige Stellung zurück.

»Wir sollten zurückgehen«, meinte Tanaquil zu dem Piefel.

Das Piefel wälzte sich in den Blumen.

Tanaquil wollte nicht zurückgehen. Es war die perfekte Welt, und sie wollte sie kennenlernen.

Vögel sangen zwischen den Bäumen. Es war zwar nicht so, daß ihre Gesänge schöner als die der irdischen Vögel gewesen wären, aber sie besaßen eine Klarheit, die frei war von jeglichem Mißklang. Die Luft war erfüllt von einer Art von Glück oder einer anderen gütigen Macht, die keinen Namen hatte. Allein sie zu atmen machte froh. Keine Sorge bedrückte einen. Kein Schmerz aus der Vergangenheit, keine Angst vor der Zukunft. Kein Selbstzweifel. Kein Mangel an Vertrauen. Alles würde gut sein, jetzt und für immer. Hier.

Das Einhorn hatte sich fürs erste ausgetobt. Es strich nun gemessenen Schrittes durch die Blumen, landeinwärts ziehend. Und einmal blickte es sich um, zurück zum Strand.

Sie folgten ihm, ohne Hast, ohne Zögern.

Nicht nur die Vögel sangen.

Als sie durch die Seide des Blumenmeers über die Ebene wanderten, vernahmen sie ein Summen wie von Bienen ... Es gab Obsthaine auf der Ebene, Äpfel und Damaszenerpflaumen, Feigen und Orangen, Quitten und Oliven. Die zerbrechlichen Bäume erhoben sich in schwindelerregenden Höhen, mit Girlanden aus Blattwerk und Früchten geschmückt. Und die Früchte brannten wie Sonnen und Juwelen. Ohne nachzudenken, griff Tanaquil nach einem rubinroten Apfel, und er zitterte in ihrer Hand. Er lebte. Nie gestört, nie gepflückt, nie verzehrt. Er sang.

»Oh, hör doch nur, Piefel. *Hör doch*!«

Und das Piefel blickte in fragendem Staunen nach oben.

»Insekt.«

»Nein, es ist der Apfel. Er singt.«

Keine Frucht war zu Boden gefallen. Vielleicht würde das niemals geschehen. Als sie in den Hain eintraten, verstärkten sich die flüsternden, klimpernden Töne. Jede Sorte hatte ihre eigene Melodie; jede verschmolz harmonisch mit den anderen.

Als sie aus dem riesigen, wohlriechenden Obsthain heraustraten, tanzten Hirsche auf der Ebene. Das Einhorn war bereits an ihnen vorbeigezogen, und vor Tanaquil liefen sie nicht fort. Vögel flogen über ihren Köpfen, die Luftströmungen unter der warmen Sonne ausnutzend.

»Was essen sie nur? Vielleicht ernähren sie sich von der Luft und dem Duft, ach, sie sind so gut.«

Das Piefel pirschte sich an das Reh an, das herumwirbelte und zurückkanterte, alles spielerisch, woraufhin das Piefel es mit der Angst zu tun bekam und sich zu Tanaquil flüchtete.

»Sie tun dir nichts.«

»Groß«, sagte das Piefel mit nachträglichem Respekt.

Die Sonne und die Tagesgestirne zogen über den Himmel hoch oben.

Sie mußten ungefähr drei oder vier Stunden gewandert sein, doch Tanaquil verspürte keine Müdigkeit. Sie war nicht hungrig. Das Piefel legte nur Anzeichen von vagem Interesse für alles an den Tag. Sie hatte befürchtet, es würde versuchen, irgend etwas auszugraben, an etwas zu kabbern oder sein Bein zwischen den Blumen zu heben. Doch augenscheinlich machte sich keins dieser Bedürfnisse bei ihm bemerkbar.

Zur vermutlich fünften Stunde erreichten sie den Rand der Ebene, die dort in einem See von der Farbe eines blauen Turmalins überging. Jenseits des Sees erstreckte sich ein Wald, in dem Papageien wie flammende Nadeln hin und her flogen. Tanaquil erblickte Tiere, die sich am Seeufer aalten. Das Einhorn, etwa eine viertel Meile vor ihnen, schritt friedlich zwischen ihnen hindurch. Sie schauten sich nach dem Neuankömmling um, zuckten mit den Schwänzen und gähnten. Offensichtlich kannte sie Einhörner.

»Sind das …? Ja, tatsächlich, das sind Löwen. Und schau doch nur, Piefel!«

Das Piefel schaute, Tanaquil war sich nicht sicher, ob es auch richtig begriff, was diese Szene bedeutete. Die stolzen, goldfarbenen Löwen hatten sich mit einer kleinen Schafherde vermischt und sich faul im Gas niedergelassen. Einige Schafe hatten dieselbe Sitzhaltung eingenommen, die Vorderbeine unter den Körper geschlagen, die Köpfe erhoben. Andere dösten, an die Flanke der mächtigen Löwen gelehnt. Laut blökend jagten einige Schafe Löwenjunge über das Seeufer. Sie stolperten alle in einem einzigen Haufen aus Fell und Wolle übereinander und begannen, sich gegenseitig zu putzen.

Tanaquil fühlte keine böse Vorahnung, als sie und das Piefel sich ebenfalls hinunterbegaben, unter die Löwen. Sie schenkten ihnen auch keine besondere Aufmerksamkeit. Die Schafe blökten sanft, und eine der Riesenkatzen schnarchte. Die Schafe grasten nicht. Sie erkannte, wie ähnlich sich die Gesichter von Schafen und Löwen waren, ihre hochangesetzten Augen und langen Nasen.

Das Einhorn schritt weiter aus, zog Kreise auf dem Strand.

Ein Leopard streckte sich auf dem Ast einer hohen Zeder aus. Aus ruhigen, hellen Augen starrte er auf sie herunter.

Schwäne glitten über die Spiegelfläche des Sees.

Sie kamen an einem einsamen, singenden Apfelbaum vorbei, dessen Stamm aus dem Wasser wuchs.

»Insekt«, sagte das Piefel.

Im Wald standen gewaltige Zypressen, Ilexbäume, Magnolien. Auf sonnengebadeten Lichtungen wuchsen Orchideen in Mosaikfarben. Rehe huschten wie Schatten umher, Luchse ruhten an schattigen Plätzchen, während sich Mäuse zwischen ihren Pfoten tummelten. Die Papageien kreischten vor Lachen. Affen schaukelten über ihren Köpfen wie braune Früchte. Farnpflanzen aus trinkbarem Grün explodierten in den Mündern wilder Springquellen. Wasserlilien schienen die Teiche zu pflastern. Schmetterlinge flatterten durch den Wald, und Bienen zogen ihre Kreise um den rötlich-bernsteinfarbenen Stamm einer Kiefer. Ob sie wohl einen Stachel haben? Schlangen wie Rinnsale aus flüssigem Metall flossen durch das Unterholz.

Das Einhorn konnten sie durch die Waldlichtungen vor sich schreiten sehen. Es wirkte nicht mehr phantastisch. Hier war es nur allzu wirklich.

Als sie den Wald verließen, befanden sie sich wieder hoch oben, und als Tanaquil sich umwandte, sah sie die Landschaft, die sie durchzogen hatten, hinter sich verfließen. Die Berge waren nun näher gerückt, und die Sonne und ihr Sternenhofstaat standen mittlerweile tiefer am Himmel. Ein rosengoldenes Licht wie das eines makellosen Spätsommernachmittags umfing die Welt wie in einer Gemme. Und wieder war es so wie mit allem in dieser Welt, daß sie noch nie ein vergleichbares Licht auf der anderen Seite des Tores gesehen hatte. Es war einfach so, daß hier nichts drohte oder sich zwischen sie und das Licht drängte. In Tanaquils Welt hatten selbst die besten und schönsten Dinge einen Hauch von Traurigkeit oder Unbehagen in sich getragen. Nichts war auch nur annähernd sicher. Das Licht der perfekten Welt war das Licht der absoluten Wahrheit. Und Tanaquil, die sich in Jaives Festung nach Ordnung, Abenteuer und Abwechslung gesehnt hatte, wußte nun, daß es andere Dinge gab. Einfach glücklich zu sein, würde einen nicht irgendwann krank machen. In Frieden zu leben, würde nicht langweilen. Glück und Frieden erlaubten es dem Geist, sich nach anderen Herausforderungen umzusehen. Sie konnte nur raten, wie diese Herausforderungen aussehen mochten, doch sie spürte sie in der Luft selbst. Würde sie sie einmal kennenlernen? Würden sie ihr gehören?

Hoch oben, auf dem Gipfel eines Hügels, zeichnete

sich die Silhouette des Einhorns gegen den leuchtenden Himmel ab. Ein sanfter Wind blies, liebkoste das Horn, und das Horn sang, schwingend und rein. Doch es war nicht die wilde Musik, die sie in der Wüste vernommen hatte. Das Einhorn war nicht mehr schrecklich. Es war nur noch ... vollkommen.

Schon bald begaben sie sich wieder auf den Weg, erklommen die Hügel ohne Anstrengung. In weiter Ferne, auf einem anderen Berghang, sah Tanaquil ein Wesen aus weißem Gestein heraus in den sinkenden Tag gleiten. Es war so groß wie in ihrer Welt ein Haus und mit Schuppen besetzt wie eine blaue Schlange. Sein mit einem Kamm versehenes Haupt drehte sich hin und her, und die Schwingen öffneten sich wie Blätter über seinem Rücken. »Piefel, es ist ein Drache.« Das Piefel sah besorgt aus. Sie streichelte seinen Kopf. Blasses Feuer entströmte den Nüstern des Drachen, versengte jedoch nichts auf dem Hügel unter sich. Wie das Salz des Meeres war auch das Feuer hier harmlos. Das Piefel versteckte sich hinter Tanaquil. Sie schüttelte ihren Kopf, als es bäuchlings durch das Gras robbte. Und so folgten sie dem Einhorn, das sich immer noch dann und wann nach ihnen umzusehen schien und keinen Versuch gemacht hatte, sie abzuschütteln.

Die Sonne sank. Der ganze Himmel färbte sich rosenrot, und die Sonnenscheibe selbst wurde sichtbar in einem Rotton, den Tanaquil, so wollte es ihr jedenfalls scheinen, noch nie gesehen hatte. Aber vielleicht irrte sie sich auch. Nachdem die Sonne unter die Welt gefallen war, blieb die Ansammlung diamantener Sterne am Firmament, die stetig an Strahlkraft zunahm. Der Osten wurde heller, nahm ein flammendes Grün an.

Meilen entfernt schickte ein Hügel oder ein Berg eine Funkengarbe empor, und irgend etwas stieg aus den Funken empor. Es glitt auf breiten, blitzenden Schwingen dahin, über sie hinweg, unverkennbar. Ein Phönix.

»Arme Mutter«, sagte Tanaquil. »Wie würde sie all das hier lieben. Warum hat sie nie versucht, sich Zugang zu verschaffen?«

Nachtigallen begannen ihr Lied. Die Hügel waren eine einzige riesige Spieldose.

Der letzte Hügel kam, und in Unkenntnis dieser Tatsache erklomm Tanaquil ihn, das Piefel an ihrer Seite. Vom Gipfel aus breitete sich das Land unter ihnen aus, öffnete sich vor ihren Augen, unendlich wie der Himmel. Es war wie ein Garten aus Wäldern und Gewässern, alles verschwamm und glühte nun im roten und smaragdgrünen Licht der Abenddämmerung. Und darüber zog, weit entfernt und seltsam geformt, eine einzige breite Wolke.

Tanaquil meinte, es müßten Sterne in der Wolke sein. Aber es waren keine Sterne.

»Piefel ...«

Das Piefel saß mit ihr auf der Hügelkuppe und starrte nach oben. Ob es wußte, was es erblickte? Es sagte jedenfalls nichts.

Doch Tanaquil wußte es.

Die Wolke war auch keine Wolke. Es gab Bänke und Terrassen, wenn auch vielleicht keine Außenwände. Hoch aufragende Türme mit Spitzen wie Perlen und Gebäude mit Säulen und Statuen von Riesen – und die Lampen wurden gerade entzündet. Dort, in jener Stadt, die in der Luft schwebte, sandten die Fenster ihr goldenes und silbernes Licht hinaus.

»Es mußte«, sinnierte Tanaquil, »ich wußte doch,

daß es – Menschen hier geben muß – aber – *Menschen*?«

Und dann, in der apfelgrünen Rose des Himmels, erblickte sie verschwommene, schimmernde Gestalten mit rauchartigem Haar und Flügeln. Hin und her schwebten sie, in einer Art Tanz, und schwach trug der Wind ihr zu, daß auch dort Musik erklang.

Nie würden Unglück oder Furcht an diesem Ort herrschen, und doch, tief in ihr versteckt, gab es dies beides. Solche Gefühle waren ihr fremd geworden. Sie fühlte sie in ihrem Herzen, in ihrem Geist, und war verwirrt. Doch sie wandte sich von den geflügelten Leuten und den Luftburgen ab und blickte zurück auf den Weg, den sie gekommen war.

Sie hatte es vorher nicht bemerkt. Oder nicht bemerken wollen.

Das Gras und die Blumen, über die sie und das Piefel gestapft waren, die sich kurz nach ihrer Berührung aufgerichtet hatten, waren wieder niedergesunken. Die Stengel waren zerquetscht oder geknickt, und inmitten all der Sanftheit und Farbe hatte eine rauhe Dürre eingesetzt, die Spur des Todes.

»Diese Welt ist nicht die unsere. Auch eingeladen hätten wir nicht kommen dürfen. Sieh nur, sieh, was wir angerichtet haben!«

Das Piefel setzte seine Pfote auf ihren Fuß. »Leid tun.«

Tanaquil kniete sich hin und sah ihm in seine gelben Augen. Sie waren Gefährten, sie und das Piefel, aus einer unvollkommenen Welt.

»Es ist nicht dein Fehler. Es ist meiner.«

»Leid tun«, wiederholte das Piefel, und fragend setzte es hinzu: »Böse?«

»Ich werde dich tragen müssen«, erklärte Tanaquil.

»Du mußt es zulassen. Auf meinen Schultern. Und ich trete nur dorthin, wo ich schon gegangen bin – es ist so entsetzlich, wie eine *Brandwunde.*«

Und in diesem Augenblick bemerkte sie das Einhorn. Es war bereits ein Stück die andere Seite des Hügels hinuntergetänzelt, dem gigantischen Garten unter der schwebenden Stadt entgegen. Sein Horn strahlte hell.

Sollte sie ihm hinterherrufen? Wahrscheinlich hatte es sie vergessen. Ab und zu, nur wenn sie irgendwelchen Lärm gemacht hatten, hatte es sich noch nach ihnen umgeblickt, oder vielleicht hatte es auch die Spur der Zerstörung in Gras und Blumen gesehen und sie fortgewünscht. Doch hier konnte es nicht angreifen, konnte sie nicht verjagen, wie sie es verdient hätten.

Sie waren so sorgsam darauf bedacht gewesen, sie und auch das Piefel, nichts zu verderben. Doch allein ihre Anwesenheit genügte schon. Die Schritte selbst, die sie machten.

Sie nahm das Piefel hoch, was es gestattete. Es ließ zu, daß sie es sich, warm und schwer, um den Nacken legte. Seine Hinterbeine baumelten herunter, und sein Schwanz trommelte auf ihren Rücken. Es verankerte seine Krallen in ihrem Kleid und starrte finster um sich, das Gesicht dicht neben dem ihren.

Tanaquil stieg den Abhang hinunter, die Stadt im Rücken. Sie setzte ihre Füße genau in die Spuren der Zerstörung, die sie bereits angerichtet hatten. Sie untersuchten sie nicht genauer, und das Licht der Abenddämmerung war gnädig.

Sie hatte etwa zweihundert Fuß zurückgelegt, als sie hörte, daß Hufdonnern ihnen folgte. Sie hielt sofort an, nicht aus Furcht, denn die konnte man hier nicht empfinden. Trotzdem war sie erstaunt. Sie wirbelte herum, das Piefel um die Schultern geschlungen, und stellte sich dem Einhorn entgegen, das auf sie zuraste, um weniger als zwei Fuß vor ihr anzuhalten. Nun war sein Horn zu einem Schatten verblichen.

In der wachsenden Dunkelheit konnte Tanaquil das Einhorn nicht besonders gut erkennen, nur das Aufglühen eines Auges, die Gesichtsmaske aus Ebenholz –

»Einhorn«, sagte Tanaquil. Mehr konnte sie nicht sagen.

Der grimmige Kopf schnellte empor. Die Sterne am Firmament warfen Diamanten auf das Perlmutter des Horns. Es explodierte im Licht wie weißes Feuer. Es drehte sich im Kreis, und der Himmel wankte. Was war geschehen? Hatte es sie aufgespießt? Ohne Furcht versuchte Tanaquil, zu begreifen. Denn das Mondfeuerhorn hatte ihre Stirn berührt, für Bruchteile einer Sekunde, der Hauch einer Nadelspitze, sanft wie Schnee.

»Hey«, sagte das Piefel. »Gut. Nett.« Und reckte sein Gesicht empor.

Und das brennende Schwert des Horns bewegte sich über Tanaquils Schulter hinweg, bevor es sich zu Boden senkte. Wie schwarzer Samt glitt seine Zunge aus dem Mund. Einmal leckte es über das Piefel, rasch, gründlich, rauh, von Kopf bis Schwanz.

Der Atemduft des Einhorns roch wie Wasser, wie Licht. Natürlich.

Tanaquil und das Piefel warteten auf dem Hügel in der Landschaft. Sie holten tief Luft, als seien sie verlorengegangen und wiedergefunden worden. Das schwarze Einhorn sprang zur Seite und flog den Hang hinauf, dem Lichtstrahl hinterher. Auf dem Gipfel angekommen, stieß es sich ab, und sprang, sprang in die Luft, in den letzten grünen Schimmer des Himmels. Wurde ein Stern. War fort. Für immer entschwunden.

»Das war ein Abschied«, stellte Tanaquil fest.

»Mrr«, machte das Piefel. Es schlief auf der Stelle ein.

Und Tanaquil, nun allein verantwortlich, nahm ihre Rückkehr aus dem Himmel wieder auf.

In der Nacht der perfekten Welt stiegen zwei Monde gemeinsam im Osten auf. Der eine war ein voller, goldener Mond, der andere eine dünne, bläuliche Sichel. Sie strahlten hell, und mit dem Licht der Sterne zusammen lag die Landschaft so erhellt wie am Tage da.

Und die Sterne zogen in verschiedenen Konstellationen auf. Und sie formten Bilder. Nicht so, wie sie es nach den Angaben der Experten in Tanaquils Welt taten, sondern wirklich. Erst eine Frau, die von Osten nach Westen aus Zirkonen und Beryllen über das Firmament glitt und eine Waage hielt. Und als sie versunken war, ging ein Streitwagen aus Rosenquartzen und Opalen auf. Es waren keine Pferde vor seine Deichsel gespannt – er hatte überhaupt keine Deichsel. Jede Stunde, so wollte es Tanaquil erscheinen, zog eine andere Konstellation auf. Nach dem Streitwagen ein Löwe, nach dem Löwen zwei Delphine, ein Baum, ein Vogel, ein gekrönter Mann, eine Schlange, die das Firmament wie ein Strom von Silberfeuern durchfloß.

»Da siehst du es«, murmelte Tanaquil, als die Himmelsbilder nacheinander aufstiegen, »wie hätten wir *hier* wohl leben können?«

Im Mond- und Sternenlicht erkannte sie die verbrannten Fußspuren im Gras, die geschwärzten Blumen. Nie war ein Pfad so einfach gefunden worden.

Unter den kühl-warmen Lampen der Nacht stolzierten Panther am Seeufer umher. In den Wäldern heulten vorwurfsvoll die Füchse. Hätte sie Tränen vergossen, wenn es möglich gewesen wäre? Sicher wäre sie ärgerlich gewesen.

Schließlich gelangten sie wieder zu den Obsthainen oberhalb des Meeres. Im Mondlicht, unter der versinkenden Sternenhand des Königs, schimmerte die Wasserlinie wie Quecksilber. Die Sternenschlange wand sich über den Obstgärten dahin, und der Gesang der Bäume hielt an, bei Tag und bei Nacht.

Tanaquil wanderte durch die Obsthaine und gelangte zu einem stillen Baum. Nichts anderes hatte sie erwartet. Es war der Baum, an dem sie den Apfel berührt hatte.

Das Piefel erwachte. Es befragte den Apfelbaum.

»Kein Insekt.«

»Kein Insekt. Meine Schuld.«

Sie verließen die Obstgärten und traten zwischen die Blumen. Wie geschwärzte Knochen lagen die gebrochenen Stengel, wo sie zuvor gegangen waren.

Sie erreichten den Strand. Sie war nicht müde. Unbeweglich und grimmig hing das Ei aus Dunkelheit am lichtdurchfluteten Himmel. Das Tor. Ihr Tor.

Tanaquil warf einen letzten Blick auf das Land der Bäume und Blumen, der Schönheit.

»Verzeih mir.«

Das Piefel schüttelte sich. Seine Ohren richteten sich steil auf, die zuckenden Schnurrhaare kitzelten sie an der Wange.

»Insekt.«

Eine sonderbare Bewegung fand auf dem Boden statt. Die Blumen richteten sich wieder auf, die schwarzen Hülsen fielen von ihnen ab. Wie ein Lauffeuer auf der Erde verbreitete sich die Heilung vom Meeresufer aus über die Ebene hinweg. Sie konnte zwar nicht hören, wie der stumme Apfelbaum wieder zu singen begann, doch die scharfen Ohren des Piefels machten den wiedererstandenen Gesang aus.

Eine Antwort auf ihre Entschuldigung? Weil sie sich und das Piefel von dieser Welt entfernte und die Welt nun, da sie wie ein unerträgliches Gewicht von ihr genommen wurden, wieder zu atmen vermochte?

Tanaquil wußte es nicht. Ein Stich ganz gewöhnlicher Wut durchzuckte sie. War es etwa ihr Fehler, daß sie, da sie nur dem zweitbesten Versuch entstammten, alles hier beschmutzten?

»Halt dich fest!«

Sie rannte ins Meer, und das quecksilbrige Wasser spritzte auf. Kurz vor dem Tor stieß sie sich ab, warf sich empor und tauchte vorwärts in das Tor ein. Das Piefel schlug die Krallen in ihre Schulter. Hier herrschte eine andere Art von Nacht. Die Vollkommenheit hatten sie ein für allemal hinter sich gelassen.

12

Draußen herrschte Tageslicht. Unvollkommenes Tageslicht, das grell schien und blendende, klaffende Wunden ins Meer riß. Auch war das Meer unter dem Klippenbogen dunkel, irgendwie aufgetürmt, obwohl die Flut sich ansonsten zurückgezogen hatte.

Tanaquil, bis zu den Knien in beißendem Salzwasser, pflügte sich zum Eingang des Bogens und ließ dann das Piefel auf den trockenen Strand hopsen.

Nur einen kurzen Blick hatte sie für ihre Welt übrig. Sie war noch nicht bereit für diese Welt. Es gab noch Dinge, die erledigt werden mußten.

Sie bemühte sich, nichts zu fühlen, obwohl all die gewohnten, normalen Emotionen – Ärger, Bestürzung, Trauer, Zweifel, pures Durcheinander – jetzt in ihr brodelten. Sie stand in dem Gezeitenpfuhl vor dem Schimmern, dem glühenden Oval, das so einladend wirkte – so einladend, wie das Tor auf der anderen Seite eine Warnung ausgestrahlt hatte –. Und dann, die Arme bis zu den Ellbogen hineingetaucht, begann sie, das Tor zu zerstören, wie eine wütende Fischersfrau.

Sie riß es in Stücke und schleuderte die Stücke beiseite. Und während sie ihr Zerstörungswerk vollbrachte, flimmerte das Licht des Tors auf und erlosch, und nichts als Flecken der einstigen Leuchtkraft, wie Schleimspuren einer magischen Schnecke, blieben zurück.

Tanaquil spürte, wie sich zwei Tränen aus ihren Augen lösten, und schüttelte sie ab in die salzige See.

Sie kniete sich ins Wasser und hantierte am Fuß der Klippe herum. Das Fossil fiel ihr in die Hände. Sie löste es aus dem Gestein. Und als sie sich nun, tropfnaß, wieder aufrichtete, gewahrte sie, daß jetzt das letzte Leuchten des Bogens erloschen war. Sie konnte die andere Seite der Klippe erkennen, die brennende Sonne, die unfruchtbare Ödnis des Sandes.

»Ich will es richtig machen«, sprach sie zu sich selbst.

In der anderen Welt hatte Tanaquil keine Müdigkeit gekannt. Nun war sie ausgelaugt, als wäre sie Tage und Nächte ohne Unterlaß gewandert. Nichtsdestotrotz mußte sie die schlüpfrige Klippenwand erklimmen und das Fossil dort oben herausreißen. Sie mußte jede Möglichkeit vereiteln, daß das Paradies jemals wieder betreten werden konnte. Oder daß irgend etwas wieder aus dem Paradies entschwinden könnte.

Sie kletterte hoch. Es war ein mörderisches Unterfangen. Sie haßte die Mühe und nahm kein Blatt vor den Mund.

Die brennende Sonne, die einen versengte, wo sie konnte, näherte sich ihrem höchsten Stand, als sie den Gipfel erreichte. Sie lag dort, umfaßte die zweite Versteinerung und wand sie los. Mit beiden Fossilien in der geballten Faust, den wichtigsten Schlüsseln zum Tor des Einhorns, fiel sie in einen tiefen Erschöpfungsschlaf, dort oben, mit dem Gesicht auf dem Felsen.

Bum, ging die Brandung, *nimm unser Opfer an.*

Bum. Nimm deinen Zorn von uns.

»Blödsinn«, murmelte Tanaquil im Schlaf, »ich werde nie einem von euch vergeben.«

O Geheiligtes Tier, wende deinen Zorn von uns.

»Niemals, niemals.«

Das Gestein des Klippengipfels glühte, und Tanaquil wurde geröstet. Sie rührte sich und entdeckte, was sich unten am Strand tat. So etwas hatte sie schon einmal erlebt. Eine Ansammlung von Menschen in überaus protzigen Gewändern mit viel zu viel Zierat; Pferde und Streitwagen auf der Prachtstraße unter den Palmen; Soldaten in goldenen Rüstungen. Eine Art Chor von Frauen in weißen Kleidern schwenkte Tamburine und wehklagte. Und ganz in der Nähe schien ein Mädchen mit pechschwarzem Haar und einem Kragen aus Rubinen über dem Meer zu schweben und warf Girlanden ins Wasser. Die Blumen waren Rosen, und sie würden sterben. »Hört auf damit; was für eine Verschwendung«, nuschelte Tanaquil.

»Nimm deinen Zorn von uns. Wir bedauern, was wir dir an Schmerz und Beleidigung zugefügt haben«, rief das Mädchen dem Meer zu, dem Eingang zum Bogen entgegen. Stolz schleuderte sie die letzte Girlande von sich und näherte sich der Klippe. Niemand folgte ihr. Sie zögerte vor dem Bogen und sagte ganz ruhig: »Möge Gott uns vor dem Horn des Einhorns schützen. Und möge Gott über meinem Vater, Fürst Zorander, wachen. Und über meiner verlorenen Freundin und Schwester, Tanaquil, die Dämonen entführten.«

»Lizra«, rief Tanaquil ihr leise zu. »Spring nicht. Ich lebe. Ich bin hier oben.«

Lizra hob ihr das Antlitz entgegen. Es war leer und weiß, wie unbeschriebenes Papier. Was würde darauf geschrieben werden?

»Es war ein Dämon meiner Mutter«, erklärte Tanaquil. »Er hat mich vor Gasb gerettet und mich hierhergeflogen. Das Einhorn ist nun fort. Aber ich hatte gedacht, es hätte – ich meine, dem Fürsten geht es also gut?«

Immer noch stand nichts in Lizras Gesicht geschrieben.

»Ja, mein Vater, der Fürst, ist wohlauf. Und du, Tanaquil?«

»Mir geht es ausgesprochen gut. Und dies hier sind die Fetzen deines Gewandes. Was soll ich sagen? Ich habe dir so viel zu erzählen.«

»Wir haben uns hier versammelt, um das Einhorn zu besänftigen«, erläuterte Lizra wie eine Schlafwandlerin.

»Schön, doch wie ich bereits sagte, ist es fort. Wieder zurück durch das Geheiligte Tor.«

»Wenn das wahr ist, wird mein Vater jubeln.«

»Das wette ich auch. Übrigens, wenn du einen weiteren Beweis willst, schau dort unten hin!«

Lizra drehte sich um. Das Piefel entstieg schnaufend und niesend einem Sandloch. Als es Lizras ansichtig wurde, stürzte es auf sie zu. Lizra sank in die Knie und warf die Arme um das Tier. Das Piefel schien überrascht, aber nicht beleidigt zu sein. Es leckte Lizras Wange.

Tanaquil hatte ihre Aufmerksamkeit der Menge am Strand zugewandt. Die Höflinge standen tatenlos herum, glitzernd und gaffend. Doch unter den Streitwagen auf der Straße ließ sich ein Wirbel wenig vielversprechender Bewegung ausmachen.

Lizra erhob sich. »Gasb ist hier. Vater hat ihn mit der Eskorte ausgeschickt.«

»Reizend«, meinte Tanaquil.

Männer rannten, ganz schimmerndes militärisches Gold, aus Richtung der Straße herbei. Die Sonne ließ Speere, Lanzen, Armbrüste und Bogen deutlich hervortreten. Und auch Gasb, der ihnen mit einem Habichtskopf folgte.

Über den Sand vernahm sie seine verhaßte Stimme wie in der Erinnerung.

»Die Hexe ist zurückgekehrt. Sie sucht das Tor des Geheiligten Tiers heim! Haben uns die Fischer nicht berichtet, daß die letzten drei Tage zauberische Feuer im Tor brannten, daß sie aus Furcht einen weiten Bogen darum gemacht haben?«

»Drei Nächte«, überlegte Tanaquil. *»Ich war doch nur einen einzigen Tag fort.«*

Sie setzte sich auf der Klippe auf. Etwas in ihr

warnte sie, *bleib flach liegen.* Doch selbst jetzt konnte sie die Waffen nicht ganz ernst nehmen. Würde Gasb sie in aller Öffentlichkeit, vor all diesen Leuten, töten? Er würde es.

»Das Einhorn ist ...«, rief Tanaquil –

»Laßt gar nicht erst zu, daß sie einen Zauber spricht!« kreischte Gasb. »Bringt sie zum Schweigen!«

Und plötzlich, einfach so, sah Tanaquil den Speer, der ihr Tod sein sollte, durch das Sonnenlicht auf sie zufliegen. Denn für einen geübten Speerwerfer war die Entfernung die Klippen hinauf ein Nichts. Und sie gab, wie sie dort oben vor dem Himmel saß, ein exzellentes Ziel ab. Es war, als habe sie all dies bereits gründlich durchdacht und helfe ihnen nun, helfe dem Mann und dem Speer. Sie sah ihn kommen, zu ihr hochsegeln, wie an der Schnur gezogen, auf ihr Herz zu. Sie sah ihn, stellte sich vor, ihm seitwärts auszuweichen, doch obwohl der Speer scheinbar langsam angeflogen kam, war sie doch noch langsamer. Und im letzten Augenblick tanzte die Speerspitze vor ihren Augen und blendete sie mit dem Widerschein der Sonne.

So sah sie es also nicht, hörte nur, wie eine Art splitterndes Zischen erklang. Sie hatte eine Vorstellung von Feuerwerk und Holzsplittern. Die Höflinge auf dem Strand unten kreischten lauthals.

Dann konnte sie wieder sehen. Der Speer, zerfetzt, trudelte die Klippe hinunter. Bürger, denen gerade eine dringende Verabredung eingefallen zu sein schien, hasteten in Richtung Straße, fielen in den Sand, rappelten sich wieder hoch.

Der Speer mußte etwas getroffen haben, irgendein Hindernis, kurz bevor er sie erreicht hätte.

Gasb war zurückgewichen. Sein Hut flatterte im

Wind. Er wollte die Soldaten zu einem erneuten Angriff anstacheln, doch die standen nur mit offenen Mündern am Fuße der Klippe und gafften den heruntergefallenen Speer und Tanaquil an. Der Mann, der den Speerwurf ausgeführt hatte, brabbelte Unverständliches vor sich hin. Inmitten dieser Szene kam das Piefel aus seinem Versteck am Klippenfuß hervor und biß ihn ins Bein, herzhaft durch den Stiefel hindurch. Der Soldat heulte auf und versetzte, vielleicht instinktiv, dem Piefel einen bösen Tritt mit dem verletzten Fuß.

Tanaquil war nun Augenzeugin. Der tretende Fuß traf statt des Piefels irgend etwas in der Luft. Es war unsichtbar, aber wirkungsvoll. Der Soldat wurde fortgeschleudert, als habe ihn ein Gegner mit ungeheuren Körperkräften hochgehoben und von sich geworfen. Dreißig Fuß von dem Piefel entfernt landete er mit einem furchtbaren Aufprall im Sand und bewegte sich fortan nicht mehr.

Das Piefel machte sich fein. Es schien sich nicht mit Fragen herumzuplagen, sondern beobachtete mit augenscheinlicher Schadenfreude, wie die anderen Soldaten auseinanderstoben und in ihre Streitwagen stürzten, während Ströme von Höflingen neben ihnen winselnd und strauchelnd in Richtung Stadt rannten.

Nur Gasb blieb zurück. Er riß die Arme hoch, um Tanaquil und ihre fürchterliche Macht abzuwehren.

»Mächtige Zauberin, tut mir nichts, seid gnädig ...« Und als ihr Todesspruch ausblieb, gab auch er Fersengeld und eilte den Streitwagen nach, und wie zuvor, als er weggerannt war, fiel ihm der Hut vom Kopf auf den Strand, froh, ihn endlich los zu sein.

»Das Einhorn«, sagte Tanaquil. Da sie noch saß,

erhob sie sich. Im Unklaren darüber, was sie nun tun sollte, begann sie, die Klippenwand wieder hinunterzuklettern. Während sie sich hinabließ, lauschte sie den Mißklängen auf der Straße und dem Rattern der fliehenden Streitwagen.

Am Fuße der Klippe erwarteten sie Lizra und das Piefel. Ihr Gesicht über den Rubinen war immer noch weiß; vielleicht waren aber auch nur die Juwelen an diesem unkleidsamen Teint schuld. Wenn überhaupt etwas in ihren Zügen geschrieben stand, so war es eine seltsame, besorgte Blasiertheit.

»Du *bist* eine Hexe. Ich hab's doch gleich gesagt.«

»Das Einhorn hat mich berührt. Es hat das Piefel berührt. Ich nehme an ...«

»Das Einhorn hat meinen Vater berührt«, entgegnete Lizra. »Es hat ihm mit dem Horn quer über die Brust gekratzt, als es die Muscheln von seinem Mantel stahl. Er wird die Narbe nie verlieren.« Es war ihre öffentliche Stimme.

»Lizra, es tut mir leid, ich wollte dich nicht ängstigen. Ich wußte nicht, daß das passieren würde. Ich meine, es ist wirklich außergewöhnlich.«

»Du bist unverwundbar«, versetzte Lizra. Sie verbeugte sich. »Große Zauberin.« Es war nicht spaßhaft gemeint.

»Verbeug dich meinetwegen auch vor dem Piefel«, knirschte Tanaquil. »Das ist zuviel. Ich habe etwas Wundervolles gesehen, das mich nicht wollte – das niemand von uns haben kann. Freundin und Schwester, hast du gesagt.«

»Alles hat sich verändert«, erwiderte Lizra. Sie war nun nicht mehr die Prinzessin. Sie war ein kleines hilfloses Mädchen, ein Kind der Eisblumen. »Und du?«

»Ich habe mich nicht verändert. Etwas ist mit mir geschehen, das ist alles.«

Lizra wuchs ein wenig. Dann war sie wieder fünfzehn. Sie sagte: »Ich werde es dir zeigen müssen. Nebenbei bemerkt, du kannst dich in diesem Kleid nicht blicken lassen.«

»Was würdest du statt dessen vorschlagen?«

»Der Soldat ist klein und zierlich. Seine Rüstung wird dir passen. Außerdem ist es das einzig Verfügbare hier.«

Sie gingen zu dem weggeschleuderten Soldaten hinüber. Er war mit dem Rücken aufgeprallt. Sein Mund stand offen, er stöhnte schwach. Die Bißspuren des Piefels waren in seinem Stiefel zu sehen.

Tanaquil zog ihm die Stiefel aus und probierte sie an. Sie waren zwar zu groß, würden aber ihren Zweck erfüllen.

Während der Mann bewußtlos dalag, schälten sie ihn aus seiner Rüstung und ließen ihn in seiner reizenden Unterwäsche liegen, die eine zarte Hand bestickt hatte. Tanaquil drapierte die Reste ihres Gewandes und ihres Unterrocks so über ihn, daß er bis zum Erwachen vor den schlimmsten Sonnenstrahlen geschützt sein würde.

»Behalte die Topase«, riet Lizra ihr. Und Tanaquil vernahm hinter ihren Worten einen anderen Satz: ein Abschiedsgeschenk. Sie gedachte des Einhorns. *Das ist der Abschied.*

Wütend ließ sie zu, daß Lizra ihr in den Panzer half. Sie stopfte ihr hexenrotes Haar unter den geräumigen Helm.

»Und nun?«

»Sie haben mir Pferde und Streitwagen hiergelassen. Wie entsetzlich nett von ihnen. Das letzte Mal, auf der Plattform, sind sie mit ihnen weggerannt.«

Sie gingen am Strand entlang. Die Wellen brachen

sich auf dem Sand, hart und strahlend. Das Piefel schlich sich an sie heran, um im letzten Moment wieder zurückzuweichen.

»Was passierte, nachdem der Dämon meiner Mutter mich geholt hatte?« wollte Tanaquil wissen.

»Gasb und seine Wachen schlugen Purzelbäume und flohen in den Palast. Ich begab mich zu meinem Vater. Ich dachte, das Einhorn hätte ihn getötet.«

»Hatte es aber nicht.«

»Es hatte nur die Muscheln genommen und ihm diese Narbe vermacht.« Tanaquil krampfte die Faust um die Fossilien. Sie hatte sie nie gezeigt, nie losgelassen. Was das Einhorn ihr gegeben hatte, war gewaltig. Sie konnte das Geschenk noch nicht akzeptieren; wahrscheinlich gab es einen Haken. Sie wollte ein ganz gewöhnliches Erinnerungsstück. »Mein Vater braucht mich jetzt«, erklärte Lizra.

Das ist der Abschied.

»Und du fühlst dich ihm immer noch in tiefer Treue verpflichtet, nicht wahr?« fragte Tanaquil giftig.

»Er ist mein Vater.«

»Oh, hat er sich daran erinnert?«

»Ja«, entgegnete Lizra.

Es war der Streitwagen von ihrer ersten Begegnung, bemalt und vergoldet, wenn auch heute ohne Blumenschmuck. Die kleinen weißen Pferdchen standen an der Deichsel, aufmerksam, aber nicht panisch. Die beiden Mädchen stiegen ein, gefolgt von dem Piefel, und Lizra zog die Zügel an. »Galopp!« Und ab ging es, den Strand entlang und zurück in Zoranders Stadt.

Denk an die Sandburg. Wo mag sie nur sein?

»Warum fahren wir in die Stadt?« fragte Tanaquil.

»Weil dort der Palast ist, und ich will, daß du es siehst.«

»Was?«

»Ich will es dir zeigen, nicht beschreiben. Darum fahren wir hin.«

Der Panzer war heiß und unbequem; es juckte. Hatte der Soldat Flöhe gehabt? Abrupt verspürte Tanaquil Mitleid mit ihm. Es war nicht sein Fehler, daß man ihm befohlen hatte, den Speer zu schleudern.

Sie kehrten nicht durch das Tor, durch das sie hinausgefahren waren, in die Stadt zurück. Lizra lenkte den Streitwagen in ein Gehölz oberhalb des Strandes und brachte sie zur Stadtmauer und einem breiten Tor, flankiert von großen Steinlöwen. Hier gab es einen ordentlichen Wirbel; man stattete sie mit einer Eskorte aus. »Nur dieser eine Mann blieb bei Euch, Herrin? So etwas habe ich noch nie gehört. Sich vor einem Bettlermädchen am Strand zu fürchten! Das ist mir noch nie passiert.«

Die Stadt schien sich nicht verändert zu haben. Es gab noch immer den alten Löwen und die alte Betriebsamkeit, die hin und her treibenden Menschentrauben, die eleganten Läden und den exotischen Markt. Dann, als sie in die Straße der Tintenfische und Kamele einbogen, die der fünfzehnstöckige Fürstenpalast überragte, wurden sie angehalten.

Eine Menschenmenge wälzte sich über die Prachtstraße, hatte die Laternenpfähle erklommen. In der Mitte der Fahrrinne lag ein umgeworfener Streitwagen. In der Menge konnte man die gestohlenen Pferde entdecken, die nun einem neuen Arbeitsleben entgegensahen.

»Macht den Weg frei!« donnerte der Hauptmann der Eskorte.

Eine Schneise tat sich auf. Wie auch in den anderen Straßen, durch die sie gekommen waren, erhoben sich ein paar laute Jubelrufe für Lizra. Langsam bewegten sie sich voran.

»Dieser Streitwagen gehört Gasb«, erklärte Lizra. Sie zog die Zügel an. »Stehenbleiben!« Sie wandte sich an einen vierschrötigen Mann in der Menge, dessen Lederschürze ihn als Weinhändler auswies. »Was hat das zu bedeuten?« Ein Durcheinander aufgeregter Stimmen antwortete ihr: »Einer nach dem anderen«, befahl Lizra. »Du. Dich habe ich als ersten gefragt.«

»Eine Ehre, Hoheit. Vor zwanzig Minuten raste Kanzler Gasb hier in aller Eile durch. Es waren mehrere Streitwagen. Die meisten drehten ab, als sie die Menschenmenge erblickten, doch Gasb hielt mitten in uns hinein.«

»Wir warteten nur«, ließ sich ein in Seide gewandeter Mann hinter dem Weinhändler vernehmen, »auf Neuigkeiten von dem Fürsten oder von der Besänftigungszeremonie, die Ihr, Hoheit, ausführtet.«

»Es ist Tradition, daß die Bürger die Straßen benutzen dürfen.«

»Ja«, pflichtete Lizra ihm bei. »Also Gasb raste in die Menge hinein. Und dann?«

»Dann, Hoheit«, fuhr der Weinhändler fort, »bitte versteht es nicht falsch, dann lenkten wir die Pferde ab und kippten den Streitwagen um.«

Der Seidengewandete fügte mit Befriedigung hinzu: »Wir haben ihn dazu überredet, auszusteigen.«

»Wir zerrten ihn raus«, ließ sich ein anderer hilfreich vernehmen.

»Er wurde mit Eiern und reifen Früchten eines nahegelegenen Ladens bombardiert«, erläuterte der Weinhändler weiter. Die Männer schwiegen kurz, sahen einander an. Der Weinhändler räusperte sich. »Gasb war nicht sehr beliebt.«

Der Seidengewandete sagte: »Einige aufgebrachte

Elemente der Menge führten ihn hinweg, Hoheit. Vielleicht, um ihm gut zuzureden.«

»Mein Vater wird das erfahren«, stellte Lizra fest. Es gab keine Reaktion auf ihre theatralische Mißfallenskundgebung.

»Macht Platz für die Prinzessin!« brüllte der Hauptmann der Eskorte.

»Das Glück möge ihr hold sein!« rief der Weinhändler mit besonderer Inbrunst, um klarzustellen, daß er nicht der geeignete Kandidat für die Schwerter der Soldaten war.

Die Bedienungsmannschaften der Fliegenden Stühle feierten ein Fest. Sie sangen den Namen Gasb und brachen in Lachanfälle aus. Der Stuhl stieg indes ohne weitere Zwischenfälle empor. In dem langen Korridor salutierten die goldenen Soldaten, und niemand stellte Fragen nach dem Kameraden, der hinter Lizra einhermarschierte, oder nach dem Tier, das der kleinen Gruppe an einer improvisierten Leine folgte.

Die verrückte Truppe, die an dem Treppenabsatz aus grünem Onyx als Gegengewicht fungierte, war noch genau so, wie Tanaquil sie in Erinnerung hatte. Sollten sie von Gasbs Schicksal gehört haben, so schwelgten sie jedenfalls nicht darin. Wahrscheinlich hatte der Wahnsinn ihrer Existenz jeden Gedanken an seinen Urheber aus ihren Köpfen getilgt.

Der Stuhl fuhr hoch, und die Zugbande stampfte jauchzend die Treppe hinunter.

Vor den Wohngemächern des Fürsten nahmen die Soldaten sofort ihre gekreuzten Speere auseinander. Sie öffneten die Tür.

Tanaquil und Lizra gingen durch die Tür und das

dahinterliegende Eisland. In den weißen Wüsten stolzierten keine mechanischen Schneeleoparden umher, und am Treppenkopf tauchte kein Tier auf, um sie zu erschrecken.

Lizra hielt vor der Tür inne. »Komm nicht mit herein«, sagte sie. »Wenn du an der Tür stehenbleibst, wird er dich nicht sehen.«

Die Bibliothek lag im Dunkeln, nur von einigen Lampen erhellt. Die Tür zu den Dächern war geschlossen, die Vorhänge hatte man zugezogen. In diesem Licht wirkten die Bücher alt und falsch. Nicht ein einziger Schmetterling flatterte mehr durch den Raum. *Fürchtete er selbst diese jetzt?*

»Lizra ... Lizra, bist du es?«

»Ja, Vater. Ich bin es.«

Tanaquil hatte ihn zunächst gar nicht bemerkt. In der dunkelsten Ecke des Raums hockte er zusammengekrümmt auf seinem eleganten Sessel. Er trug eine alte graue Robe. Sein schwarzes Haar, nun ohne Krone, schien zu jung für ihn zu sein.

»Siehst du nun?« fragte Lizra. Ihre Stimme war neutral. Hatte sie Angst, triumphierend zu klingen? »Gestern sah er vom Dach aus die beiden Männer in dem Einhornkostüm – erinnerst du dich? –, dessen Hinterteil betrunken war. Und mein Vater schrie vor Furcht. Er befahl den Soldaten, auszuziehen und das Ungeheuer zu töten. Selbstverständlich taten sie nichts dergleichen. Die Stadt«, Lizra schlug die Augen nieder, »die Stadt schätzt mich, weil ich als einzige in der Prozession nicht weggerannt bin, als das schwarze Einhorn aus dem Meer auftauchte. Der Fürst hat sein Gesicht verloren. Hätten sie sonst wohl gewagt, Gasb anzugreifen? Mein Vater braucht mich.«

»Lizra, ich höre Flüstern. Was ist das? Ist jemand hier?«

»Nur ein Diener, Vater.«

»Lizra. Komm her, Lizra, erzähl mir, was beim Tor des Tieres geschah.«

Tanaquil antwortete schnell, leichthin. »Ich sah eine andere Welt. Was nicht fair war. Ich hätte erst diese Welt kennenlernen sollen. Ich werde sie nun bereisen, werde sie mir ansehen. All die fernen Städte. Die Wüsten, Wälder, Berge und Seen. Das muß ich tun. Komm mit mir.«

»Lizra«, sagte der Fürst mit der Stimme eines Mannes, der zweihundert Jahre alt ist, »du bist meine Tochter. Sei ehrlich zu mir. *Hast du das Tier gesehen?*«

»Nein, Vater. Das Tier ist fort. Wir sind nun in Sicherheit.«

»Wenn ich warten würde«, schlug Tanaquil vor, »ein paar Tage, eine Woche …«

»Meine Antwort müßte doch dieselbe sein.« Lizra lächelte. Sie war mehrere Persönlichkeiten auf einmal, wie sie jetzt dort stand. Ein Mädchen, das Bedauern empfand, ein Mädchen, das eine Schwester war, eine Frau, die herrschen würde, ein Kind, das ein Kind sein wollte. Sie war verschlagen und arrogant, traurig und klug, stolz und unverrückbar, selbstsüchtig. Einsam.

Wie ich. Genau wie ich.

»Nimm dies«, sagte Lizra und löste den Rubinkragen von ihrem Nacken.

»Ich bin nicht Yilli.«

»Natürlich bist du das nicht. Ich wünschte, ich müßte dich nicht verlieren. Nimm die Juwelen. Sie werden dir Dinge verschaffen, die nützlich sind.«

»Danke«, entgegnete Tanaquil. Sie streckte die geöffnete Hand aus und ließ zu, daß die Rubine hineingelegt wurden.

Dann umarmte Lizra sie. Nicht so, wie sie das Piefel umarmt hatte, mit unkomplizierter, spontaner Zuneigung, sondern in einer eiligen, versteinerten Art, aus Angst, sie könne mehr tun. Die Abschiedsumarmung.

Und dann ging Lizra in die Bibliothek ihres Vaters, über den schimmernden, lampenerhellten Boden. Und Zorander sah auf und hielt ihr die Hand hin, die sie ergriff.

»Du bist nun mein Trost«, sagte er.

Das Piefel knurrte, ein weicher, sandiger Ton.

»Leb wohl«, sagte Tanaquil. Sie zog an der Leine.

Das Piefel stürzte voran, die drei Treppenfluchten hinunter. Auf dem grünen Treppenabsatz schlängelten sie sich durch Leute, die unsicher auf ihren Händen liefen.

Tun wir das nicht alle?

Nur eine einzige Karawane zog an diesem Tag in Richtung der östlichen Stadt los.

Als sie sich dem Sonnenzelt des Karawanenführers am Rand des Basars näherte, sah Tanaquil, daß Gork und seine Männer sich mit den Kamelen und dem Gepäck beschäftigten.

»Was für ein gescheites Mädchen!« begrüßte sie Gork, ließ all seine Ziermünzen und Ornamente klimpern und klopfte in rascher Folge seinen Stock gegen den Stiefel. »Aber du hast immer noch dieses Tier. Und du bist immer noch wie ein Mann gekleidet. Das ist nicht gut, weißt du.«

»Damit reist es sich besser«, versetzte Tanaquil mit vorbeugender Freundlichkeit.

»Was? Immer noch nicht verheiratet?«

»Oh, du weißt doch, wie das so läuft.«

Gork wirkte erfreut. »Du willst mit uns in diese östliche Stadt reisen? Das kann ich arrangieren.«

»Nein, ich fürchte nicht. Aber ich habe mich gefragt, ob wohl einer aus deiner Karawane einen kleinen Umweg machen würde; ich kann ihm eine genaue Wegbeschreibung geben, es ist etwa ein Halbtagesritt. Es handelt sich darum, einen dringenden Brief in einer Festung in der Wüste abzuliefern. Ich werde sehr gut zahlen.«

»Wieviel?« Tanaquil, die sorgsam einen kleinen Topas und einen der Rubine gegen Geld eingetauscht hatte, schlug eine vernünftige Summe vor. »Ich werde den Auftrag selbst erledigen. Macht mir keine Mühe. Hast du eine Karte?«

»Ja, ich habe sie vor nicht ganz einer Stunde zeichnen lassen. Hier.«

Gork nahm Münzen, Karte und Brief. Er zeigte ihr seine goldene Taschenuhr. »Sie läuft, geht nie falsch. Und du bist nun wohlhabend. Ich nehme an, du bist nicht mehr verlobt?«

»Unglücklicherweise bin ich es. Ist das nicht nervtötend?«

Gork grinste. »Bis zum nächsten Mal.«

Tanaquil ließ sich in der Nähe der Stände der Parfümhersteller nieder und stellte sich vor, wie Gork in all seiner Pracht zur Festung ihrer rothaarigen Mutter hinausritt. Was würde geschehen? Alles war möglich.

Das Piefel fing an, eine parfümierte Seife zu fressen, und Tanaquil nahm sie ihm weg.

Vielleicht würde der Brief Jaive nur ärgern. Er berichtete von ihrer Entscheidung, das Abenteuer zu suchen, und von der perfekten Welt. Er stellte, von Hexe zu Zauberin, eine respektvolle Frage: »Glaubst du, daß das Einhorn dort irgendwelche Probleme mit den Zusatzteilen bekommen wird, die ich für sein Skelett anfertigen mußte, das Kupfer und all die anderen Metalle, die ich hinzugefügt habe? Wird es jetzt immer wegen dieser Teile eine Verbindung zu dieser Erde behalten?« Tanaquil erwähnte das Geschenk der Unverwundbarkeit nicht – es könnte einen hysterischen Anfall bei Jaive auslösen. Jedenfalls konnte auch Tanaquil es noch nicht richtig glauben. Auch von den beiden cremefarbenen Fossilien, die sie sich bei einem Juwelier in der Palmenstraße zu zwei Ohrringen hatte umarbeiten lassen, berichtete sie nichts. Keine Eitelkeit, sondern die vernünftigste aller Entscheidungen. Wer würde sie jetzt noch erkennen? »Mutter, ich muß diese Welt kennenlernen. Später, eines Tages, werde ich zurückkehren. Das verspreche ich. Ich bin nicht mein Vater, bin nicht Zorander. Ich werde dich nicht verlassen ... das heißt, ich werde nicht zulassen, daß du mich *davonjagst*. Wenn wir uns wiedersehen, werden wir Themen haben, über die wir uns unterhalten können. Es wird aufregend und neuartig sein. Du mußt mir vertrauen, bitte!«

»Laß diese Seife los!«

Mit einer eigenen Karte aller Oasen und Brunnen und der Städte der östlichen Wüste machte sich Tanaquil kurz vor Sonnenuntergang auf dem finster dreinblickenden Kamel, das sie drei Tage zuvor erstanden hatte, auf ihren Weg. Es war eine interessante Erfahrung gewesen, auf ihm reiten zu lernen, doch wie die meisten seiner Art besaß das Tier eine entnervende Sturheit. Es schien das Piefel nicht zu hassen. Doch das Piefel klammerte sich auf seinem schwankenden Rücken fest, hoch über den aufgeschnallten Vorräten, und schielte schreckensstarr auf den schlingernden Boden.

»Wackelt. Hoppelt. Will runter.«

»Ruhe.«

Sie verließen die Stadt durch ein großes blaues Tor, mit der Darstellung eines Einhorns geschmückt, die Soldaten soeben emsig zerstörten.

Die Straße war mit Obelisken und Statuen gesäumt, mit hohen Bäumen und Brunnen mit angeketteten eisernen Schöpfkellen. Einige Karren und Esel wurden auf das Tor zugetrieben, da ihre Besitzer noch vor Tagesende in die Stadt wollten.

Der Dunst über der Ebene war golden. Die Hügel blühten. Dort würde es Zedernbäume und das Licht von Dörfern geben, und dann, jenseits der Hügel, würde die Wüste ihre Bettelschalen aus Staub darbieten.

Gleichermaßen widerstandsfähig gegen Hitze und Kälte, konnte das wollige, zynische alte Kamel nachts reisen, während der Schnee dünn aus den Sternen fiel.

Irgendwo zwischen Stadt und Wüste setzte der Sonnenuntergang ein.

Im Westen war der Himmel apfelrot, und im Osten hob das kühle Lila die Luftdecke in ungeahnte Höhen. Sterne brachen durch wie sich öffnende Fenster. Das Land darunter wurde purpurn, finster, und seine östlichen Höhen waren wie Rosen an einem Schattenstengel.

»Es ist wunderschön«, sagte Tanaquil.

Es war wunderschön. So schön wie jede Schönheit der vollkommenen Welt.

»O, Piefel. Es war nicht unsere Schuld, daß wir nicht die beste Welt, sondern diese hier mit allen ihren

Macken abbekommen haben. Aber können wir sie nicht verbessern? Sie erträglicher gestalten? Ich weiß zwar nicht wie, denn die Karten stehen schlecht für uns. Und doch – nur daran zu *denken*, es nur zu *versuchen* –, das ist ein Anfang.«

Das Piefel allerdings war das geduldige, verächtliche Vorderbein des Kamels heruntergeklettert und buddelte in der staubigen Erde. Es hob sein spitzschnauziges Gesicht aus der Dunkelheit empor und verkündete triumphierend: »Hab's gefunden. Hab 'nen *Knochen* gefunden.«

ENDE